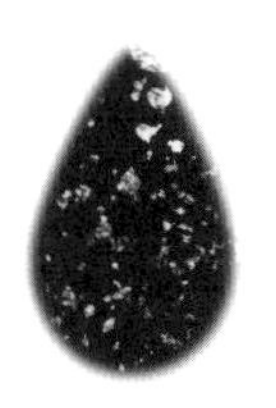

王與馬戲團

王とサーカス

KINGS AND CIRCUSES

YONEZAWA HONOBU

米澤穗信

黃涓芳 譯

王與馬戲團

目　錄

追憶瑪莉亞・約瓦諾維奇

第一章 現在祈禱還太早

我在某人的祈禱聲中醒來。

望著天花板，上面斜斜劃過令人擔心的裂痕。我在哪裡？房間仍舊昏暗，牆壁呈現深灰色。能聽到細微的音樂，是因為有人在遠處唱歌。我知道這個歌聲是祈禱。當我發覺到陌生的焚香氣味，總算才想起這裡是異鄉的旅館。

我掙脫糾纏著手腳的被單起身。縱紋窗簾在搖晃。昨晚我是不是沒有關窗？或者風是從窗縫中吹進來的？身體並不感覺冷。這裡並非寒冷的土地。小椅子的椅背上掛著白色襯衫和窄管卡其褲。我緩緩穿上它們。全身動作沉重而遲鈍，腦袋的運作也一樣。我想要再持續一會兒這樣的朦朧狀態，直接穿上運動鞋就走出房間。

日晒土磚堆砌的走廊比房間裡還要暗。祈禱歌聲已經停止了，不過卻傳來其他聲音：水聲、腳步聲、陶器碰撞的聲音。我現在還不想要和人見面，因此便踮腳走路。走下色調暗沉的木階梯，穿過空無一人的大廳，直到走出旅館之前都沒人看到我。

外面天空微亮，看不清往左右延伸的狹窄道路盡頭。路面是裸露的泥土，雖然很乾燥，鞋子踩上去卻是軟的。我聽到鳥叫聲。遠處也傳來類似人群喧譁的聲音。不過不知是否偶然，放眼望去，此刻道路上只有我一個人。不知現在是幾點——我把手錶放在房間裡了。

旅館斜對面有座小小的神祠。塗泥的三角屋頂上放著素燒陶製寶珠，前方供奉著蠟燭與紅花。我不認識這種花。彷彿在證實剛才房間裡聽到的歌聲不是幻覺，這束花還很新鮮。花的旁邊放置著鐵盤，還有焚香釋出細細的一縷煙。剛剛有人在這裡祈禱。

神祠沒有門，可以直接看到神像。象頭神葛內舍以躍動的姿態翹起腳，大大的腹部往外突出。神像塗著好幾層祝福的紅粉。我不知道這個國家的禮拜方式，因此便用自己唯一知道的方式，合掌閉上眼睛並低下頭。

我知道象頭神是保佑生意興隆的神。我現在對於自己的生意有什麼可以祈禱的嗎？現在這工作該怎麼樣才算成功呢？

也就是說，我甚至不知道應該向象頭神祈禱什麼。這時候求神也太早了。

霧靄般的睡意仍舊揮之不去。先前無人的街道上逐漸出現一個又一個人影。穿著紗麗服的年輕女性捧著紅色的花走近神祠。我在擦身而過時和她打了招呼。對方顯得有些詫異，接著露出輕盈的微笑。

我和出門時同樣躡手躡腳地回到旅館。先前醒來時還很昏暗的房間已經透入朝陽，原本看起來是灰色的牆壁也變成白色。我脫下運動鞋，輕輕地躺在被單凌亂的床上。或許是因為旅途疲勞，我一閉上眼睛意識就變得模糊。

在陷入夢鄉之前，為了不要因為忘記現在是何時、自己在何處而感到不安，我像是念咒語般說出口。

二〇〇一年六月一日。加德滿都。東京旅舍二〇二號房。

嘴脣和眼瞼同樣沉重。所以我的喃喃自語大概不成聲音。

第二章

東京旅舍二〇二號房

這片土地據說過去曾經是湖底。

根據神話，釋迦牟尼誕生之時，有一位神明為了祝賀而劈開了山。湖水流出之後，留下肥沃的土壤，於是便建立起加德滿都這座城市。加德滿都盆地過去是湖底的說法似乎是真的，聽說還有淡水魚的化石出土。

諷刺的是，當我投宿這家旅舍的時候，年輕的女主人卻叮嚀我：「請節省用水。」加德滿都此時正逢缺水。尼泊爾國營自來水不足以供應七十萬居民的生活。在過去曾被水淹沒的土地上居住的人民，竟然必須從供水車買水。

我用溼毛巾擦臉。四個角落泛黃的鏡子映照著我的身影。黑色的長髮或許因為這幾天舟車勞頓，變得很難整理。常被人說好像在瞪人的細眼睛下方隱約浮現著黑眼圈。薄薄的嘴脣因為乾燥而幾乎裂開。我塗了防晒乳和護脣膏，大致整理好儀容。

東京旅舍位於廉價旅館集中的喬珍區（註1）外圍，坐落在窄小的巷弄中，沒有任何指引招牌。這裡的地點很不方便，日照也不佳，房間狹小到讓人有些透不過氣。不過我在住宿一晚之後就喜歡上這間旅舍。

從天花板和牆壁上的裂痕也能看出，這棟建築顯然並不是很高級。不過彈簧床墊不會太

註1　喬珍區——Jhochhen。此區過去為嬉皮旅客聚集處。

硬也不會太軟，床單也洗得很乾淨。衛浴設施雖然無法掩藏長年使用的痕跡，不過並沒有累積厚厚一層水垢。室內也有電話機，只是不知道能否撥打外線。最棒的是窗框。窗戶是網目很密的斜格子木窗，每一格的交叉點都有植物或幾何圖案的纖細雕刻，替這間小房間增色不少。代表歲月痕跡的泛黑色調也反而予人好感。

我把敞開的窗戶關上。當我把縱紋的窗簾也拉上，房間就籠罩在靜謐的陰影中。我背起丟在桌上的單肩斜背包。我突然想要檢視護照，便打開背包內部口袋的拉鍊，取出紅色的護照。

—— MACHI TACHIARAI

太刀洗萬智。發行年份是二〇〇一年。因為之前護照過期了，我上個月才去重新申請。照片拍得並不怎麼好。望著鏡頭的眼神非常冷漠。

話說回來，即使不是面對鏡頭而是面對人，我也不只兩三次被說眼神很冷淡。

東京旅舍是四層樓的建築。

這座城市有許多挑高的樓房。即使是看似普通民宅的建築，從外觀來看也有三、四層樓。東京旅舍雖然是四層樓，不過和周圍比起來並不算太高，也不算太矮。

這裡的一樓是小小的大廳。從建築的深度來看，應該還有更多空間，所以或許也兼作經營者的住處。客房在二樓和三樓，餐廳則在四樓。階梯是木製的。

我邊轉動脖子邊走上發出嘎嘎聲的階梯。床雖然睡得舒服，但是枕頭似乎不太合適，害得我脖子有點痛。

光線映入我的眼睛。餐廳窗戶是敞開的，讓陽光和乾燥的風透入室內。餐廳的牆壁是天空色，但處處都有掉漆，露出下方白色的壁面，不知是底漆還是灰泥，看上去很像一團團的雲。

在溫和的逆光中，有兩名先到之客。

一個是禿頭男子，身上纏著灰撲撲的黃布。他坐在折疊椅，左手放在圓形餐桌上，右手拿著馬克杯，緩緩將杯子端到嘴邊。黃色的布大概是袈裟，整個人看起來就是個佛僧。他的肌膚晒得有點黑，從寬鬆布料露出的手臂肌肉很結實。

這個人不知道幾歲。只要是落在三十五歲到五十五歲之間，不管說是幾歲似乎都不奇怪。他既然住在以外國旅客為經營對象的旅舍，應該不是尼泊爾人，但也不知道是哪裡人。我猜想他是泰國人，不過與其說是直覺，或許是從袈裟和禿頭的外型硬作連結吧。他瞥了我一眼，但彷彿沒有看到我，再度把馬克杯舉到嘴前。

另一個人則是明顯對比。他劈頭就對我打招呼：

「嗨。妳是昨天住進來的人吧？這間旅館很不錯。妳打算住幾天？」

這名男子說的是英語。開朗的聲音有點做作。白色肌膚因紫外線而泛紅，臉上同樣帶著有些做作的笑容。髮色雖然是黑色，但仔細看有些偏褐色。他穿著深綠色素面T恤和牛仔褲，雖然不算瘦，可是第一印象不知為何給人纖細的感覺。外表大概二十出頭，不過我幾乎沒有推測白人年齡的經驗，所以也不是很確定。他抬起嘴角，用開玩笑的口吻說：

「妳別這樣瞪我。還是說妳不懂英文？Namaste（尼泊爾語：你好）！」

「我聽得懂英文。」

雖然我知道說了也沒用，不過還是補充一句：

「而且我也沒有瞪你。」

「是嗎？」

他再度揚起嘴角。

「那就好——雖然看起來真的很像。對了，我大致上很喜歡這個國家，不過有幾個習慣不是很喜歡，譬如不吃早餐就是其中之一。如果妳不是為了喝奶茶、而是為了找尋食物而上來，那就得失望了。」

他還挺銳利的。我點點頭。我的確是因為想吃東西而上來的，但是我不知道旅舍沒有供應早餐。仔細想想，入住時好像也沒有聽到關於早餐的說明。

「話說回來，我從兩天前就到這座城市，找到幾家從早上就開始營業的食堂。我建議我們一起去吧？妳可以不費力氣找到用餐的地方，而我……會感到很快樂。」

他的話雖然輕佻，不過想到他是為了享受旅行，也不禁讓人莞爾。

「說得也是。拜託你了。」

他聽了之後，這回露出很自然的笑容。

「太好了！那麼我們立刻出發吧！」

我們走出餐廳時，另一個男人回頭。如果他顯露出感興趣的表情，我原本打算問他要不要一起來，但對方依舊擺出不聞不問的樣子。雖然看起來也像是事不關己的態度，不過也可能是他真的聽不懂英文。

我們離開餐廳走下階梯。青年在昏暗的走廊自我介紹：

「我叫羅柏特・佛斯威爾。請多多指教。」

「我叫太刀洗萬智。請多多指教。」

青年搔搔頭問：

「太刀……什麼？」

「太刀洗（TACHIARAI），萬智（MACHI）。」

「我該怎麼稱呼妳？」

「萬智。」

雖然我覺得以發音來說，五個音節的姓氏不算長，但不知為何從來沒有人稱呼過我太刀洗。青年顯得格外開心，說：

「萬智！聽起來真特別，感覺很有東洋味。」

「是嗎？」

「妳可以稱呼我羅柏。」

我們從三樓走到二樓。我不經意地用眼角數了旅舍的客房數。三樓和二樓大概各有四間客房，合計八間。一樓和四樓或許也有客房。不過即便如此，這間旅舍的規模還是很小。我不認為住宿客人只有我、羅柏以及佛僧三人，不過我們走下階梯的途中，每一間房間都靜悄悄的。

我們來到樓下的大廳。從格子門透進來的斑駁光線落在花紋繁複的編織地毯。類似三夾板的板子圍起來的櫃檯也沒有人。玄關的門是鐵製雙門板的樣式，塗上帶點淺藍的綠色油漆。採光窗裝了鐵窗。羅柏伸手握住門把，突然高喊：

「糟糕，我忘了拿錢包了。」

我盯著他的臉。

「你都用這招維持旅行生活嗎？」

「怎麼可能！」

我只是想開個玩笑，但羅柏似乎不這麼想。他的臉變紅了。

「我馬上去拿。妳在外面等我一下下。」

他彷彿要挽回名譽般飛奔上樓。

我不小心嚴重取笑了搞不好比我小十歲左右的青年。為了彌補錯誤，最起碼也該照他說的在外面等。

陽光還沒有照射到狹小的巷子裡，不過抬起頭仍舊可以看到淺色的天空。加德滿都的海拔超過一千三百公尺，天空應當比較近才對，不過從天空的顏色並不能感受到這一點。這裡的天空和東京或名古屋沒有太大的差別。或者也可能只是因為我在東京很少仰望天空。

我感受著乾燥泥土的氣息關上門，靠在東京旅舍的磚牆。

我現在穿在身上的卡其褲只有一條可供換洗。雖然說真的需要也可以去隨便買條褲子，不過我還是不太想弄髒。我把手夾在接觸牆壁的部位。手掌感受到冰冷而堅硬的觸感，感覺很舒服。

「哈囉。」

這聲招呼從斜下方傳來。我把漫不經心朝著上方的視線垂下來。

站在我眼前的是褐色肌膚的小孩，自然捲的黑髮只有在右耳上方翹起來。他臉上堆著笑容，長相很端正，幾乎令人感到可愛，但他的眼神卻與表面上的稚氣不符，顯得有些陰沉而拚命。

他一隻手放在背後。我猜到其中的理由：這孩子是來向我兜售商品的。不過他在「哈囉」之後說的話卻讓我瞠目結舌。雖然不是很流轉，但他說出口的確實是日語。

「妳好。妳是日本人吧？」

我沒有回答。他毫不在意，滔滔不絕地說下去：

「我喜歡日本人。我有好東西。妳看。」

他把右手伸到前方。就如我所料到的，他的手中握著東西，不過我沒有具體想像到會是什麼東西。男孩遞給我的是灰黑色的菊石化石。

「很稀奇。當作尼泊爾紀念，很棒。日本人，大家都買這個。兩百盧比。很便宜。很稀奇。」

化石表面很平滑，大概是仔細擦掉了泥土。以菊石化石來說不算大，不過也沒有小到可以放入口袋裡。

「日本人，大家都喜歡。大家都買。」

他強調很多次同樣的話，或許是有人教他這是最有效的推銷方式。不過我不知道自己要在這裡待幾天。我不打算從實質上的旅途第一天就購買太笨重的紀念品。我用日語告訴他：

「我現在要去用餐。」

男孩沉默了瞬間，但立刻又向我推銷化石。

「一百八十盧比。很便宜。」

不管我說什麼，他大概都不想聽。我雖然這麼想，不過又重新想到，或許他除了背起來的幾句話之外不懂日語。為了保險起見，我又以英語同樣地說：

「我現在要去用餐。」

意外的是這句話很有效果。男孩聳了聳肩，說：

「ＯＫ。」

他小心翼翼地用雙手包覆化石，再度對我笑了笑，轉身跑走了。我原本以為他會再糾纏一陣子。我目送男孩的背影時，臉上大概帶著微笑。

大門往外推開，羅柏走了出來。他似乎想要對我表示他不是故意忘記帶錢，因此把薄薄的錢包舉到臉旁揮動。

「抱歉，我們走吧。」

他注意到我凝視著巷尾，似乎感到奇怪，望著同樣的方向問我：

「那裡有什麼？」

「沒有。沒什麼。我肚子餓了。」

「我也是。沒關係，不會很遠。」

我們並肩走在一起。他的步伐很快，並且很愉快地談起許多自己的事。

羅柏說自己是美國人，二十歲。他在加州上大學，不過他或許覺得即使說了我也不會知道，因此沒有提到大學名字。他自稱是優秀的學生，不過「就像我常做的，因為心血來潮」就休學，開始當背包客旅遊海外。首先到土耳其，接著到沙烏地阿拉伯、印度，然後來到尼泊爾。他以愉快的口吻說：「我心想，美國文化欠缺的關鍵要素或許就在東方。」雖然不知道他是否補足了母國文化欠缺的要素，不過他自己顯然非常滿足。

「我將來也想到日本。我聽說日本是很安全的國家。」

「嗯，歡迎。」

「如果日本有什麼一定要去的地方，請妳告訴我。我可以當作參考目標。」

「這個嘛，我也不知道為什麼，不過我第一個就想到京都塔。」

「我知道京都，原來那裡有座塔。」

「嗯。」

「真期待。」

我們邊走邊聊天，出了東京旅舍所在的後巷。走在稍微寬敞些的路上，不久就來到廣場。這座城市有幾處交叉口成為廣場，稱作「chok」或「chowk」。這裡似乎也是這樣的chok之一。

我看看手錶。我的手錶已經調整為尼泊爾時間，此刻顯示早上八點半。不過廣場中已經湧入人潮。角落高聳著一座大約七、八公尺高的三重塔，乍看之下很像奈良的三重塔。另一個角落則有一座很大的神祠，令人聯想到佛堂。賣布的商人隨處陳列商品，幾乎把這些建築完全覆蓋。另外也有賣壺、賣花的商人。另外也有在牆上掛著成串鍋子、平底鍋的店家。

商品堆積的方式和瀰漫的熱氣吞沒了我的氣勢。羅柏似乎發覺到了，露出得意的笑容說：

「很厲害吧？」

「嗯。」

「這才剛剛開始而已。不過要買東西待會再說。先依照約定吃早餐吧。」

我們穿過廣場，進入另一條巷子。巷子入口附近任意堆放著木箱，每一個木箱都裝滿了可樂瓶。

這裡就是羅柏要來的店。

店的屋簷下有個小小的攤子，上面擺了瓦斯爐和鍋子，有個年輕女人在炸甜甜圈。仔細看，這個甜甜圈比一般的稍細，而且沒有確實連成環狀，大概原本就是這樣的食物吧？羅柏注意到我的視線，告訴我：

「這個叫做 sel roti。」

高溫油炸的氣味混合著肉桂香氣飄來。

就在我觀望的同時，行人絡繹不絕地來買甜甜圈。店內似乎也提供食物，但看起來頗為陰暗，六張餐桌當中只有兩張有客人，和攤子的盛況比起來顯得很安靜。我以為要站在店門口吃，可是羅柏卻毫不猶豫地進入店內。他拉了中間餐桌的椅子，坐在椅子邊緣，把身體靠在椅背上翹起二郎腿。

他朝著留了大鬍子的男人舉手，用英語說：

「給我們和旁邊那桌一樣的料理。」

看似店員的男子立刻點頭。這個國家的英語通行率很高。

我窺探隔壁桌的人在吃什麼。沒有裝飾的金屬盤中盛著很像印度烤餅的扁平麵包，另一個小器皿中盛了幾乎滿出來的燉蔬菜。我看出其中有豆子，但隔著這段距離看不出另外還有什麼料。

男人把麵包撕成一口大小，浸在燉蔬菜中，然後放入嘴裡。我原本以為這是正確的吃法，但另一個男人卻把麵包和燉蔬菜分開來吃，所以看來怎麼吃都可以。兩人都以熟練的方式用手在吃。我雖然沒有看得入迷，但還是不經意地繼續窺視。這時羅柏問我：

「萬智，妳怎麼會來到這個國家？」

他快活地笑著。

「來觀光嗎？我來猜猜看：妳應該跟我一樣。妳是日本的大學生，想要追求不同的經驗，來到山間的這個國度。對不對？」

不知是否被他的笑臉和談話誘發，我也不禁露出微笑。這時羅柏突然湊向前說：

「喔，妳笑了。我正開始以為妳不會笑。」

「高興時我就會笑，而且為了慎重起見，我必須告訴你，我並不是老是在發脾氣。我只是表情比較僵硬，希望你不要因此感到不愉快。」

「我才不會感到不愉快，我覺得妳的表情很有東方味。話說回來，到底是什麼事情這麼好玩，連妳都笑出來了？」

看到他如此天真的樣子，我難得產生惡作劇的念頭，想要跟他說「沒什麼」；不過這大概仍舊屬於虛榮心吧？

「你說我是學生這回事。」

「妳不是學生？」

「我不是學生，也不是學生的年齡。關於年齡，你大概有很大的誤解。我已經二十八歲了。」

「二十八歲？」

「沒錯。」

羅柏毫不保留地盯著我，他似乎不知道該笑還是該吃驚。在他猶疑不定的表情傾向任何一方之前，店員端著兩人份的盤子過來了。他依照指定，端來和隔壁桌一樣的麵包與燉蔬菜組合。料理放在面前，香辛料的氣味便撲鼻而來。

羅柏垂下肩膀說：

「既然早餐端來了，關於妳是不是在開玩笑，我先保留結論吧。」

「請便。」

接著羅柏舉手向店員示意。

「我要湯匙。」

兩支湯匙立刻送來。當我面對食物，便重新想起自己肚子很餓。我合掌說「開動了」，羅柏便露出笑容。他大概覺得這是很有東方味的舉動吧？

燉蔬菜是暗沉混濁的綠色，看起來並不美觀。不過我舀了一湯匙放入嘴裡，不知為何就覺得這個味道很熟悉。豆子是小扁豆，另外也加入少許紅蘿蔔。最多的是一種白色蔬菜。我雖然覺得自己知道這種蔬菜，但卻想不起來。我在日本應該吃過這種蔬菜才對。

調味只有鹹味，而香辛料的風味則扮演湯頭的角色。味道雖然樸素，但卻令人喜愛，只不過有點太鹹，因此我忍不住用日語喃喃自語：

「應該很下飯。」

「嗯？」

羅柏抬起頭。

「萬智，妳剛剛說什麼？」

「我說的是日語，『很好吃』的意思。」

「哦。妳可以再說一次嗎？」

我依照他的要求，重複了幾次。羅柏生硬地模仿這句話，最後終於勉強進步到聽得出是：

「應該很下飯。」

於是我稱讚他「就是這樣」，他便像小孩子一樣開心地笑了。

扁平的麵包表面雖然有奶油之類的光澤，但味道卻非常平淡，只能說是小麥的味道。雖然不覺得美味，但也因此不會吃膩，就算每天吃應該也沒問題。我將其中一半沒沾東西直接吃，另一半則和燉蔬菜一起吃。

羅柏停住正在舀燉蔬菜的湯匙，說：

「我雖然大致上滿喜歡這個國家，但是有幾點卻無法喜歡。」

我抬起視線，催促他繼續說下去。

「譬如說這道湯，還有麵包。」

「哪裡不討你喜歡？」

「味道不討厭，只是覺得有些不滿。我不知道為什麼都是這樣。萬智，妳沒注意到嗎？」

我沒有說話。羅柏似乎挺起了胸膛，把麵包舉到眼睛的高度。

「這兩者都涼掉了。既不冷，也不熱。麵包就算了，但是湯有什麼理由是溫的？」

「我還以為美國人對食物都不講究。」

「我很想說這是偏見，不過這種人的確很多。可是我不一樣。我喜歡熱的食物是熱的、冷的食物是冷的。萬智，我跟妳說，不只是這家店如此。我從兩天前就在這個國家，但好像都沒有吃到熱的食物或冷的食物。」

我邊聽邊用湯匙舀起燉蔬菜，把白色的蔬菜放入嘴裡。這時我終於想起來了。這個蔬菜是白蘿蔔，或者至少是口感和味道非常接近白蘿蔔的某種蔬菜。我壓根沒想到在尼泊爾會吃到白蘿蔔的燉煮料理。

「一般旅客大概不會注意到食物的溫度。可是我不論任何細節都不想要錯過。」

羅柏邊說邊露出得意的笑容。

我悄悄指著隔壁的餐桌，他們吃著跟我們同樣的早餐。羅柏望向我指的方向，但似乎沒有想到什麼，只顯得很詫異。

「我們雖然在用湯匙，可是他們卻用手在吃。在這個國家，應該是很正常的吃法吧？」

「嗯，我當然知道。總有一天我也想要嘗試看看，可是現在還辦不到。」

羅柏歪著頭，似乎想問我那又如何。

我躊躇了片刻，然後用手抓起只剩下一點的燉蔬菜咬下去。當我想到這蔬菜很像白蘿蔔，就覺得它一定是白蘿蔔。

「如果端出熱湯，顧客的手就會燙傷。你說你吃到任何食物都是溫的，大概就是因為這個理由吧？」

羅柏的表情變得僵硬。

在旅途淡薄的人際關係中，對於他小小的發現，或許我應該隨口敷衍一句「的確」就算了。不過他帶我來到這家店，我才能吃到早餐，因此我原本是為了要報答他，才對他的見解提出別的看法。

但是他或許不這麼想。

付帳的時候發生了小小的爭執。

早餐的價格非常便宜，但是店員卻不接受我和羅柏分開算帳。與其說是不接受，應該說店員似乎無法理解有何必要這麼做。姑且不論店門口的攤子，食堂內仍舊沒什麼顧客，所以不是因為太忙。大概單純只是因為在這個國家，分開算帳並不是常見的做法。

雖然知道不是什麼大不了的錢，但對方是學生，我就覺得應該由我來付早餐錢。另一方面，可憐的羅柏似乎非常在意出門時忘記帶錢包被取笑，堅持要由他來付錢。因為這不是什麼值得爭執太久的事情，我就先讓羅柏付帳，等到走出店門後再給他硬幣。他也沒有拒絕。

太陽升得更高，廣場也變得更熱鬧。素燒陶壺和色彩鮮豔的布匹堆積成山。廣場上到處都是留著鬍鬚的男人和穿著紗麗服的女人，幾乎到摩肩擦踵的地步，不知只是來看看或真的是來買東西。腳踏車牽引的雙輪車彷彿撥開人潮般往這裡過來。在此起彼落的叫賣聲中，從某處傳來弦樂器寂寥的音色。

雖然只走過一次，不過因為我已經刻意記下路徑，因此並不擔心迷路。我朝著東京旅舍所在的喬珍區後巷走，這時羅柏對我說：

「我想在這裡稍微逛一下。」

他似乎仍對店內的交涉過程感到羞恥，因此我原本想對他說些話，不過最後只是點點頭便目送他離開。我也有點想逛逛這些攤位，可是本來不打算在外面待太久，因此裝扮稍嫌太輕便。為了遮蔽陽光與塵土，我想要穿長袖。更重要的是，我連行李都還沒有打開整理，所以還是決定先回去。

從廣場看得到的每一條路都還算熱鬧，但是越接近東京旅舍，路上的人影就越稀少。戴著黑帽子的男人、跪在神祠前方祈禱的老太太——就連這些人都幾乎看不到了。我發覺仍舊聽得到弦樂器的旋律，彷彿是廣場上的樂手跟著我。不過豎耳傾聽就會辨明聲音是從建築內傳來。

我看到了旅舍。雙門板的大門前方有一個男孩子，靠著牆壁在吃東西。

我走近他，看到他在吃的是油炸麵包。這是今天早上向我兜售菊石化石的小孩。

他或許是在等我回來，一看到我就把吃剩的麵包塞到口袋裡，悠然地走過來。他和剛才一樣用日語對我說：

「你好，日本人。吃過飯了嗎？」

「嗯。」

「好吃嗎？」

他所知道的日文似乎都是固定句子的組合，不過聽到男孩問我這個問題，我感到頗為意外。我點點頭，緩緩地回答。

「很好吃。」

「那就好。」

他笑了笑，露出口中小小的牙齒。讓我感到有些意外的是，他的牙齒潔白而整齊。

男孩從沒有塞入油炸麵包的另一個口袋再度掏出剛剛的菊石化石。

「我改變心意了。一百五十盧比。我沒有賺錢，可是妳會喜歡。日本人都喜歡。尼泊爾在山上，可是有貝殼化石，很不可思議。在日本很受歡迎。」

他的說服方式增加了變化，很難讓人硬下心腸。而且剛剛我說要去吃飯時他立刻停止推銷，這樣的爽快態度也讓我抱持好感。我向前彎腰，對他說：

「你剛剛也在這裡。這裡是你的地盤嗎？」

我用日語問他，但他卻歪著頭。我想用英語再問一次，但這回輪到我想不出相當於「地盤」這個詞的單字。最後只能用曖昧不明的方式問。

「這裡是你的地方嗎？」

男孩也切換為英文。不過就如我的疑問偏離了最初的意圖，他的回答也有些不對題。

「我？嗯，我是在加德滿都出生的。」

「是嗎？」

他說的「加德滿都」聽起來像「加德滿路」。

「菊石化石。一百五十盧比。」

我搖搖頭說：

「我不要菊石化石。」

「沒關係。日本人都很喜歡。很有名。」

不知道他是跟誰學的，一直重複著「日本人都喜歡」的說法。我感到有些火大，但更感到悲哀，不禁脫口而出。

「我不要那個化石，你沒有其他東西可以推薦給我嗎？」

「推薦……」

他似乎聽得懂我說的話，也不像是要當耳邊風的態度。他仍舊想要遞出菊石化石，但又突然縮回去。

「我不知道推薦什麼。我不認識妳。」

「哦，說得也是。」

這就像是對初次見面的酒保要求調一杯適合自己的酒，感覺太厚臉皮了。既然不打算買東西，繼續浪費他的時間對他也過意不去。我心裡這麼想，正打算轉身離開，男孩又開口了。

「妳叫什麼名字？」

「名字？」

「我去找推薦給妳的東西。」

這孩子大概是以這一帶為地盤，或者他家就住在附近，今後大概會常常見到面。如果他只是用固定宣傳詞來推銷化石，我並不打算買；不過如果他要替我找推薦商品，會讓我有些期待。

我把手放在自己胸前，說：

「太刀洗。」

他歪著頭重複說道。

「太……？」

「太刀洗。」

「沒錯。」

男孩又露出小小的牙齒笑了。

「太刀洗。我知道了。」

接著他也把手放在自己胸前說：

「撒卡爾。」

「這是你的名字？」

「對。撒卡爾，要去找推薦給太刀洗的東西。」

撒卡爾說完就飛奔出去。我目送他的背影，將因為落枕而仍舊酸痛的脖子轉了一圈，然後拉開東京旅舍的門。

這時我突然想到一件事。

撒卡爾怎麼會知道我是日本人？

我回到房間鎖上門，打開波士頓包。

雖然沒有特別做準備就匆匆來到這座城市，不過深褐色的包包裡仍舊有效率地塞了行李。這幾年來，我對於打包行李已經掌握不少訣竅。

換洗衣服並不多。除了現在身上穿的之外，我只帶了襯衫、褲子和針織開襟衫。必要的東西可以在街上購買。我多帶了幾件內衣，畢竟貼身衣物還是從日本帶來比較不用擔心過敏，更重要的是好穿。

我也帶了止痛藥、消毒藥等幾種慣用藥品。昨天在機場我也換了現金。至於這座城市的旅行書，我在日本大致翻過也記得，不過還是姑且帶來了。旅行書所附的市區地圖則剪下來，放在單肩背包裡。另外還有幾支原子筆、一支螢光筆，還有筆記本。這些東西就算沒有從日本帶來，在加德滿都應該也能買得到，不過工作用具最好還是使用習慣的東西。

我又檢查了數位相機、錄音機、雙筒望遠鏡、記事本、信紙、電池、指南針等工作用具。從包包取出變壓器和轉接插頭，然後暫停整理的動作。我拿起數位相機撫摸它。接下來會在這座城市拍下什麼樣的照片？

我展開行李，放置在房間裡容易辨識的位置，把換洗衣物掛在衣櫃。我把現金移入單肩背包，將藥品分為隨身攜帶與放在房間裡的分量。當我再度整理儀容時，已經過了將近一小時。

其實我並不知道接下來要做什麼。只是抬起頭望著天花板，思索著要不要回到剛剛經過的市集。這時我聽到很大的聲音。是男人怒吼的聲音，而且是從旅館內傳來的。我猶豫了一會兒，還是決定去看發生了什麼事。為了保險起見，我把放入貴重物品的單肩背包帶在身上。

我打開門張望左右。昏暗的走廊上沒有人。羅柏似乎還沒有從市集回來。原本在房間裡聽不清楚的怒罵語言也變得稍微清晰。我只知道不是日語或英語，也不是中文，想必是尼泊爾語吧？聲音雖然滔滔不絕地在斥責，不過卻是稍微偏高而平穩的聲音。

不久之後，我發現說話者只有一個人。看樣子不是在吵架。我伸出腳踏在階梯上，靜悄悄地移動重心。

當我走下三、四級階梯，看到大廳一角有個男人聳著肩膀，好像很無可奈何。果然只有一個人。我原本以為有可能是說話對象的聲音太小，無法傳到二樓，但並非如此。男人是朝著電話在怒吼。

我看到了他的臉。

晒成褐色的臉孔有著南亞人的特色，五官很深。雖然因為憤怒而嘴脣扭曲、皺著眉頭，但仍看得出他長得相當英俊。他穿著白襯衫和黑色長褲，鬈髮修剪得短而整齊。瘦削的臉上沒有留鬍子。他給人很乾淨的印象，在東京旅舍這間僻巷裡的廉價旅館顯得有些格格不入。

電話似乎是旅舍的設備。我並沒有注意到有這支電話。我的房間裡應該也有電話，不過這個人既然需要使用大廳的電話，那麼房間裡的電話或許無法撥打外線吧？

當我思索著這些瑣事時，男人不知為何發覺到我，突然轉頭。我們的視線正面交接。褐色肌膚的男人想必也察覺到我在觀察他。

他朝著電話說了一句話，然後笑臉面對我。這個爽朗的笑容完全驅走了先前憤怒的表情，幾乎令人感到神奇。

「嗨，真抱歉。」

他以英語對我說。

「妳想要使用電話嗎？我正在談生意，可能還需要一點時間。」

「不用了。」

「如果我知道會講這麼久，即使電話費很高也應該用手機的。如果妳趕時間，在前往因陀羅廣場的路上有電話店，可以用那裡的電話。」

「謝謝你告訴我。請別在意。」

他對我笑了一下，然後繼續在電話裡對談。他又開始以嚴厲的語氣朝著電話筒說話，但語氣比先前稍微和緩了一點。

電話的確很重要。住宿在陌生的旅館時，除了要確認逃生門所在，也要確保通訊手段。旅舍的電話似乎也能撥打國際電話，不過為了慎重起見，也必須準備其他方法。

既然決定目標，就沒有必要再回房間。我從背對著我的男人後方溜出去。因陀羅廣場是這座城市特別著名的地區。旅舍房間的簡略地圖和放在單肩背包裡的地圖上，都以特別醒目的粗體字標出這個地名。即使稍微迷路也不用擔心找不到那裡。

六月的加德滿都正逢雨季，不過今天卻是晴朗的好天氣。隨著太陽升高，空氣也變得乾燥，巷子裡也已經開始揚起塵土。看著近處還察覺不出來，但是望向巷口，就會看到淡黃色的煙霧。說好聽點是感受得到泥土的氣息，可是這種沙塵瀰漫的空氣很危險。如果每天持續這種狀態，任誰都會出現喉嚨問題。我感覺粗粒的沙子好像進入了口中，很想要漱口。

在地圖上，從東京旅舍所在的喬珍區到因陀羅廣場只有一公里不到的距離。話說加德滿都雖然有將近七十萬人口，但幾乎完全落在半徑五公里圈內，城市面積很小。我邊走邊尋找電話店，但事實上我並不知道電話店是什麼樣子。應該和公共電話不一樣吧？

巷弄兩旁的房子逐漸夾雜著商店。我還沒有注意到以何處為界線，周圍已經是市集了。建築一樓敞開，販售地毯、衣服、帽子、水桶、洗潔劑、盆子、茶、香料……等等，每一種商品都多到幾乎滿溢出來。路上的女人大多穿著民族服飾，男人則大多穿著 Polo 衫和牛仔褲。買賣雙方的喊聲不斷交錯，不知從何處還傳來敲鐘聲。

在喧囂當中，我看到路上放著寫了「ＳＴＤ」的招牌。其他家店的店面都堆滿了商品，只有這塊招牌周圍沒有任何商品。我從狹窄的門口窺探店內，看到一名晒得黝黑的年輕男子打了個大呵欠，旁邊則擺了兩台白色電話。這裡就是電話店嗎？

「你好。」

我用英語打招呼。男子繼續打完呵欠，然後擺出面對客人的笑臉。

「你好，要打電話嗎？」

「是的，這裡是電話店嗎？」

「沒錯，我們是這一帶最便宜的店。」

電話是按鍵式的，附有英文說明，電話上看不到投幣口。看起來就像一般民宅用的電話。

店員似乎察覺到我不知道該如何使用，笑容可掬地對我說明：

「請告訴我妳想要打的電話號碼，我來幫妳操作。」

「我知道電話的使用方式，只是不知道費用要如何支付。」

他聽了便把手放入口袋，然後得意地向我遞出馬表。

「五分鐘五盧比。」

日幣對尼泊爾幣的匯率大約是一比一，五分鐘五日圓實在是太便宜了。

「這是打到尼泊爾國內的價錢吧？」

「沒錯。妳想要打到國外嗎？」

「是的。」

店員依舊維持笑容，繼續說：

「本店只有經營國內電話和網路，可以打國際電話的店在招牌上會寫ＩＳＴＤ。」

「網路？」

加德滿都有普及的網路也不稀奇，但我沒想到可以在街角借用網路。店員挺起胸膛說：

「沒錯。我們的網路很穩定，不會輸給新街的店。妳要使用嗎？」

「不……我只是有些驚訝。」

店員臉上仍舊堆滿笑容。

「那也難怪，旅客幾乎都這麼說。話說回來，妳要不要順便打一通電話呢？」

這大概是尼泊爾式的玩笑話吧？我笑著拒絕了。

我走出店，佇立在人群中。

不論如何，我已經來到了加德滿都。我一邊享受街上的風情，一邊緩緩回到東京旅舍。

撒卡爾靠在紅磚牆等著我。

當他看到我，便緩緩將背部抬離牆壁。

今天早上他來賣菊石化石的時候，看起來就像天真的小孩。第二次見面的時候，他則顯露出商人的表情。

第三次見面，撒卡爾端正的臉上則帶著類似從容的大膽無畏態度，眼神透露出明顯不同的光芒。我並不覺得他是變了一個人。今天早上的他大概只是為了討好旅客，扮演貧窮而天真無邪的當地孩子。現在他似乎不覺得有必要演戲。

我發現撒卡爾的右手藏在背後。他究竟幾歲呢？從身高來看，應該是十歲左右，可是也可能稍微年長一些。至少我並不覺得他現在的眼神是稚氣或無邪的。

「推薦給太刀洗的東西。」

他說完把右手伸向前方。
他拿的是插入刀鞘中的刀子。
這把刀的刀刃像軍刀般有些彎曲。刀刃長十二、三公分，包含刀柄的長度也不到三十公分。由於刀刃頗寬，看起來也有點像柴刀。
「這是庫克力彎刀吧？」
這是主要居住在尼泊爾境內的廓爾喀人使用的短刀。
「沒錯。」
撒卡爾改用左手拿庫克力彎刀，從刀鞘抽出刀子，展露出金屬光芒。刀子前端很尖銳，黑得發亮的刀柄和刀鞘上有金工鑲嵌般精緻的圖案，不過沒有實際摸到無從判斷材質。或許是塑膠玩具也不一定。
我伸出手，撒卡爾卻不客氣地把刀子收回刀鞘，不打算遞給我，並說：
「四百盧比。」
「你真有自信。」
「因為這是推薦商品。」
他不只是表情，連英文的發音都變了。他原本可以說得更流利，先前卻故意裝做不太會說的樣子。那大概也是他兜售特產的策略之一吧？
「你為什麼要推薦這個給我？」
撒卡爾抬起嘴角露出笑容，說：
「妳叫太刀洗。太刀在日本是指『刀子』吧？所以我推薦妳買刀。我有自信選到好貨。有些店的做工很差勁。」

撒卡爾明確地指出庫克力彎刀和我之間唯一的關聯。我內心有一半感到驚訝，不過也有一半覺得果不其然。

「而且在這個國家，庫克力彎刀可以當護身符，驅走惡魔。」

「真的？」

「假的。別被騙了。不過做為旅途回憶還不錯吧？我是為了妳去找的。三百八十盧比。」

我嘆了一口氣。他說得的確有理。

「好吧，我輸了。」

我從單肩背包拿出錢包。

討價還價的遊戲對我不利。我已經打算要買這把庫克力彎刀，而撒卡爾也知道這一點。儘管推測庫克力彎刀的價格頂多只有兩百盧比左右，不過我最後還是以三百五十盧比報答撒卡爾的努力。

「多謝。」

撒卡爾說完這句話就走了。我目送他一陣子，然後回到旅舍。白色襯衫的男子似乎已經打完電話，大廳裡沒有人。我看看手中的庫克力彎刀，原先懷疑刀鞘的材質是塑膠，不過卻是某種動物的角。金色的鑲嵌裝飾也不只是塗上顏色，而是確實雕刻了圖案。

我到了二〇二號房，把手放在門上，忽然想到一件事而停住了。接著往樓梯上走。旅舍悄然無聲。雖然應該有人會來清掃房間，但時間似乎還有些早。或者也可能是因為耳朵習慣了外面的喧鬧，因此無法聽見細微的聲音。

我沒有停留在三樓，繼續爬上四樓。漆成天空色的餐廳和今天早上呈現同樣的構圖。穿著袈裟、僧侶打扮的男人拿著馬克杯。他瞥了站在餐廳入口的我一眼，又默默無言地把視線放回馬克杯。這點也和今天早上相同。

我用日語開口說道：

「你好。」

男人緩緩地抬起頭。粗眉毛下方清澈的黑眼珠凝視著我。他的表情轉眼間變得柔和。

「嗯，妳好。」

他的語調帶著些許關西腔。

告訴撒卡爾「太刀」語意的，一定是他。

第三章

鏡頭蓋

當他默默地坐著時，感覺很難親近，但是一旦開口，立刻就轉變為和藹可親的大叔。這樣的轉變幅度堪稱驚人。他柔和地微笑，坐在椅子上轉向我。

「妳叫太刀洗吧？」

「是的。是你教外面那個男孩日文吧？」

「沒錯。」

他緩緩地點頭。

「我姓八津田。就如妳所猜測的，我是日本人。請多多指教。」

他深深低頭。我也回禮。

「我姓太刀洗。不知道為什麼，你好像先知道了我的姓名。」

「嗯，妳知道那孩子的名字嗎？」

「他說他叫做撒卡爾。」

「哦。」

他瞪大眼睛，露出愉快的笑容。

「他是個防備心很強的孩子，沒想到竟然告訴妳名字。」

「大概是因為我先報上名字吧？」

「如果只是這樣，以那孩子的個性也可能使用假名。他一定很中意妳。」

八津田的聲音帶有溫暖的感情。他像是聊自己的兒子般談起撒卡爾的事情。我不知道兩人的關係，不過至少得知八津田長期住宿在這間旅舍。

八津田背靠著生鏽的折疊椅椅背，手掌放在大腿上。他的手指很粗，感覺硬邦邦的。從他的面孔很難猜測年齡，不過手上卻顯示歲月的痕跡。

「他找我商量，說遇到一個提出麻煩要求的日本人，明明今天才見面，卻要他提供推薦給自己的商品。」

「我提出了無理的要求。因為他一再反覆說日本人都喜歡，所以我忍不住就刁難他。」

「如果被人執拗地歸為一類，難免會生氣。撒卡爾也學到了一課。對了，那孩子替妳找來什麼？」

我把手中的庫克力彎刀遞給八津田。他拿在手上，瞇起眼睛。

「原來如此，不愧是個聰明的孩子。」

「我還以為是你建議他找庫克力刀的。」

他用粗糙的手撫摸金色裝飾的刀鞘，翻轉到另外一面欣賞刀柄裝飾，然後說：

「不，我並沒有建議他。我只告訴他，『太刀洗』是洗滌刀子的意思。『太刀』是刀子，『洗』是洗滌的意思。選擇庫克力彎刀是他的功勞。而且裝飾還滿精美的。」

「是的。」

「這應該不是專為觀光客製造的禮品，妳可以好好珍惜它。」

我點點頭，接過他還給我的庫克力彎刀。八津田看著我的手邊又說：

「很高興妳跟撒卡爾買了東西。那孩子不論連續多少天沒賺到錢，都不會向我兜售東西。」

「什麼意思？」

「這個嘛……」

他摸摸剃光的頭，苦笑著說：

「我好歹也算個佛僧。雖然不能說是禍因……不過撒卡爾不僅不賣我東西，反而還想要布施給我。」

尼泊爾是印度教國家，但也是釋迦牟尼誕生之地。在這個國家，佛教與印度教被混淆，並且被大量吸收，卻還是受到民眾尊敬。

八津田繼續說：

「當然，我是不可能接受的。」

「你不接受？」

他聽到我反問，嘴角依舊帶著笑容，緩緩搖晃身體坐正姿勢。他的聲音有些沙啞，讓人聯想到歲月的累積。

「其實我應該要接受的。我不應該選擇施主。既不能從富人索取太多，也不能因為對方是窮人而拒絕。但我是個破戒僧，如果覺得不想接受就不會接受。撒卡爾也不會強迫我接受。」

我看著八津田稍微有些改觀。對於在加德滿都的廉價旅館自稱破戒僧的他，開始產生了些許興趣。

「恕我冒昧，請問你是佛教僧侶嗎？」

「基本上可以這麼說。」

「你為什麼會來到這座城市呢？」

他沒有回答，只是緩緩捲起袖子。他的手腕戴著錶面很大的手錶。我也自然地看了自己的手錶，時間大約是十二點半。我雖然還沒適應時差，不過現在已經是吃午餐的時刻了。八津田雖然看似不拘泥於物質而脫離俗世，但個性似乎沒有那麼單純。

「現在剛好是午餐時間，不如一起用餐吧？」

他聽我這麼說，便露出僧侶的溫和笑容，在胸前合起一雙大手。

「太感謝了。我非常樂意與妳一起用餐……別擔心，我來這座城市很久了，可以介紹妳不錯的店。」

八津田並沒有吹牛。看他熟門熟路地穿過巷子。我只是盯著八津田的黃色袈裟跟在後面走。

當我們穿過東京旅舍所在的靜謐而老舊的巷子，便來到汽車往來的寬敞道路。他告訴我：

「這條路叫做達摩街。」

我一時無法相信，不過他應該不會唬我吧？走了十分鐘左右，就來到我剛才和羅柏經過的因陀羅廣場。

「原來可以通到這裡？我今天早上是從別的路過來的。」

我環顧廣場，喃喃地說。下午的因陀羅廣場呈現和早上不同的熱鬧景象。八津田詫異地歪著頭問：

「從別條路？那是繞遠路吧？從這條路走馬上就到了。」

我們穿過因陀羅廣場，眼角瞥著兩旁的蠟燭店與服飾店，繼續向前走。我以好奇的眼神看著貼金箔的神祠堵住道路的景象，或是從四層樓民宅往外延伸的屋簷。走了十分鐘左右，我發現道路的氣氛改變了。

自從來到加德滿都之後，在街上看到的顏色只有木材的褐色與磚塊的紅色。廣場上雖然有色彩繽紛、賞心悅目的地毯、布料、蔬果、毛衣和T恤，但建築本身並不會大幅脫離紅褐色。然而八津田帶我踏入的場所，色彩卻有如洪水一般襲來。

白色的牆壁、黃色的看板、紅色的文字。「HOTEL」、「BAR」、「CAFE」、「BOOK」……以旅客為對象的商店集中在一起，彷彿被一雙巨大的手蒐集過來。紀念品店的店頭陳列著絨布包包、金色獨鈷杵、小小的轉經筒等。大音量播放的歌聲伴隨搖滾節奏一再反覆「GO WEST」，背著束口背包的路人戴著墨鏡和寬緣帽防禦紫外線。手拿佛像與項鍊的人接近旅行者，滔滔不絕地推銷商品。也有人在路邊攤開草蓆，販售瓜類與白蘿蔔。看似尼泊爾人、皮膚晒成褐色的路人也穿著綠色T恤、淺藍色牛仔褲走在街上。這裡和瀰漫著濃厚印度教氣氛的因陀羅廣場又有不同風格，不過仍舊帶有別處所沒有的異國情調。

「原來附近還有這種地方。」

八津田回頭看我，點了點頭。

「這裡叫做塔美區。從前旅客都聚集到喬珍區，不過現在幾乎完全以這裡為中心。來到這一帶，旅途需要的東西大概都能買到。記住這個地方會很方便。」

仔細看，這裡有藥局也有超市，的確應該很有用。

八津田突然停下腳步，進入一條如果不熟悉就容易錯過的小巷子。我追在他後面，在頭上無數招牌中找到熟悉的文字。黑色的招牌文字寫著「てんぷら　TEMPURA（天婦羅）」。我把視線往下移，看到一道網目密集的格子門。這道門即使出現在京都街角也不足為奇。八津出手放在門上，說：

「就是這裡。」

拉開門時發出的「喀啦喀啦」聲感覺也像是從日本帶來的。門旁寫著店名「吉田」，進入店內就聽到「歡迎光臨」的聲音。五十歲左右的瘦削男子站在櫃檯後方的廚房，他身上很講究地穿著藍色的傳統和式工作服，頂上長了不少白髮。八津田似乎是這家店的常客，稍稍舉起手向內打了聲招呼。

店內很明亮，奶油色的地板感覺很乾淨。架在天花板上的音響播放著日本的歌謠。我用眼睛數了數座位，大概可以容納十五人。店內有兩組客人，看上去應該都是旅客。一組是兩名白人，另一組則是一名白人與一名黑人。

我隨著八津田的引導，坐到餐桌前的位子上。

「妳很驚訝嗎？」

「嗯，有點。」

「這家店滿好吃的。」

或許是因為我表現出太過驚奇的表情，讓他覺得好笑，他用帶著笑意的聲音問我：

「加德滿都有天婦羅店，感覺這麼意外嗎？」

「不……雖然不奇怪，不過，我還是有點驚訝。我原本以為是要去尼泊爾料理的餐廳。」

看似尼泊爾人的服務生端來茶壺與茶杯。八津田停止對話，替我倒茶。我從飄上來的香氣得知這是普通的焙茶。或許是日本產的。

我用雙手包覆茶杯。溫度既不熱也不冷。八津田似乎以為我在擔心水質，說：

「別擔心，這家店很可靠。他們使用的都是確實煮沸過的水。」

他先喝了一口。我雖然不是要照做，不過也喝了茶。

「以後也可以常常吃。」

他忽然說出這麼一句話。

「什麼？」

八津田捲起袈裟的袖子，說：

「我是指尼泊爾料理。妳大概會在這裡待上一陣子，以後還有很多機會可以吃到。不久之後或許會吃膩了，懷念日本的食物。所以我才先帶妳來這裡。」

我注視著八津田。

「你為什麼認為我會在這裡待上一陣子？」

「這沒什麼困難的。」

八津田搖晃著身體大笑。

「妳早上和美國人去吃飯，接著和撒卡爾對話，然後中午又像這樣跟我聊天。如果只是住宿一兩晚的觀光旅行，不可能這樣安排時間。如果是來過很多次的常客又另當別論，可是妳並不知道這個國家的用餐時間。」

我不禁看了一下手錶。現在時間接近下午一點。我想起今天早上的食堂沒有太多客人，而羅柏也說這個國家的人不吃早餐。

「尼泊爾的用餐時間是一天兩次，通常是早上十點左右和晚上七點左右。最近因為有較早開始工作的海外企業進駐，所以吃早餐的人似乎增加了。」

「我並不知道。這麼早邀你出來吃飯，是不是打擾你了呢？」

「沒這回事。我還是依照日式做法，一天吃三餐，所以我常來這家店。」

八津田舉起手呼喚服務生，然後以應該是尼泊爾語的語言開始點餐。我看著他的側臉，再度喝了一口焙茶。他的推測沒有錯，推論過程聽起來也很合理，只是沒想到他那雙看似漠不關心的眼神竟然這麼仔細地觀察我。

「妳打算待多久？」

我放下茶杯，說：

「目前打算待一個禮拜看看。」

「是嗎？反正這座城市不缺可看之處，應該不會感到無聊吧？」

「我很期待。」

我再度環顧店內的裝潢。竹製的腰牆環繞室內，顯得很精緻。不知道這樣的工程是請誰來做的。尼泊爾也有用竹子裝飾牆壁的技術嗎？感傷的日本歌謠中摻雜著炸天婦羅的熟悉聲音。我在後方的牆壁發現兩張照片。

留著八字鬍的男性戴著沒有帽簷的帽子。額頭點了印的女性盤著頭髮，穿著紗麗服。照片是黑白的。

「那是……」

八津田聽到我喃喃地說，追隨我的視線，露出詫異的表情。他朝著店主問：

「喂，吉田，這裡以前就掛著國王的照片嗎？」

被稱作吉田的店主沒有停下攪動長筷子的手，不過抬起頭笑著說：

「你真是的。那張照片一直都掛著。」

「是嗎？我都沒有發現。」

「算是當作護身符吧。」

看來這張照片是尼泊爾國王夫婦的照片。不過我有些在意吉田的說法。

「那個……」

吉田聽到我開口便望向我，完全沒有露出厭煩的表情。

「什麼事？」

「你說當作護身符，是碰到什麼需要護身符的狀態嗎？」

吉田露出曖昧的苦笑。

「不是這樣的。只是在開店時掛上去之後，就找不到拿下來的時機了。」

八津田發出沉吟聲，說：

「真是難為情。我因為太習慣了，反而沒有注意到。」

「在尼泊爾常常掛這樣的照片嗎？」

「我也不清楚。我的確看過有人掛，可是好像也不是到處都有。」

我沒有多想，便說：

「在我的印象中，並不知道這個國家是君主制。」

八津田點頭回應：

「那也難怪。我在來到這個國家之前，對尼泊爾的印象也只有釋迦牟尼和喜瑪拉雅山，還有……咖哩吧。」

「咖哩？」

「我當時並不清楚尼泊爾和印度的區別。」

我忍不住笑了。八津田以溫和的眼神看著我的反應，不過他喝了一口茶，又深深嘆了一口氣。

「來到這裡就會知道很多事情。才不過十一年前，這個國家還是由國王主政。民主化之後，國王仍舊是很重要的人物。」

不久之後店員把料理端上來。盛在陶器盤子的天婦羅顏色炸得有些深。食材似乎有茄子、番薯、蓮藕、洋蔥還有小條的魚。真的和日本的菜色沒有兩樣。八津田開口說道：

「好了，開動吧。」

我望向他面前的盤子，看到少了一樣。缺的是最醒目、而且應該是主菜的魚天婦羅。我問他：

「你不吃魚嗎？」

八津田以認真的表情合掌說：

「雖然我不算合格，但好歹也是僧侶。我是吃素的。」

我也合掌。不知店家從哪裡進的貨，筷子是日式免洗筷。

天婦羅雖然炸得不算很高明，但我還是吃得津津有味。油滲透到食材，不會讓我驚嘆「在尼泊爾竟然吃得到這麼正統的料理」，反而比較像我在東京的家裡自己做的素人料理。不過也因此，反而讓我湧起對於日本料理的奇特鄉愁，感覺頗不可思議。配菜的燉里芋質樸而美味。白米則還是和日本不太一樣。

八津田的吃法很漂亮。他用筷子夾起的飯量不多不少，雖然吃得悠閒卻也不算慢，背脊也很自然地挺直。

我觀察他的筷子動作，在他停下時問：

「你說你常來這家店……有多常來呢？」

八津田放下味噌湯的碗，緩緩回答：

「大概每個禮拜一定會來一、兩次吧？」

「這樣問希望不會太失禮——在尼泊爾成為日本餐廳的常客，感覺好像有些奇怪。」

「妳是想說既然這麼想念日本料理，何不回到日本吧？妳是不是覺得我還留在這裡很奇怪？」

「老實說，的確是的。」

八津田嘴角浮現微妙的笑意。

「這個嘛，說出來也沒關係，不過也不是什麼大不了的故事。該從哪裡說起呢？」

他做了這樣的開場白後，邊吃飯邊在筷子停下時一點一滴地述說自己的過去。

「我出生在兵庫縣北部，今年就五十九歲了。我介紹晚了，我的全名是八津田源信。出生在平凡的上班族家庭，學校畢業之前從來沒有想過要出家，不過在大阪的公司上班時發生了不太愉快的事情，就毅然決定遁入佛門了。」

我對於他所謂不太愉快的事情感到好奇，不過沒有追問。每個人都有各自的故事。

八津田繼續說：

「經過修行之後，我被委任到和歌山一間小寺廟，在那裡待了二十年。期間發生了許多事情。苦於找不到寺廟繼承人的信徒非常高興，對我非常好。我也有了家庭，過著幸福的生活。」

他在談起過去的時候，聲音與表情也沒有流露懷舊的情感，就好像談到早已結束的事情，以淡淡的口吻說著。

「不過我在過了五十歲的時候，突然想到：我明明是為了自己、而不是他人進入佛門，但這二十年來卻一直在對他人解說佛法。我開始覺得這樣好像不太對，最後終於拋棄了家庭。從那時算起，已經過了九年了。」

我問：「你的家人呢？」

八津田靜靜地回答：

「包含他們在內，也一起捨棄了。」

「……我明白了。」

「我想要找個地方靜靜地面對自己，首先想到的就是釋迦牟尼出生的藍毗尼。我已經有二十年沒有離開過自己的寺院，卻千里迢迢來到尼泊爾……然後也沒想太多，或許是水土很合吧，我就留在加德滿都以托缽維生。」

八津田一粒米都不剩地吃完天婦羅定食，發出聲音啜飲茶。

「我可以請教你的宗派嗎？」

八津田對於我這個問題委婉地回答。

「我已經脫離宗派，造成他人困擾。還是別提了吧。」

我也吃完了自己的天婦羅定食，放下筷子。到最後我還是不知道這是什麼魚。我拿起茶壺，倒茶到茶杯裡。

店主吉田雙手拿著裝水的杯子過來。

「味道如何？」

「很好吃。謝謝你。」

「別客氣。」

他把兩個杯子放在桌上。

「這是冷開水，請放心喝吧。」
我雖然沒有擔心這一點，不過聽他這麼說，我就喝得更安心了。加德滿都的自來水狀況頗有問題，聽說喝生水會有危險。
吉田轉向八津田詢問。
「對了，『佛』什麼時候會到呢？」
八津田以悠然自得的口吻回答。
「大概是後天，或是再晚一天吧。」
「那我知道了。」
我目送吉田轉身離開，然後不禁盯著八津田。或許是我的表情太奇怪了，八津田苦笑著說：
「吉田的說法有點問題。」
「那個，請問剛剛提到的『佛』是……」
難道後天左右會有病人過世嗎？（註2）但如果是這樣，他們的對話語氣未免太輕鬆了。
「佛雖然是佛沒錯，不過指的是佛陀。」
他的話好似謎語一般。
「你是指……」
八津田沒有直接回答，而是朝著吉田大聲說：
「喂，吉田，都是因為你說了奇怪的話，害這位小姐嚇到了。」

註2 佛——日文有時會稱死者為「佛」。

吉田再度手拿著長筷子、面帶友善的笑容問道。

「哦？我說了什麼？」

「你提到『佛』吧？」

吉田似乎猜到了，發出「啊」的聲音點點頭。接著他對我解釋：

「我是指佛像。八津田要託付佛像給我。」

「……哦，原來如此。」

「我下個禮拜要回日本，所以他請我順便帶回去。」

八津田補充說明。

「因為這裡的郵政狀況不是很好。如果要寄送容易損壞的東西到日本，我會請人幫忙帶回國。」

這個資訊挺重要的。我得牢牢記住。

「我還以為是有人病危。」

「妳會這麼想也是難免的。」

店內又有新的客人進來。他們是一副背包客裝扮的年輕男子，長得有點像日本人，但他們說的卻是英語。

音響又播出新的歌曲。

「嗯，這家店很不錯，只是有些太吵，算是美中不足的地方。」

八津田邊撫摸著茶杯邊這麼說。

走出「吉田」，八津田沒有說明要去哪裡，也沒有叫我跟隨他，只是走在越來越熱鬧的塔美區。或許是他的僧侶打扮很特別，有幾個旅客把鏡頭朝向他。

我們繼續穿過幾條巷子之後，背包客聚集的街景彷彿變魔術般消失，英文搖滾樂和拉客的聲音也聽不見了。周圍再度出現紅褐色的街景。陽光越來越強烈，但卻不會炎熱到令人不舒服。以緯度來說，這裡應該是相當於沖繩的南國，但或許因為溼氣不高，所以很舒爽。

路邊矗立著奇特的建築。雖然有精緻的鋪瓦屋頂，卻像涼亭般沒有牆壁。屋頂只由六根雕刻精緻幾何圖案的柱子支撐。屋頂下方沒有任何結構物，只有在高出來的地方鋪了石頭。看上去似乎只是路邊遮陽的屋頂。勉強可以說有點像公車站。

正值工作年齡的男人躺在濃密的陰影中睡午覺。八津田絲毫不在意那名男子，說：

「這裡應該很適合。」

他進入屋頂下方。我面對陌生的設施，感到有些遲疑。

「這座建築是什麼？」

「這叫做『帕蒂』，我也不知道原本的用途是什麼。現在就像是街上到處可見的休息處。」

帕蒂裡不僅沒有椅子，甚至也沒有長椅。八津田毫無顧慮地盤腿坐在鋪石上。他沒有叫我坐下，也沒有以動作或眼神示意，彷彿早已知道什麼都不必說我也會坐下。而我也確實坐下來了。

「這回輪到我來問妳。」

八津田開口。

「妳為什麼會來到這座城市呢？」

他以溫和的眼神看著我。

「我……」

「妳不是觀光客，也不是為了追求佛法來到此地。看樣子也不是學生。而且妳為了某種理由而焦慮。」

「是嗎？」

「別小看和尚的觀察。我也看過各式各樣的人……要不要說說看？即使只是個臭和尚，也可以當個聽眾。」

八津田說我焦慮，但我不認為他的說法正確。

不過我的確想要找個人說話。我沒有懺悔的習慣，也不打算因為對方是僧侶就對他告解，不過八津田有某種特質，能夠溜進他人的內心。我照著他的提議開始述說：

「的確……我並不是特別想要到這裡。其實我也不是一定要來到這座城市。」

常常有人說我談話方式太注重邏輯而顯得冷酷，也有人說我的聲音沒有熱度，聽起來像是在說謊。此刻的我正是以這樣的聲音說話。

「我叫做太刀洗萬智。我曾經在東洋新聞這家報社擔任記者。」

我如此開頭。

「我一開始被分配到岡崎分社，工作了六年。我相信自己的工作表現不錯。可是去年……我的同事過世了。」

我望著初夏揚起塵埃的街道，想起當時的事情。那一天也很熱。

「是意外嗎？」

「是自殺。」

自殺的理由不明。他直到最後一刻還很正常地上班，甚至也顯得很開朗。但是隔了一個星期天，到了星期一他沒有上班，也沒有接電話。由於他是單身，因此公司派人去探視他的情況，而被指派的就是我。

我等到星期四，向公寓管理員說明緣由，請管理員拿出備用鑰匙打開門，發現遺體之後便打一一〇報警。事件沒有上新聞。

「這件事讓我想了很多。」

我直到最後仍舊無法融入職場的氣氛。雖然還算能夠和同事合作，但卻沒有特別理由地就是無法和上司好好相處。當我說我想要自己訂企劃去採訪，上司並沒有擺出好臉色。

不過除此之外，工作很愉快，也學到許多東西。

第一年，我的工作是每天到警察局詢問有沒有事件發生。負責應付記者的總是副局長。我寫了許多瑣碎的事件報導，學習新聞的基礎。

從第二年開始，我被交付的工作範圍逐漸變廣。到了第四年，我轉到大垣分社，負責連載新聞。這是報導傳統文化及特產從業人員的專欄，叫做「我的街」，不過因為標題Logo的「的」字很小，看起來像是「我 街（註3）」。當我向採訪對象遞出過去寫過的報導與「太刀洗萬智」的名片，對方往往會露出若有所悟的表情點頭。

在採訪工作中，我認識了許多人。譬如有位半老的地方史學家，不論我問他什麼都板著臉說「不知道」，但幾天後卻總是寄給我很長的信，詳細回答問題。日式點心店的女老闆特別中意我，每次我經過店門口，就會給我日式饅頭、金鍔餅、大福等點心。去採訪祭典準備工作時，祭典負責人員跟我說凡事都是經驗，教我獅子舞。到了祭典當天，雖然我不是當地

註3 音同：我是萬智。

信徒，而且因為禁止女人參加而不能在神前獻舞，不過在遊街時，負責人員卻鼓勵我：「沒關係，試試看吧。」在當地，獅子的角色是要嚇唬小孩，因此我把許多小孩子都弄哭了。雖然說幾乎每天都有不如意的事情，但整體而言，是很不錯的工作。

進入公司後先派到分社的新聞記者，通常在兩三年後會被調到其他分社或本部。第六年，雖然感覺有些可惜，不過我也有心理準備，差不多要面對職務調動。

然而突然發生的同事之死卻意外地丟了一個問題給我。

「妳想了什麼？」

「我想到時間是有限的。」

這並不是我第一次面對周遭的人年紀輕輕就死亡。

我在學生時代也曾失去過朋友。我既無法在她臨死時陪伴她，至今也沒有到她的墓前致意。我之所以成為記者，不就是為了要理解她的死亡嗎？以現在的方式，我究竟能夠看到多少真相？這個問題在我心中某個角落成為小小的刺。

話說回來，如果只是為了這個理由，我大概不會辭職。因為我還沒有把新聞記者能做的事情做完。

「不過我辭職的最大理由是因為有人謠傳，那位同事是為了我而自殺的。」

「哦。」

「那件事與我完全無關，可是卻被穿鑿附會，讓我很困擾。我並不是很在意他人眼光，可是到後來甚至有人不願提供我資訊，造成工作上的困擾，讓我開始覺得問題很大。我也和同期的同事討論過，想了很多，後來覺得人生道路不只一條，沒有必要執著於報社的工作，所以就辭職了。」

當然也有人指責我沒毅力。有朋友勸阻我說，如果辭職就等於是承認謠言。但我卻沒有預期的眷戀。

「我決定當一名自由記者，正在尋找工作，剛好有位認識的雜誌編輯隨口提到，他們打算製作亞洲旅行特輯，問我願不願意幫忙，我就很慶幸地接受了。可是採訪開始時間是八月。因為和報紙的步調差太多，老實說我感覺有些難以適應。與其在那之前無所事事，我決定先到這座城市進行事前採訪……」

我笑了一下。

「總之，我只是順其自然。」

我並不覺得自己感到焦慮。不過或許我真的在焦慮吧？

在屋頂下方午睡的男子突然大聲打呵欠，爬了起來。他沒有看坐在附近的我，只是很舒服地伸了懶腰，邊轉動脖子邊走出涼亭。

八津田一直默默地聽我說話。當我閉上嘴巴，他便以低沉而柔和的聲音開口。

「我也這麼想。」

「怎麼想？」

「人生道路不只一條。」

「……是的。」

他又以稍微開朗的聲音提出疑問。

「妳既然是記者，應該有相機吧？」

「是的。」

「這座城市有許多值得拍攝的美麗事物。妳一定能夠拍到好照片。」

希望如此。

但是相機放在行李箱內，連鏡頭蓋都還沒打開。

我還沒有找到必須拍攝的東西。

第四章　街道上

在塔美區一角、地毯店與帽子店之間，矗立著一間外牆顏色鮮豔的超市。我在這間超市門口和八津田道別。

我有很多東西想要買，不過最急迫的是雨傘。即使是折疊傘也會增加行李負擔，而且我覺得全世界應該沒有任何地方買不到傘，因此就沒有帶來。尼泊爾已經進入雨季。雖然沒有感覺到像日本梅雨季節那種黏答答的溼氣，但不久的將來一定會下雨。在那之前我必須先買到傘。

店內的地板和天花板都是雪白色，感覺相當明亮。蔬菜或餅乾等商品都非常豐富，幾乎從架上溢出來。這裡和我熟悉的超市不一樣的地方，大概只有標示商品的文字。不過商品標記都有尼泊爾文和英文，因此沒有太大的問題。

傘的種類有幾種。黑傘製作得很堅固，感覺可以承受強風。另外也有透明傘，可是骨架和軸都很細。我考慮了一會兒，決定買透明傘。畢竟我有可能需要拍照，因此想要避免遮蔽視線的情況。萬一真的折斷，再買新的就可以了。

清爽的天空下，我拎著傘走在到處是旅客的塔美區。八津田教我的路徑很好記。我穿過因陀羅廣場，直走回到喬珍區。

溫暖的陽光總算射入了兩側都是土磚房屋的巷弄，有好幾扇窗戶開始晾起洗過的衣物。我在市集看到的尼泊爾人的衣服色彩繽紛，而綁在窗框上的晒衣繩掛著的衣物也有著黃、綠、紅、白等鮮豔的色彩。

我把傘當作拐杖般，拄著地面行走。泥土的氣息很濃郁。我看到了東京旅舍的招牌和綠色的門。當我把手放在門上時，有個聲音叫住我：

「別進去。」

這句話是用英文說的。我回頭，但沒看到任何人。當我環顧四周，又聽到同一個聲音帶著有些得意的笑意說：

「上面，上面。」

我抬起頭仰望上方。在東京旅舍的斜對面有一棟和其他屋子一樣用缺了角的磚塊砌成的建築。這棟建築二樓敞開的裝飾窗探出小小的臉龐——是撒卡爾，他正準備將白色襯衫晾在綁在窗上的繩索。

「為什麼不能進去？」

我問。撒卡爾聳聳肩。他扣好襯衫，用手抓著窗框把身體大幅探出來，然後直接吊掛在窗框上。他的腳踏在磚牆上放開手，然後躍向空中。我正覺得危險，他已經彎曲著膝蓋降落在地面。

我與其說是驚訝，不如說是佩服。多麼輕巧的動作啊！

「你每次都這樣下來嗎？」

「我平常是走樓梯。」

撒卡爾輕鬆地說完，用大拇指指著東京旅舍的門。

「太刀洗，妳從這裡偷看裡面。」

我把臉湊向裝了鐵窗的採光窗。由於戶外光線較強而室內較暗，因此窺視的條件不佳，不過當我仔細注視，便看到內部的景象。

大廳裡有兩人。其中一人是旅舍的女主人，查梅莉。她穿著西式女用襯衫和長裙，膚色白皙，不知是因為過著不太常晒太陽的生活，或是因為有白人的血統。

另一個人則穿著非常合身的淺藍色襯衫。雖然只看到後腦勺，不過從剪得很短的頭髮、更重要的是魁梧的肩膀看來，應該是男性不會錯。

「好像有客人。」

「是軍人。」

「是嗎？我為什麼不能進去？」

撒卡爾像是教導遲鈍的小孩子般解釋。

「妳不懂嗎？那傢伙正在追求查梅莉。這種人很多。如果受到干擾，一定會鬧彆扭。而且那傢伙地位滿高的。最好別惹地位高的人。」

「我只是個善良的旅客。」

「是嗎？如果不介意被調查整整三天，就隨妳高興吧。我只是因為妳買了庫克力彎刀，所以才特地告訴妳。」

我隔著採光窗，和查梅莉視線交接。男人似乎發覺到了，也緩緩轉頭看外面。我連忙縮起身體。

他或許會走過來。我裝作若無其事的樣子，走向附近的神祠。撒卡爾跟在我後方。我問他：

「這個國家的軍人即使對旅客也會亂來嗎？」

我回頭看到撒卡爾雙手交叉在頭後方。

「至少會索取零用錢吧？聽大人說，以前的情況更嚴重。」
接著他忽然轉變為嚴肅的表情，說：
「可是那傢伙……拉傑斯瓦准尉有些不一樣。」
「怎麼不一樣？」
「那傢伙是印度的間諜。」
他說話的態度非常認真，讓我不禁反問：
「間諜？」
「怎樣？妳不信就算了。」
「我只是很驚訝。我相信你的忠告，去打發一下時間好了。」
撒卡爾端詳著我一會兒，然後有些訝異地說：
「妳這個人果然有點怪。妳真的相信我這種人說的話？」
我俯視身高大約到我胸口的男孩，說：
「我會老實接受人家給的忠告。謝謝你好心告訴我。」
我想到先前為了防備不時之需而買的傘成了累贅。當我轉身時，撒卡爾在後頭說：
「乾脆我來當妳的導遊吧，我很熟悉這一帶。」
我停下腳步。看看手錶，現在已經兩點多了。雖然我不是很瞭解尼泊爾人的生活，但是以午休時間而言似乎有些晚。
「……撒卡爾，你不用上學嗎？」
撒卡爾聳聳肩說：
「我得賺錢才行。」

「是嗎？那就拜託你了。」

我正好開始想要找個熟悉當地的人。

在陌生的異國採訪時，通常會安排採訪聯絡人。他們除了翻譯之外，也會安排和當地政府或有權位者採訪。住宿和交通方面也常常會交給聯絡人處理。雖然有人以聯絡人當作正職，但聽說也有當地的日本人會以兼差打工方式接受委託。

不過這次我是自己來進行事前採訪，因此沒有請採訪聯絡人。我原本想要透過旅行社幫忙找觀光導遊，不過如果能夠請撒卡爾幫忙，那就足夠了。

主動提議的撒卡爾反而瞪大眼睛，問：

「真的嗎？」

「你很清楚這一帶吧？」

撒卡爾這時挺起胸膛回答。

「沒錯。從現在開始的話，三百盧比如何？」

這個價格很便宜。如果請專業人士，大概要三倍的價錢。我稍微討價還價，決定支付兩百八十盧比的導遊費。這時撒卡爾的表情突然變得很開朗。

要到街上之前，必須先做一些準備。

「我想要把傘放回房間，然後拿出相機。可以稍微等一會兒，等到那個准尉離開嗎？」

撒卡爾露出白色的牙齒微笑。

「這個就當作導遊第一件工作吧。跟我來。」

我跟隨著他進入建築之間的小徑。這條小徑有如貓的通道般狹窄。穿過小徑，前方是幽暗的後巷。腳底的泥土有些潮溼。周圍瀰漫的氣味不是奉獻給神明的焚香，而是有些刺激食欲的香辛料與油的氣味。我拍了拍稍微摩擦到牆壁的襯衫。雖然說這件衣服也不是什麼完全不能弄髒的昂貴衣服……

撒卡爾帶我來到東京旅舍的後巷。旅舍的大門是沉重的鐵門，但後門卻是木門。不過老舊的門板木材泛黑，看上去也很堅固。

「要怎麼進去？」

撒卡爾似乎覺得我的問題很蠢。

「妳難道不知道門關著時該怎麼辦嗎？」

他敲了敲門。

門板發出高而乾燥的聲音。我們不是要偷偷潛入裡面，這樣敲門好嗎？我正這麼想，門就從裡面打開了。

探出來的臉孔擺著臭臉，不過顯然是個小孩。這小孩有著黑色鬈髮，穿著皺皺的T恤，臉孔笑起來應該很討人喜歡，但此刻卻噘著嘴，眼神也沒有光彩。他和撒卡爾視線交接，稍微垂下視線，口中咕噥了幾句。兩人似乎認識。

他們交談了兩三句尼泊爾話。我的尼泊爾語程度只有在出國前背了一些基本單字，不過從他們的語氣聽起來，也能察覺到應該不是很高雅的對話。撒卡爾回頭看我，然後拍拍男孩的肩膀說：

「他叫戈賓，是我的夥伴。」

戈賓顯得有些困擾，不過似乎並不怎麼嫌棄。兩人大概算是損友吧？兩人的身高中，撒卡爾高出半個頭，年齡大概也差了一兩歲。

「太刀洗，妳住幾號房？」

「二〇二號房。」

「我知道了。」

撒卡爾以高姿態對戈賓說了些話。戈賓狠狠地吐出一句話，不過應該不是要反抗。

「你說什麼？」

「我說，太刀洗是我的客人，所以二〇二號房的打掃工作別馬虎，也別偷走房間裡的東西。他就說他沒在這裡偷過東西。不過誰知道？」

戈賓似乎也懂得一些英語，戳了戳撒卡爾的側腹部牽制他。撒卡爾露出調皮的笑容，輕輕敲他的肩膀。

「我在這裡等妳。妳趕快去準備吧。」

東京旅舍雖然是一間小旅館，不過樓梯似乎也分為住宿客人用與員工用。我在戈賓引導之下，爬上員工用的階梯。

打開二樓的門，就是二〇二號房的隔壁。這扇門沒有房間號碼，所以我先前也在猜測是什麼房間，但沒想到會通往階梯。我在自己房間門口摸摸口袋，給了戈賓小費報答他帶路。戈賓擺出僵硬的笑容，小聲地說：

「謝謝妳，小姐。」

房間裡還沒有清掃。被單仍舊維持起床時的凌亂。我把傘靠在牆壁立著，然後打開波士頓包找尋相機。

我先前待的分社沒有專門的攝影師，因此照片是由記者拍攝。當時所使用的單眼底片相機是公司的設備。我自己雖然也為了學習而買了單眼相機，但是沒有帶出去採訪過，這回也放在家裡。

我帶來的是數位相機。這台相機很輕，體型也小，可以拍很多張相片。雖然在東洋新聞受到輕視，不過至少在運動攝影的領域，數位相機在去年的雪梨奧運使用頻率已經比底片相機還要高。在不久的將來，所有領域的新聞報導應該都會以數位相機為主流。

為了保護旅途中的衝擊，我用T恤包住相機放入包包。我拿出相機，放入卡其褲的口袋。

我來到邊緣泛黃的鏡子前方，只迅速地重塗防晒劑。我檢查手頭的現金之後走出房間。戈賓已經離開了。

我回到後門。撒卡爾把手放在口袋裡哼著歌曲。他看到我就害羞地停止哼唱。

「我們走吧。」

他說完就開始往前走。

「導遊費呢？」

「事後再給我就行了。」

時間雖然已經過了下午三點，但烈日卻沒有緩和的跡象。我們穿過巷子來到大街上，撒卡爾頭也不回地問我：

「對了，妳對『草』有興趣嗎？」

我感到有些緊張。我雖然預料到終究會出現這個話題，但卻有些輕忽。我舔舔嘴脣，回答：

「沒有。」

撒卡爾仍舊沒回頭。

「這樣啊。」

然後他又輕聲補充：

「別輕蔑我。我得賺錢才行。」

我雖然知道他沒看見，不過還是以點頭代替言語回應。

「草」是大麻的眾多暗號之一。加德滿都過去可自由栽培大麻，因此吸引了來自世界各地的大麻愛好者。現在雖然表面上禁止，但取締卻很鬆，只要有意的話據說不難入手。

這時突然有人大喊出聲。

「撒卡爾！」

我往聲音的方向望過去，看到有個男孩蹲在民宅大門前朝著這邊揮手。撒卡爾顯得不耐煩地揮手回應，用尼泊爾語說了一兩句話。我猜大概是在說「我現在正在工作」吧？

我們和提著大籐籃的女孩擦身而過。神祠前方有幾個男孩以認真的表情交談。他們看到撒卡爾都露出笑臉，舉起手或出聲跟他打招呼。撒卡爾也對他們揮手。

「真受歡迎。」

撒卡爾聽我這麼說，詫異地回頭道。

「妳說誰？」

「說你呀。」

他挺起胸膛。

「我是這裡出身的，大家都認識我。」

「的確如此。不過好像都是小孩子。」

「跟小孩子走就會看到小孩子的城市，跟和尚走就會看到和尚的城市。在哪裡都一樣吧？」

他說得沒錯。和八津田走在路上時，這座城市感覺像是旅行者的城市。大概是因為和撒卡爾走在一起，才會格外注意到小孩子的身影。

「這是尼泊爾的諺語嗎？」

「是我自己發明的。」

撒卡爾說完露出得意的笑容。

他說的話雖然有理，不過以平日的白天而言，小孩子的人數未免太多了。尼泊爾的假日不是星期天，也不是伊斯蘭國家常見的星期五，應該是星期六才對。而今天是星期五。

撒卡爾或許察覺到我的疑惑，以索然無味的態度補上一句。

「不過小孩子確實很多。」

「你是指這一帶？」

這時他以無奈的表情搖頭。

「不是這樣的。以前在尼泊爾，嬰兒常常死掉。因為醫生很少。」

「……」

「後來有個叫什麼的外國團體來了，然後告訴全世界這個國家的兒童的情況。多虧如此，籌募到很多錢，嬰兒死亡人數減少很多，所以這座城市才會有這麼多小孩。我媽說，如果沒有他們的幫助，我原本也會很危險。」

「你說叫什麼的，是ＷＨＯ？」

撒卡爾皺起眉頭。

「我不知道。妳想知道的話，我可以去查看看。」

他或許覺得這也是導遊工作的內容。我很感謝他的心意。
「不用了，沒關係。」
「是嗎……喔，糟糕。」
撒卡爾突然停下腳步。我因為跟得很近，差點絆倒。他轉身，搔搔頭說：
「抱歉，妳想去哪裡？妳明明已經告訴我不需要『草』。」
看來他似乎不小心把我帶向大麻相關的場所了。雖然說預先掌握哪一帶是危險區應該也對工作有所幫助，不過撒卡爾即使顯得早熟但還是個小孩，讓他帶路會讓我感到過意不去。
「哪裡都行。帶我到你喜歡的地方吧。」
撒卡爾臉上浮現困惑的表情。
「我喜歡的地方？沒有那種地方……」
他邊說邊努力思考。
「或者是你想去的地方也行。」
他回以苦笑。
「有什麼差別……算了，我想到了。不過要走一段路，沒關係嗎？」
「嗯。」
決定目的地之後，撒卡爾的腳步變快了。
我們走過達摩街，離開喬珍區，在十字路口右轉，看到一條寬敞的柏油路。道路一側並排著現代化的白色樓房。路標寫著「NEW RD.」，大概是讀作 New Road（新街）吧？路上雖然有汽車往來，但仔細看沒有畫中央分隔線。
這裡和八津田帶我去的塔美區氣氛很不一樣。路旁聳立的樓房沒有往外延伸的屋簷，窗框也沒有裝飾，四周也看不到祭祀神明的神祠。或許是要仿照歐洲風格的街道，一樓往往有小商店進駐。我在路過時窺探店裡，看到錄影帶、CD、電燈泡和收音機。這一帶似乎是電器用品街。

另一方面，背著後背包的旅客興致盎然地張望四周、吸引成群販子的景象，則和塔美區相同。在那些販子當中，有幾個怎麼看都不到十歲的小孩子。塔美區的販子應該也有很多小孩子，只是我沒注意到而已。撒卡爾說得對，和小孩子走，就會看到小孩子的城市。

「其實……」

撒卡爾低聲說。

「我想要在這一帶賺錢。」

「為什麼不這麼做呢？」

撒卡爾盯著我，似乎想要說怎麼連這種事都不知道。

「因為是別人的地盤。」

「原來如此」。

「這一帶的競爭對手雖然很多，可是有錢的客人也很多。光靠東京旅舍，沒辦法賺多少錢。」

前方有一群人接近。是旅客和販子。我閃到人行道邊緣，忽然想起一個問題。

「對了，有件事情我想要問你。」

「問我？什麼事？」

「你今天早上看到我，馬上就用日語向我兜售菊石化石，對不對？」

當時的撒卡爾流露出脆弱而依賴的眼神。現在則完全相反，表現出好強而無所畏懼的態度。雖然知道先前只是為了賣紀念品的演技，不過轉變未免也太大了。

「可是妳沒買。」

「我不想要太大件的東西——重點不是這個。你當時怎麼知道我是日本人？」

撒卡爾抬頭瞥了我一眼，若無其事地回答。

「我不知道，只是猜想應該是，然後就用自己知道的語句來推銷。」

他的意思是憑直覺猜的？

「如果我聽不懂日語……」

說到這裡，我便發覺到自己的愚蠢。撒卡爾果然聳聳肩說：

「那我就說 Sorry 就行了。不至於被揍吧？」

「的確。」

「而且我也不是亂猜的。那間旅館如果有亞洲旅客，而且不像印度人，有七成左右是日本人。」

原來如此。畢竟旅館名稱叫做東京旅舍。如果沒有事先訂旅館就來到加德滿都，看到名叫東京旅舍的旅館，或許會有日本人感到好奇而想要住看看吧。

這時突然有人從旁邊伸出手。我不禁往後退。我望向對方，是個留著八字鬍、膚色黝黑的男子，手中拿著小小的佛像熱烈地說話。我原本以為他說得太快讓我聽不懂，不過仔細聽，他說的似乎是尼泊爾語。我又開始往前走，但男人也跟上來，仍舊在我眼前揮動著佛像。撒卡爾轉頭瞥了一眼，不過似乎並不想要妨礙同行，因此沒有說話。

我不理會男人繼續走，但對方非常執拗，一直講著話跟來。我仍舊不理會他，到最後他便粗暴地說了些話離開了。

撒卡爾笑咪咪地開口：

「妳想知道他剛剛說什麼嗎？」

「不用了。」

想也知道不是什麼好話。

撒卡爾回頭目送往回走的男人背影，喃喃地道。

「也是有那種人。不會說英語，也不懂得做生意時何時該退，卻想要在這裡混。都已經是大人了還那麼蠢。不過三個月之後，他大概就會消失了。」

這時我才重新注意到——

「你的英語說得很好。」

他雖然發音有些腔調，但足以溝通，而且詞彙也很豐富。他有時能夠輕易說出我無法使用的單字。

撒卡爾變得有些害羞。

「是嗎？反正就是生意工具。」

「你是向誰學的？」

「也沒特地向誰學。能上學的時候，也會在學校學……不過主要是因為我曾經幫印度人做生意吧？」

他不知想起什麼事，壓低聲音咯咯笑，說：

「那傢伙明明在尼泊爾做生意，可是卻完全不會說尼泊爾話，堅持只講英文。所以我只好拚命學英文了。當時覺得那是份爛工作，不過現在想想，也不全是壞事。」

聽在完全不會尼泊爾語的我耳裡，感覺有些慚愧。

新街的盡頭是T字路。正面有一座大公園，不過被鐵柵欄圍起來，無法進入。公園某處應該有入口。撒卡爾轉向左邊的道路。

街景突然變了。這裡林立著水泥與玻璃建造、現代風格的漂亮大樓。路上的行人也以打扮清爽的年輕人居多。交通量增加了，有許多在日本沒看過的車種行駛在路上。然而路面上仍舊沒有畫分隔線，只是以繩索替代。

「這一帶好像很繁榮。」

撒卡爾聽我這麼說，便挺起胸膛答道：

「這裡叫坎蒂街。只要記得這條路和公園另一邊的王宮街，就可以輕易逛這座城市了。」

熟悉的條紋狀斑馬線並沒有紅綠燈，取而代之的是站在路口的警察。當行人增加，警察就會阻止車子前進。撒卡爾突然往前奔跑，我也連忙跟上去。我們過了馬路，旁邊就是綠意盎然、樹木茂密的公園。

我們又過了另一條撒卡爾稱為王宮街的路，街景又逐漸恢復為土磚砌成的風貌。我們從中世紀般的磚塊街道走到水泥的大街，然後又回到帶有泥土氣息的街道。我意識著這樣的變化，問撒卡爾：

「你剛剛說你得賺錢，對不對？」

撒卡爾詫異地看著我，似乎不理解我為什麼都問這種理所當然的問題。

「嗯。」

「很抱歉問你有些私人的問題，是你在養你的家人嗎？」

他先前出現在東京旅舍斜對面的屋子二樓，看到我之後，以特技般的方式跳下來。看他的樣子似乎很習慣這麼做，而且他自己也說是那一帶出身的。那裡應該就是撒卡爾的家吧。

也就是說，他有個可以回去的家。我不認為他是獨自居住在東京旅舍斜對面的那棟房子。他應該有家人。

撒卡爾似乎不以為意。

「我不是一個人在養家。我媽在飯店工作。不是像東京旅舍那麼小的地方，而是在更大的飯店，穿著制服，晚上工作到很晚。不過我也得賺錢，才能養活幾個妹妹。」

我默默點頭。

「我爸出外到印度賺錢，然後就失去聯絡了。如果他是在那裡開始過別的生活，那倒也罷了。」

他的口吻似乎暗示著也有其他可能性。或許他有理由認為父親遭遇到不幸。

撒卡爾踢著步伐行走，繼續說：

「東京旅舍雖然是窮酸的地盤，不過八津田教我日文，算是我好運。用差勁的日語向日本人兜售東西，績效很不一樣……雖然說，這招對妳沒有用。」

他的個性很堅強。更重要的是——

「你很聰明。」

撒卡爾露出困惑的表情，然後臉上浮現不知該如何反應的曖昧笑容。

撒卡爾沒有說他要去哪裡。我就這樣跟著他走了一小時以上。

前方出現一條河，河寬大約有二十公尺左右。不知是否最近雨量比較少，河水淺到可以看到河底。河水流速很慢，甚至顯得有些停滯。

我抬起頭，看到前方長著茂密的樹木。在處處是土磚和裸露泥土等乾涸色彩的這座城市，我好像是首度看見代表生命力的綠色。在樹林前方，西斜的太陽照射在圓頂上。我曾在照片中看過那裡。

「那是帕舒帕蒂納特神廟吧？」

我說出這座建築的名稱。撒卡爾只是有些恍惚地說「嗯」。

「那裡是人氣觀光景點，所以我猜妳會喜歡。」

帕舒帕蒂納特廟是尼泊爾最大的印度教寺院。河邊鋪石板的道路上開始出現一間間禮品店。這條參拜路也兼作寺廟前的市集。

越接近寺院，人也越來越多。就如撒卡爾說的，這裡是人氣景點，因此也有很多看似旅客的人，不過更多的是看似當地人的訪客。有穿著筆挺白襯衫的男人，但也有穿著領口變得鬆弛、顏色也幾乎褪光的T恤的男人。有將留長的頭髮綁成很多條辮子的行者，也有朝著圓頂低下頭的美麗女性。

這裡不僅是印度教的聖地，也是火葬場。不論是富人或窮人，遲早有一天會被送到這裡。

「這裡就是你喜歡的場所？」

回答我的是平靜到不可思議的聲音。

「不是。我只是想要來這裡。這座城市裡沒有我喜歡的地方。」

撒卡爾輕輕招手，示意要我跟著他走。

紀念品店賣著常見的神像與曼陀羅圖。戴著墨鏡的金髮女性面帶笑容在討價還價。撒卡爾走上石造的橋。他走到一半突然停下腳步，俯瞰河岸。

「妳看。」

從這裡可以看到往河面突出的好幾座火葬台。在我們下方，堆在高台上的薪柴開始燃燒。有人死了，即將被火化。

我曾聽說燒死者會產生可怕的氣味，不過此刻空氣中並沒有聞到令人不快的氣味。飄來的只有類似焚燒營火或燒過原野後的火焰氣味。

撒卡爾喃喃說：

「我得向妳道歉才行。我收了妳的錢當導遊，卻來了我自己想去的地方。」

「我不介意。」

「我哥哥也是在這裡燒掉的。」

他望著燒得很旺的火焰。

「延續剛剛的話題，我有個大我五歲的哥哥。哥哥曾經在地毯工廠工作。太刀洗，妳看過地毯工廠嗎？」

「沒有。」

「如果可以帶妳去看就好了。不過應該不會很愉快。工廠裡總是飄著很細的毛絮，灰塵很多，所以有很多人肺部出了毛病。」

「你哥哥是因為這樣……」

撒卡爾搖搖頭。

「不是。哥哥很強壯，脆弱的是我。」

撒卡爾把小小的手放在自己胸前。

「我出生時就差點死掉，五歲時又發了高燒，被宣判沒救了。哥哥為了救我，努力想要賺錢，可是時機不好。」

「……發生什麼事？」

「外國電視播出地毯工廠的環境有多惡劣。當時我才五歲，而且瀕臨死亡邊緣，所以不太記得那時候的騷動。我只知道工廠因此停止運作，哥哥也失去工作。」

在持續燃燒的火葬台旁邊，已經燒盡的炭堆積如山。穿著白衣服的男人走近，以棍子把台上的遺體灰燼推落到河中。

「哥哥運氣不好。他去找別的工作，因為聽說可以立刻開始，所以就開始從事撿破爛。第四天，他的手被割到，結果就腫起來，還長膿。在地毯工廠沒有問題也很健壯的哥哥，在我退燒的早上竟然就死了。這已經是六年前的事情了。」

新的屍體被搬進來。屍體包裹著黃布，放在木板上。

「我應該也參加了喪禮，可是沒什麼印象。只記得喪禮結束之後，我在發呆，八津田就買了炸甜甜圈給我。我從來沒想過會有和尚請我吃東西，所以嚇了一跳。」

他淺笑一下，繼續說：

「如果把這件事當作理由，對八津田不太公平，不過我不記得那天的情況了。所以我很想再過來一次，可是每天只是忙著賺錢……雖然來過附近很多次，可是直到今天都沒有到這裡。」

撒卡爾轉頭看向我。

「謝謝妳。我感覺心情輕鬆很多。雖然也沒特別做什麼。」

由於彼此的日常生活基礎差異太大，我甚至無法猜測撒卡爾內心的想法，只能說：

「大概就是這麼回事吧。」

撒卡爾把手放在欄杆上，推了自己一把，離開橋梁。

「太刀洗，妳是為了工作來這裡的吧？」

八津田已經指出過我花時間的方式不像觀光客。即使撒卡爾注意到同一點，我也不感到驚訝。

「是的。」

「那我來幫妳的忙吧。我很熟悉這座城市，一定會讓妳大賺一筆。」

我點點頭，又趕緊補充說明。

「很遺憾，我做的不是那種可以大賺一筆的工作。」

在煙霧與氣味瀰漫的河川上，撒卡爾拍拍我的手說：

「每個人一開始都一樣。我也是。等到妳開始賺錢了，再跟我分紅吧。這算是，呃……怎麼說呢……啊，對，是我的『投資』。」

面對他的笑容，我也不禁笑了。

第五章　國王之死

六月的加德滿都既不熱也不冷，雖然是人口稠密的都市，夜晚卻籠罩在舒適的靜謐中。我在拼貼花樣的棉被中閉上眼睛，但睡眠卻很淺。

我猜是因為做夢的關係。夢境的內容幾乎忘光了，只記得不是好夢。我在全黑的房間醒來，因為呼吸困難而按著自己的胸口。我覺得好像做了不該做的事情，被人看到不名譽的行為，心中充滿著沉重的不安。

我下了床。覺得自己如果不喝水就無法再度睡著。加德滿都的自來水並不安全，要喝之前必須先煮沸。我拿著房間設備的電熱水壺，前往洗手台。

這時我聽到有人的聲音。

那是類似呻吟的短促聲音。

這間旅舍的牆壁雖薄，但聲音並不是從隔壁傳來的。應該是別的樓層。我等了一會兒，但沒有繼續聽到聲音。

睡意完全消失了。我想要確認是誰發出的聲音。我把電熱水壺放在桌上，迅速脫下睡衣，穿上卡其褲和白襯衫。為了預防萬一，最好帶個可以防身的東西。我迅速掃視房間，首先看到的是撒卡爾賣給我的庫克力彎刀。我想了一下，還是放棄。拿著那麼大的刀，反而可能有危險。不過我也找不到可以替代的東西，最後只好握著一支原子筆。雖然可能派不上用場，但至少可以心安。

我走出房間，鎖上了門。門鎖降下來的「喀嗒」聲意外地響亮。走廊上沒有燈光，或許是為了省電而熄燈了。不過多虧羅柏房間門框透出來的光線，習於夜晚的雙眼還能看到東西。

我覺得好像聽到聲音，便豎起耳朵……是人聲。有人在不斷說話。似乎不是英文。我雖然這麼想，卻聽不清楚。

我花了些時間判斷聲音的來源，聲音似乎來自上方。於是躡手躡腳地走向樓梯。踏板在我腳底下發出嘎嘎聲。

到了三樓，我仍舊沒有看到發出聲音的人。這麼說，聲音應該是從最高層的餐廳傳來的。樓上的燈的確是亮的。我查看後方，確認發生任何事能夠立即逃跑，然後迅速上樓。

餐廳的照明是橘色的燈泡，光線微弱，因此眼睛很快就可以適應。餐廳裡有個男人。他坐在椅子上，面對餐廳的小圓桌。巨大的影子投射在天空色的牆壁。

我看過這個人。他就是白天在大廳打電話的男子。男子穿著法蘭絨的寬上衣與褲子，大概是睡衣吧。他面前的桌上放了小小的銀色收音機。聲音就是從那裡傳出來的。

男人站了起來，我不自覺地採取防備的姿態。他以生硬的聲音說：

「啊，抱歉。我嚇到妳了嗎？」

「沒有。」

「白天我們也見過面吧？對了，我當時也因為打電話而造成妳的困擾。不過……」

他轉向收音機，說：

「這個新聞實在是太可怕了。」

收音機傳來的似乎是尼泊爾語。聽到迥異於新聞播報風格的急促口吻，雖然聽不懂內容，但我也感受到四肢僵硬的緊張。

「什麼樣的新聞……先生？」

「我叫舒庫瑪，來自印度，販售餐具並購買地毯。」

「謝謝你，舒庫瑪先生。我叫太刀洗，是日本人。新聞好像是尼泊爾語，我聽不懂。」

舒庫瑪似乎想說什麼，但又閉上嘴巴，緩緩搖頭。

「妳還是自己聽吧。請等一下。BBC也會播放英文。」

「BBC？」

我忍不住問。

「該不會是英國的廣播公司吧？」

「正是如此。尼泊爾和印度一樣，和英國有很密切的關係。第一次印度獨立戰爭的時候，尼泊爾人還曾經加入英國軍隊，妳知道嗎？」

「……不知道。」

「或許也因為有這層關係，BBC才會在尼泊爾設置廣播電台。」

舒庫瑪坐在椅子上，拿起收音機。我也和他一樣拉了一張椅子。他調整旋鈕，新聞播報聲變成雜訊，接著雜訊中又摻雜著語言。我首先聽到「King……」這樣的單字。

雜訊突然消失，語言變得明晰。節目彷彿從這個瞬間才開始，播報員開始傳遞訊息。

『畢蘭德拉國王與艾西瓦婭王后被狄潘德拉王儲殺害。王儲在殺人之後也自殺了。』

報導中聽到「Killed」的字眼……我是否誤解了某個英文中的俚語？

『昨天在納拉揚希蒂王宮，國王與王后出席例行的宮中晚餐宴會，遭到王儲槍殺。除了國王與王后，也有多人傷亡。王儲後來似乎自殺了。從王宮只傳來片斷的訊息。再重複一次。國王夫妻遭到王儲殺害……』

我望向舒庫瑪。他沉重地點頭。

「我也不敢相信，但一直重複著同樣的新聞。妳了解我會喊出來的心情了嗎？」

我問：

「BBC以外的其他電台也在播放同樣的新聞嗎？」

舒庫瑪搖了搖頭。

「不，日前還沒有。」

或許是因為我的出現讓他從震驚中恢復，他雙手放在餐桌上，深深嘆了一口氣。

「我因為生意上碰到麻煩，睡不著就把收音機帶到這裡打開，可是每一家電台都只有播放音樂。我感到奇怪，到處轉台，結果就聽到這條新聞。真難以想像……」

舒庫瑪說完搖搖頭。我感到腦袋有一部分冰冷地開始活動──國王被殺了。

我想起了自己的身分。

「很抱歉，請問現在幾點？」

「現在是……兩點半。」

日本和尼泊爾的時差是三小時十五分鐘。日本現在是上午五點四十五分。即使現在打電話給老東家東洋新聞，也趕不上早報的出刊。最快刊登的報導會是在六月二日的晚報。

無法使用手機令我感到懊惱。我沒有想到會發生這種事，因此沒有準備可以在尼泊爾使用的手機。

「從旅舍也能打國際電話吧？」

舒庫瑪皺起眉頭說：

「當然……可是必須要有旅舍的人在旁邊才行。難道妳要在這種時間叫醒查梅莉嗎？」

市區的電話店當然也沒開。雖然有些過意不去，但也只能叫醒查梅莉吧？

我吁了一口氣。得先冷靜下來。

即使我叫醒了查梅莉，把消息告知日本的報社與雜誌社，他們或許也早就知道了。專門報導最新消息的通訊社網路遍及全球。ＢＢＣ的廣播都已經報導了，路透、法新社等通訊社應該也早就發布新聞。即使我在當地得知事件發生，也並不代表能夠傳遞比路透更詳盡的資訊。

我再度傾聽收音機。

採訪的基礎是４Ｗ１Ｈ。何時、何處、誰、什麼、如何。「為什麼」在一開始的階段並不考慮，否則會淪為猜測。

ＢＢＣ反覆播放的新聞包含了基本的４Ｗ１Ｈ。當然也不能完全接受最初的報導。天亮之後或許還會有修正過的資訊。我正這麼想著，突然發覺到一件奇特的事情。

「……沒有提到消息來源。」

廣播並沒有告知王宮事件的新聞是由誰發表的。譬如「根據內務省」或是「根據發言人」之類的語句都沒有出現……也就是說，這條新聞大概是ＢＢＣ的獨家。

這意味著政府有可能刻意延遲發表。ＢＢＣ以外的廣播電台完全沒有提及，有可能是因為還沒掌握資訊，或是受到壓力。從其他電台一直播放音樂的情況看來，或許是後者。不過如果情報來源只有ＢＢＣ，正確性不能算非常可靠。如果是在日本，還可以聯絡認識的警察或醫院進行確認……

雖然令人懊惱，不過今晚沒辦法做任何事。我從敞開的窗戶往外看，只看到黑暗的街道。

『新聞快報：畢蘭德拉國王與艾西瓦婭王后遭到狄潘德拉王儲殺害。在這之後王儲似乎也自殺了……』

舒庫瑪喃喃地說。

「這下子會變得很嚴重。」

今晚能夠確定的只有這件事。

雖然我先前的睡眠很淺，才會在半夜醒來，但是接獲重大新聞回到房間之後，整個人卻像昏迷般睡熟了。我從以前就是這樣。想到明天有事要做、今天得好好休息，不論在任何狀況都能熟睡。或許是體質的關係，不過仔細想想，這一點倒是很幸運。

我昨天得知這個國家的人不吃早餐。但是當我醒來，梳洗完畢，首先還是前往四樓的餐廳。如果舒庫瑪又在聽收音機，我也想要一起聽。不過到了餐廳，看到住宿客只有八津田一人。查梅莉也坐在旁邊。

餐廳內設置著昨天沒有的電視。附輪子的桌上擺了十六吋左右的電視機。看來平常這台電視被收起來，有需要才會拿出來。說到需要，沒有比今天早上更需要的時候了。八津田前方擺著馬口鐵的馬克杯，裡面裝滿了飲料。

八津田看到我上來，就對我說：

「早安。」

我也向他打招呼。電視上有一名年輕女人以嚴肅的表情在念原稿。她說的是英文。果然是在報導國王夫婦的死。

八津田立刻發覺到我並沒有顯得很驚訝。

「妳知道了？」

「是的。我昨晚透過舒庫瑪的收音機得知的。」

八津田搖晃著袈裟的袖子，緩緩交叉手臂。

「我是今天早上知道的。實在是太可怕了。」

「我只聽說，在昨天的晚餐宴會上，王儲射殺了國王夫妻，然後自殺了。尼泊爾政府有沒有做其他的發表？」

八津田注視我的臉，然後露出若有所悟的表情。

「對了，妳是記者。」

我默默地點頭。

八津田瞥了電視一眼，然後整個人轉向我。

「不，政府仍舊保持沉默。不過如果妳只知道這些，那麼還有兩件新的情報。」

他慎重地說著。

「第一，王儲或許還沒有死亡。」

「……是誤傳嗎？」

「還不知道。總之，電視上說狄潘德拉試圖自殺，但雖然失去意識，卻還沒有死亡。」

「有沒有提到他的情況會有什麼樣的發展？」

「沒有……還有第二點，死亡的不只是國王夫妻。」

「還有誰？」

八津田深深皺起眉頭。

「其他的王子和公主……也就是王儲的弟妹似乎也被槍殺了。死者數字從五人、七人到十二人，每當有新的原稿傳到主播手中就會變化，所以並不清楚。」

「這真是……」

我一時說不出話來。怎麼會有這種事？竟然會殺死自己的雙親與弟妹……

但我不能沉浸於衝擊當中。我嚥下口水，問道：

「昨天的晚餐宴會似乎是例行活動。除了王室以外，電視上有沒有提到還有哪些人出席？」

宮中晚餐宴會在我的印象中，應該是邀請國外賓客舉行的儀式。如果是這樣的話，就會發展為國際問題。

八津田思索片刻，回答。

「……這個嘛，好像沒有提到這方面的事情。關於晚餐宴會，她應該最清楚。」

他從日語切換成英語，對目不轉睛盯著電視機的女主人開口。

「抱歉，查梅莉，可以告訴她情況嗎？」

「情況？」

「嗯。她是日本的記者，想要知道昨天的晚餐宴會是什麼樣的聚會。」

查梅莉仍舊眷戀地不斷把視線瞥向電視，並問我：

「太刀洗小姐，妳是記者？」

「是的。」

聽到我回答，查梅莉瞥了電視最後一眼，然後像是下定決心般轉向我。

「王室的成員每個月第三個星期五都會聚會。」

她緩緩地開始解釋。

昨天是六月一日。不論在任何月曆上，昨天都不可能是第三個星期五。查梅莉首先解答這個疑問。

「雖然說是每個月，不過不是西曆，而是依照尼泊爾曆……維克拉姆曆來計算。昨天是維克拉姆曆第二個月『Jeth』的第三個星期五。我聽說在第三個星期五，王室成員會聚在一起共享晚餐。」

「晚餐（dinner）？不是晚餐宴會（dinner party）？」

「既然是王室的晚餐，大概就像宴會一樣豪華吧？不過就我所知，只是用餐而已。」

這麼說，或許類似家庭聚會。如果是這樣的話，捲入外國人的可能性較少。

「有幫助嗎？」

「嗯，很有幫助。」

「那就好。呃……太刀洗小姐，妳要不要來一杯早上的『奇亞』？」

我不知道「奇亞」是什麼，不過大概是八津田面前的飲料吧？雖然這個提案很吸引人，但我現在得趕時間。我看看手錶，已經八點多了。這裡和日本的時差是三小時，所以那家雜誌的編輯部應該有人在。

「謝謝。不過很抱歉，可以先借用電話嗎？我想要打電話到日本。」

拒絕奇亞的客人大概很少見，查梅莉顯得相當詫異。

住宿客人能夠使用的外線電話果然只有大廳的那一具。我跟隨查梅莉迅速走下樓梯。戈賓也在大廳，正在擦拭櫃檯桌面。查梅莉指示戈賓離開。

「國際電話是一分鐘一百六十盧比。可以嗎？」

「好的。」

查梅莉聽我回答得如此乾脆，瞪大眼睛，又說：

「呃，不過日本的客人特價，一百五十盧比就可以了。」

我沒想到電話費也可以交涉。或許其實可以更便宜一些，不過現在不是嘗試尼泊爾式討價還價的時候。

「好的。拜託了。」

查梅莉進入櫃檯後方拿出馬表。我翻開記事本。在日本訂房的時候，我曾記下東京旅舍的電話號碼。我找到那一頁。

「我有可能會請對方再打來，到時候可以請對方打這支電話嗎？」

「可以。」

「請問可以收傳真嗎？」

「這個嘛……」

或許是因為沒有前例，查梅莉顯得有些困惑。

「如果可以支付實際費用的話。」

「我知道了。號碼和電話一樣嗎？」

「是的。」

我拿起電話筒，按下代表國際電話的兩個零、日本國碼八一、東京區碼三。在日本時雖然已經比較常用手機的通訊錄打電話，但是重要的號碼我還是會背起來。

我撥起頭髮，把電話筒貼在耳朵。電話筒傳來幾聲不太穩定的「噗、噗」聲之後，接著開始響起接通的鈴聲。鈴聲才響兩下，對方就接起來了。

「喂，這裡是《深層月刊》編輯部。」

音質雖然不好，不過我聽出說話者是誰。算我運氣好，接電話的是主編。

「牧野，我是太刀洗。」

「……哦哦！妳應該已經到那邊了。沒事吧？」

牧野邀我參與製作八月開始的亞洲旅行特輯。也就是說，他是我的客戶。他知道我現在到了加德滿都。聽他劈頭就問我有沒有事，應該已經得知王宮事件了。

「我沒事。」

「是嗎？那就好。有辦法回來嗎？」

「還不知道。不過我不打算立刻回去，想要再多待一會兒。」

「……我知道了。」

他大概猜到我是為了工作，口吻變了。

「妳能採訪嗎？」

「可以。」

《深層月刊》是綜合性新聞雜誌。雖然以國內新聞為主，但是內容範圍從運動到政治包羅萬象，也常刊登國際新聞。

從電話中傳來的聲音，我似乎能猜到牧野的動作。他大概換了一隻手拿電話，手肘靠在各種資料堆積如山的桌子邊緣，摸著嘴上的鬍鬚。

「妳有帶相機嗎？」

「有的，雖然是數位相機。」

「數位相機？那很好。妳可以傳送相片檔案吧？有辦法上網嗎？」

「可以。」

我昨天才剛在城裡的電話店確認能夠上網。

「是嗎？妳知道我的 e-mail 信箱嗎？」

「我有記起來。」

「好。那就可以隨時傳照片來。等等……這樣吧，我會空下六頁給妳。」

「拜託了。」

「照片三張。一張跨頁大張的。」

我在報社的時候主要都是寫隔天登在報面上的新聞，因此對於月刊雜誌的工作進度還不是很習慣。不過我也知道，在校對日逼近的這個時期能夠得到六頁版面，可以說是非比尋常的待遇。

接著牧野用銳利的口吻說：

「話說回來，發生了弒君事件，要怎麼切入呢？」

日本人一般對尼泊爾不是很了解。也因此，或許得從這裡是君主制國家開始說明。

「我聽說犯人是王儲，並且已經自殺了。沒有錯嗎？」

「BBC是這樣報導的。不過雖然試圖自殺，但似乎沒有死亡。」

「英國的BBC？尼泊爾也有BBC嗎？」

「有的。」

「這樣啊，那麼應該可以信任。」

接著他沉默一會兒。我姑且告訴他。

「牧野，這電話一分鐘值一百五十塊日圓。」
他笑著回應。
「我知道。我會替妳付款，別忘了拿收據。」
「我會的。」
我聽到他嘆了一口氣。
「到了二十一世紀還發生王子殺死國王的事件，實在是太震撼了。要寫得多煽情都可以。不過我們不是那種雜誌。雖然有點可惜……首先從國情概要開始，然後以事件經過為主幹，並傳達當地的聲音。當然，如果有新的情報也要彈性因應。這會是一篇很正統的報導文章，妳能寫嗎？」
「我會寫。」
「截稿日期的話……趕不上這個月的銷售就沒意義了。」
他完全沒在聽我的回應。
月刊幾乎不會要求新聞的新鮮度。但即使如此，如果能夠趕上當然希望趕上。不重視即時性是一回事，把這個月可以刊登的報導挪到下個月又另當別論。不過這下子就沒多少時間了。
「妳知道我們家的校稿日嗎？」
「是十日吧？」
「可是這個月的十日是星期天，怎麼辦呢？」
行事曆的日期很不湊巧。星期日印刷廠會休息，所以校對時間必須提前。
對於自由工作者的我，通常為了預留一些時間，會告知較早的截稿日期。不過牧野卻斬釘截鐵地指示。

「沒有討價還價空間，六日截稿。」

「我會用傳真寄出去。」

「校正稿是七日，當天回傳。那時候妳還在尼泊爾嗎？」

「我不知道。不過我一定會在可以收傳真的地方。」

「好，告訴我那邊的電話號碼吧。」

我看著記事本，報出電話號碼。我一邊留意著查梅莉盯著的馬表，一邊補充：

「這是旅館的號碼，所以不知道誰會接。打電話來請告知要找我接。」

「知道了。有什麼事情是我們這邊可以幫忙的嗎？」

「各國政府應該會發表評論。如果日本政府的說法出來了，可以請你記下來嗎？」

「知道了。」

這時我想起八津田在天婦羅店說的話。尼泊爾國王過去雖然親自主政，但十一年前就經歷了民主化。我把電話筒換到另一隻手，繼續說道。

「關於畢蘭德拉國王的經歷，希望可以盡可能調查之後寄傳真給我。這樣會幫我很大的忙。傳真號碼和電話一樣。」

「真會使喚人。不過看妳那邊的情況，大概也沒辦法做這些事。知道了，交給我吧！」

「拜託了。」

牧野最後說：

「太刀洗，妳這個人異常地有決斷力。如果感覺不妙，即使夾著尾巴逃跑也不算可恥。等到國境封鎖之後，想要逃也來不及了。」

「……謝謝關心。」

「妳剛剛說一分鐘一百五十日圓吧？那就自己保重了。」

他說完就掛斷電話。

我繼續把電話筒貼在耳朵，稍微思索了一會兒。我已經得到版面和經費支出的承諾，接下來就只有行動了。不過還真沒想到，成為自由工作者後實質上的第一份工作竟然會遇到這種大事件。

我放下電話筒，查梅莉立刻把馬表遞過來。

「七分三十秒，一共是一千一百二十五盧比。」

電話掛斷之後沉思的時間當然也被計算在內。真糟糕。我從單肩背包拿出錢包，把剛剛好的金額放在櫃檯。

「請給我收據。」

我拿到寫了〈收到一千一百二十五盧比　東京旅舍〉的字條。看來他們大概沒有專用的收據用紙。

我付帳之後，查梅莉仍舊留在原處。她似乎有話想要對我說，而我也想要和她談談，畢竟目前我熟悉的尼泊爾人只有撒卡爾。我想要聽聽大人的觀點。

「沒想到發生這麼嚴重的事件。」

我先從很普通的台詞切入。查梅莉點點頭。

「太可怕了。接下來是遊客變多的時期，卻發生這種事……我已經接到好幾通電話說要取消訂房。」

「現在有幾個人住在這裡？」

「四個人。這個季節只有四個客人，根本沒辦法經營。」

這麼說，住宿客除了我之外，只有羅柏、舒庫瑪和八津田。

對於生意確實會造成很大的影響。尼泊爾是以觀光立國。抱頭苦惱的應該不只是東京旅舍。

「太刀洗小姐，妳是記者吧？可以請妳告訴大家加德滿都沒有危險嗎？」

「這一點……我還沒看到外面的情況，所以還無法保證。」

「是嗎……」

「對了，我有幾件事想要請教。」

我沒有辦法幫上查梅莉的忙。沒辦法在進行任何採訪之前，就向她保證會寫「加德滿都很平安」。但是我卻想要問她話。

不過查梅莉抬起頭時仍面帶微笑，說：

「什麼事？」

「……我想要更深入了解事件，請問妳認識可能知道詳情的人嗎？」

我並沒有太期待。不過從事這個工作，有時會深切感受到人與人會在意想不到的地方產生連結。她思索片刻，有些膽怯地回答。

「我先牛的熟人被派到王宮工作。」

「王宮？」

我不禁拉高聲調。

「是的。他是軍人，昨晚應該也在執勤。他可能知道一些內情。」

如果是負責王宮警衛的軍人，那會是很完美的情報來源。我不禁激動地說：

「查梅莉，妳有辦法和那個人取得聯絡嗎？盡可能越快越好。」

「應該可以。他總是很幫忙，應該可以拜託看看。」

我打開記事本，拿起原子筆。

「請問他叫什麼名字？」

「他叫拉傑斯瓦。拉傑斯瓦准尉。雖然個性有點古怪……」

我好像聽過這個名字。

第六章

漫長的送葬隊伍

六年記者生活當中，我不是很清楚自己得到了什麼。

不過我確實學會了迅速更衣與用餐的技巧。查梅莉告訴我，拉傑斯瓦准尉的回應最快也要等到晚上。向她道謝之後，回到二〇二號房。我確認背包內裝了記事本、筆還有指南針，拿起數位相機，並檢查備用電池。

接著我開始研究地圖。重新整理昨天散步時大致掌握的地理位置，並牢牢記住。我盯著地圖直到覺得沒問題了，然後背起單肩背包。看看手錶，才花了三分鐘。

我沒有把握能夠看到什麼、採訪到誰。事件發生地點在王宮，想當然耳是無法採訪案發現場的。但我無論如何還是想要前往現場，或者至少盡可能接近現場。

推開東京旅舍的鐵門，走到街上。加德滿都的六月應該已經進入雨季，但天空仍舊和昨天一樣晴朗。天空不是透明的，看起來有些霧濛濛的，不知是因為風捲起了乾燥的塵土，還是因為大氣汙染。

一邊意識著脖子上掛的相機重量，一邊觀察著街上。

從地圖來看，到半路為止應該可以走昨天和撒卡爾走的路。街角到處可以看到幾個男人湊在一起，聚精會神地看著報紙。頭版印著大幅的國王照片。

路上的小販很少，街道旁的商店也有很多家沒有陳列商品。我穿過新街時，街上人數雖然看上去和昨天沒有差很多，但卻有些沉靜。

我走到盡頭往左轉，進入坎蒂街。沿著這條路往北走，繞行公園，就到了王宮街。加德滿都是一座小城市，走到王宮的距離並不遠。

雖然國王才剛剛被殺害，但街上可以看到西裝打扮的男人來來往往，計程車也在沒有分隔線的道路路肩等候客人，乍看之下似乎沒有變化。不過我察覺到遠處傳來細微的騷動聲，彷彿被那聲音吸引過去一般地加快了腳步。

眼前排列著沒什麼裝飾的褐色長方體。左右兩端是最小的建築，內側則是稍大的建築。長方體從左右兩側呈階梯狀排列，中間聳立著淺桃紅色的塔。塔中央開了梯形的大窗戶，反射著由南面而來的陽光。

我懷疑是否搞錯了，環顧四周，但沒有看到其他大型建築物。一瞬間忍不住脫口而出：

「真的是這裡？」

我承認這是摩登風格的建築……可是並不是美麗的摩登風格建築。我之所以停下腳步，不是因為陶醉地欣賞王宮。和加德滿都充滿歷史氣息的美麗街景相較，應該是最豪華的納拉揚希蒂王宮卻彷彿自外於這座城市的歷史，完全沒有個性可言。

仔細看，中央聳立的高塔頂端覆蓋著裝飾屋頂，令我聯想到奈良法隆寺的五重塔。屋簷向外延伸、頂點有寶珠的樣式，彷彿只有那裡是特地加上去的尼泊爾風格。

王宮正面是南北向的王宮街和東西向的納拉揚希蒂街交叉成T字路口。更正確地說，我走過來的王宮街一直通往宮殿，可是中間被門阻隔。這道門理應是正門，但也同樣是毫無風情的白色鐵柵欄。

正門前方聚集了許多人，站立在鐵柵欄前方，沒有任何的動作。

我舉起相機。我把王宮淺桃紅色的塔納入畫面中，拍了三、四張照片。但因為眾人都朝著王宮的方向，從人群邊緣只能拍到後腦杓。我停止按快門，暫時放下相機。

現場至少有數百名沒有組織的民眾聚集。不過在這樣的情況下，王宮前方卻意外地安靜。雖然議論紛紛的聲音如濃霧籠罩，但卻沒有憤怒、悲哀等明確的方向性，感覺只是各自的低語聲在迴盪。

視線範圍內的所有人似乎有一個共通點，那就是困惑。他們得知令人不敢相信的新聞後衝到王宮，但卻不知道該做什麼，形成茫然失落的人群。

附近有個穿著整潔襯衫的年輕男子。我拿出筆記本，試圖用英語和他談話。

「你好。」

「啊，妳是在跟我說話嗎？」

「我是日本雜誌《深層月刊》的記者。我名叫太刀洗。可以請教你一些問題嗎？」

男人瞪大眼睛。

「妳是日本的記者？這麼說，妳已經知道了？」

「知道什麼？」

「我們的國王過世了。這是天大的悲劇。」

「我能夠理解。」

我向他深深點頭。

「真不敢相信是王儲開的槍。我無法想像他會殺死替他進行 Bhai Tika 的妹妹。」

「bhai……tika？」

「啊，是這樣的。」

男人用指尖點了自己的額頭。

「用紅色和黃色的粉捺印，稱作 tika。Bhai Tika 是在提哈節的祭典最後一天，由女性替自己的兄弟點上 tika 的儀式。對尼泊爾人來說是非常重要的儀式。不可能殺死 Bhai Tika 的對象。」

我記下他說的話。

「這麼說，犧牲者當中也包含王儲的妹妹嗎？」

「聽說是這樣……可是政府卻仍然保持沉默！」

他加上手勢，熱切地說：

「請妳傳達給日本人，我們非常傷心。」

「我知道了。謝謝你。很幸運能夠聽到你的說法。」

「別客氣。」

接著我改變地點，又採訪了幾個人。他們都異口同聲地表達悲傷，並批判政府的沉默。有幾個人也提到 Bhai Tika 的事情，不過並不確知死者當中是否包含王儲的妹妹。不過我能夠感受到，在哀悼國王駕崩的同時，人群中瀰漫著不敢相信、也不能接受王儲是犯人的氣氛。

當同樣的內容出現兩三次之後，我停止訪問，開始尋找拍攝地點。我沿著王宮街稍微往南走，找到一家二樓有露台座位的咖啡廳。進入客人不多的店內，請店員帶我到二樓。接著我再度拿起相機，以望遠鏡拍攝群眾。

鐵柵欄前方排列著穿著迷彩服的士兵。他們拿著步槍，與蜂擁而來的群眾對峙。

我告訴自己：

「別擔心，沒有發生問題。」

透過相機看，士兵與群眾的距離大約有一、兩公尺，沒有人試圖更進一步。沒有暴動的跡象——雖然我腦中理解這一點，但看到排列整齊的步槍，仍舊感到冰冷的汗水滑落頸部。

我屏住呼吸，拍攝人群。

就這樣持續拍攝著喧嚷的加德滿都市民、冷靜的士兵、堆積著行李奔馳而過的卡車、彷彿無人的王宮、只有屋頂是尼泊爾風格的納拉揚希蒂王宮全貌。

算起來總共在王宮街待了一小時半左右，進行採訪和攝影。

接著我決定回到東京旅舍。眼下必須取得最新情報，而最好的方式就是在旅舍看BBC的報導。記者依賴電視新聞感覺有些窩囊，但即使是在日本，最新消息通常也是從通訊社發布的新聞及電視得到，因此沒有太大的差別。

這時深切感受到收音機的必要性。如果有收音機，我就可以一邊接收情報一邊持續進行採訪。不巧的是今天是尼泊爾的假日，幾乎所有的店都沒有營業，不過我還是想要找地方弄到一台收音機。在回程途中，只能在勉強有開的雜貨店買到刊登畢蘭德拉國王照片的英文報紙。

我拉開綠色鐵門進入旅舍。一樓有三個人。羅柏朝著電話用英文激動地說話，查梅莉則盯著馬表。舒庫瑪看到我回來，以嚴肅的表情詢問：

「街上的情況怎麼樣？」

「比我想像的安穩。新街附近甚至還比昨天安靜。王宮前聚集了很多人，不過並沒有危險的氣氛。只是負責警備的士兵都拿著步槍。」

「哦，這一點在尼泊爾並不稀奇。他們應該不是士兵，而是警察。」

舒庫瑪摸摸下巴，若有所思地點頭。

「市區內狀況平靜是好事。希望能夠一直像這樣保持穩定。」

從他的口吻，我聽出他在擔心特定的事情。

「有什麼問題嗎？」

舒庫瑪似乎不打算隱瞞，甚至正等著我問這個問題。他回答：

「我聽朋友說，國界可能被封鎖了。」

「國界？是指和印度之間的國界嗎？」

舒庫瑪點點頭，說：

「印度政府似乎在擔心尼泊爾的游擊隊會蠢蠢欲動。雖然說假使真的發生那種事，我也不覺得游擊隊會侵犯印度國界……」

「也就是說，氣氛變得很緊張。」

「也許吧。」

這個國家存在著反政府武裝游擊隊。

他們號稱毛澤東主義者，在尼泊爾政府無法有效統治的農村地帶與山區擴張勢力。我甚至聽說在某些區域，他們趕走警察與政府官員，開始實行自治。不過我也不知道這樣的自治是否得到居民接受並具有實際效力，或者只是游擊隊誇大宣傳成果。

「國界全面封鎖了嗎？」

舒庫瑪聽我這麼問，顯出為難的表情說：

「不知道。我只知道印度北方邦已經開始召集士兵。他們可能在封鎖國界，也可能只是稍微強化警備。」

「BBC怎麼說？」

「關於這件事沒有任何報導。我正準備要詢問在印度的朋友。」

舒庫瑪說完，望向依舊朝著電話筒怒罵的羅柏。

羅柏雖然說得很快，不過我還不至於聽不懂。我立刻明白他想做什麼。

「三天後？該死！我怎麼可能等那麼久！聽好，這種時候，即使是搭飛機也沒關係。怎麼可能所有班次都客滿了？給我查清楚！」

羅柏想要出國。現在雖然保持還算平靜的狀態，但今後沒有人敢斷言會有什麼樣的變化，因此採取這樣的行動也是很正常的。

不久之後羅柏聽了電話另一頭的人說話，然後說：

「我會再聯絡。」

說完他就掛斷電話。查梅莉停下馬表，告知金額。羅柏從口袋中拿出尼泊爾紙幣，這時似乎才發現到我。

「嗨。」

他舉起手，臉上帶著僵硬的笑容。

「真是荒唐。巴士票竟然全都被訂光了。妳能相信嗎？」

「應該有很多人想到同樣的念頭吧。」

「沒那回事。是我找錯打電話的對象了。」

羅柏聳聳肩。他接過查梅莉找給他的錢，塞入口袋裡，然後走過來拍拍我的肩膀。

「我不會擔心。我有『Chief』跟著。」

Chief有很多種意思，有可能是指主任、長官、局長。我不知道他指的是哪一個意思。也不知道他自稱能替自己撐腰的「Chief」究竟是何方神聖。他繼續說：

「即使這座城市成了西貢（註4），我也能保護自己，至少還能保護妳。」

羅柏的臉上雖然失去血色，但嘴角帶著勉強裝出來的笑容。他雖然內心極為不安，但還是試圖給我勇氣。

「別擔心。這座城市不會變成西貢。」

我雖然毫無憑據，還是這樣回答。對於羅柏虛張聲勢的體貼，我又補了一句：

「謝謝。」

羅柏無力地點頭，然後以蹣跚的腳步爬上樓梯。

舒庫瑪對查梅莉說：

「接下來我想要打國際電話。」

「好的。」

查梅莉按了幾次馬表的按鈕，對舒庫瑪說「請便」。舒庫瑪在按電話按鍵時，查梅莉意有所指地對我使了眼色。

該不會是她已經和拉傑斯瓦准尉談過了吧？這麼說，我能夠採訪到事件當晚在納拉揚希蒂王宮的軍人？

我想要盡快和查梅莉談，至少得詢問是否能夠採訪對方，否則會覺得好像懸在半空中無法安定下來。

註4　西貢——胡志明市舊稱。越戰末期南越首都西貢被越共攻陷，決定了越戰勝負。

但是查梅莉立刻又好似刻意迴避我的視線，看著馬表。雖然我覺得應該不用擔心被人聽到，但如果她覺得晚點再談比較方便，那也只能配合了。我聽著舒庫瑪在背後開始講話，也爬上了樓梯。

二〇二號房正在清掃中。

戈賓使用發出隆隆噪音的吸塵器清潔地板。當他看到我，我便從口袋拿出兩盧比給他。

「謝謝妳，小姐。」

戈賓暫停吸塵器，用生澀的英文對我說。我不想要妨礙他工作，決定到四樓看電視，才剛轉身他就說：

「小姐，主人要我轉交給妳一樣東西。請稍等。」

我沒有等多久，戈賓便跑回來了。他手中拿著一疊文件。

「這是寄給妳的。」

「哦，謝謝你。」

我瞥了一眼，是日文的傳真。我向他道謝之後給了他小費。

我想要在樓上閱讀，便走出房間，發覺到二〇三號房的門上貼了一張紙。上面的文字像是以細筆描了好幾次，寫著「DO NOT ENTER」。飯店通常會有「DO NOT DISTURB」的牌子，可是寫「禁止進入」倒是很少見。我回到二〇二號房，對正準備用小小的身體再度拿起吸塵器的戈賓說話。

「抱歉一再打擾你。可以問你一個問題嗎？」

「是的，什麼事？」

「二〇三號房貼著禁止進入，到底是發生什麼事了？」

這時戈賓露出不太像小孩子的苦澀表情。

「那是佛斯威爾先生自己貼的。我不知道該不該去打掃，正感到很困擾。」

羅柏似乎打算關在自己的房間。這也未免太誇張了。

「這不是好笑的事情。」

「我在笑嗎？」

我自己沒有察覺，但或許我不自覺地露出微笑。對戈賓來說，這的確不是笑話。第一，他沒辦法掃地；第二，這個國家接下來不知道會發生什麼事。對於必須以嬌小的身軀努力生存的戈賓來說，當然笑不出來。

「對不起，我沒有要笑的意思。」

「好的……」

戈賓似乎想要繼續工作，又打開吸塵器。我轉身背對再度發出的噪音，走向階梯。

四樓的餐廳沒有人。看了看手錶，時間已經過了一點。我把一旁的餐桌椅子拉過來，展開英文報紙與日本傳來的傳真。然後從單肩背包拿出紅色原子筆，打開電視。

頻道仍然維持在ＢＢＣ。

『再重複一次。已知的死者有畢蘭德拉國王、艾西瓦婭王后、尼拉詹王子、施魯蒂公主……』

一開電視就源源不絕的情報，讓我來不及抄下國王和王妃的名字，只能從第三個名字開始記下來。由於都是不熟悉的名字，因此我也不知道該怎麼拼。我只能用片假名寫下自己聽到的音節。

接著電視上映出年輕男子的照片。

『狄潘德拉王儲傷勢嚴重，醫師正持續努力治療。』

這是我第一次看到處於颱風眼的王儲面孔。外表看起來是個年輕男子，戴著尼泊爾傳統帽子，留著八字鬍，臉頰豐潤。我盯著畫面看。

BBC是否刻意選了看起來特別溫和的照片？這張臉怎麼看都不像是殺害多人的凶手。不過我當然也不能以貌取人，斷定王儲的個性。

他的年紀是二十九歲。父親畢蘭德拉是五十五歲。

不久之後，畫面切換到現在的王宮前方。我剛剛才看過那邊的狀況，因此暫時將視線從電視移開。

牧野傳來的傳真不僅提供畢蘭德拉國王的事蹟，也簡單整理了尼泊爾王室的情況。根據他提供的資料，現在的尼泊爾君主制度歷史並沒有很久。

王室消滅加德滿都盆地的幾個王朝並成立現在的王朝，是在相對較新的十八世紀末期。他們以種姓制度統治山岳民族與南方民族等不同文化背景的人民、驅走英國東印度公司並確定現在的國土，是在進入十九世紀以後。

人民之間的文化差異並沒有導致大型的民族紛爭。或許是因為夾在印度與中國兩大國之間的外來壓力，勉強團結了人民。

但即使如此，也很難說這個國家在王室統治之下是鐵板一塊。

掌握尼泊爾實權的不是國王，而是宰相家族。拉納家族以世襲制擔任宰相及其他重要職位，並且一再和王室締結婚姻關係。尼泊爾國旗的兩個三角形當中，一個代表王室，另一個則代表拉納家族。拉納家族的影響力大到這種地步。我在閱讀牧野寄來的資料時，自行解釋：如果以江戶時代來做比較，尼泊爾王室大概就相當於天皇家族，而拉納家族大概相當於德川家族吧。

一九五一年經過王政復古，拉納家族遠離了政治中樞，開始由國王親政。不久之後國民開始追求民主化。在這樣的局面下繼承王位的，就是這次被殺害的畢蘭德拉國王。

畢蘭德拉雖然也是基於種種政治妥協，不過最終接受了民主化的要求，在一九九〇年制定新憲法，讓尼泊爾轉變為立憲君主制。也因此，畢蘭德拉國王很得人心。人民認為他是和國民站在一起的國王。

「這一來……不知道會如何發展。」

對於尼泊爾人來說，王室究竟是什麼樣的存在？資料上沒有提到這一點。王室是長久以來處於陰影中、有名無實的家族，或是在種姓制度中位居令人敬畏的頂端，或是深受人民愛戴？過世的畢蘭德拉國王因為民主化的成果而受到尊敬。也就是說，他是因為刪減王權而受到愛戴。對於畢蘭德拉個人的敬愛是否會擴及整個王室？人們是否不論發生什麼事（譬如王儲槍殺國王），都會支持君主制度？我感到一抹不安。

接著我拿起在街上買的英文報紙。

由於政府沒有正式發表，因此報紙的新聞仍舊僅止於BBC最早的報導。過一陣子之後，不同媒體才會在情報處理上產生差異。不過我也得到很大的收穫：報紙上刊登著王室的家譜。我立刻抄在記事本上。

電視上，BBC再度播報犧牲者的名字。我這次對照族譜，再次確認死者。

死者包括王儲的父親畢蘭德拉國王、母親艾西瓦婭、伯母香蒂與夏拉達、夏拉達的丈夫庫馬、表叔賈揚蒂、妹妹施魯蒂、弟弟尼拉詹等八人——多虧這份家譜，我了解到國王的子女除了被認為是凶手的王儲之外，全數罹難了。

我望著天花板嘆了一口氣。

這時電視的聲音中夾雜著樓梯發出的嘎嘎聲。有人走上來了。

不過聲音似乎太小聲了。那道階梯應該會發出更大的聲音。上來的人若不是刻意避免發出聲音，就是體重很輕。

答案是後者。還沒有變聲的高頻聲音呼喚我的名字：

「太刀洗，妳在做什麼？」

是撒卡爾。他把手交叉在頭後方，噘起嘴巴。

「妳現在怎麼還有閒工夫坐在這裡？」

「你又怎麼可以隨便進來？」

撒卡爾得意地說：

「我不是隨便進來的。我告訴查梅莉，太刀洗有事拜託我。」

「嗯？我可不記得拜託過你什麼事。」

「我一定可以幫上忙。聽戈賓說過了，妳是記者吧？我對記者很有興趣。我來幫妳吧。」

我稍微想了一下。帶著小孩子去採訪會有危險，可是如果要知道城裡的反應，管道越多越好，更重要的是可以確保尼泊爾語的翻譯。撒卡爾很機伶，一定能幫忙打聽到很多事情。雖然他有些太自以為是，有可能干擾到採訪，不過這一點只要我多加注意就可以了。只要小心不要帶他到危險的地方，他一定可以派上用場。

「謝謝，那麼就拜託你了。」

撒卡爾露出潔白的牙齒笑了。

「這才對。」

他坐在圓桌的對面，瞥了一眼電視和桌上的資料，突然皺起眉頭說：

「記者可以只看電視和報紙嗎？這些不都是已經有人調查過的東西？看這些東西，不就等於跑輸人家一大圈嗎？」

撒卡爾會這樣想也是難免的。我小時候也以為去挖掘還沒有人知道的消息才是「新聞」。

但是沒有任何人知道的事情是無法採訪的。記者的角色是撿拾已經有人知道的事情，整理並傳達給大眾。而且記者也分為很多種類。

「不是只有速度才是最重要的。電視和收音機會在事件發生的當天報導，可是報紙會晚半天，週刊有可能晚七天，月刊甚至可能會晚上一個月。因為不需要趕時效，所以可以進行更多調查，寫出更有深度的報導。我從事的就是這樣的工作。」

「哼。」

撒卡爾發出嘲笑的聲音，指著電視說：

「說得好聽，其實就等於承認比不上電視嘛！」

「速度方面的確比不上，不過我的工作也有它的用處，只是功能不同。」

撒卡爾思索了一會兒，似乎頗有心得地說：

「原來是這樣。想想或許也對。飛機雖然最快，但還是少不了巴士和人力車。」

我沒有聽過這樣的說法，不過內心覺得這是很不錯的比喻。

「算了，先別管它。不過妳應該不會一直坐在這裡看電視跟報紙吧？」

「當然了。我只是要整理至今為止的情報，確認有沒有新的情報進來。等等馬上就要出去了。」

「新的情報？」

撒卡爾似乎正等著我說這句話，隔著餐桌湊上前開口：

「這個我知道很多。妳想要聽嗎？」

「你是指街上的傳聞？」

傳聞這個詞意味著有許多人在談、但未必可信的內容，具有負面的成分。這點在英文當中應該也一樣。可是撒卡爾卻反而挺起胸膛說：

「沒錯。不過，太刀洗，這座城市是由傳聞建立的。大家都喜歡聊這些傳聞。」

蒐集街頭巷尾的傳聞當作「當地人的聲音」是寫報導的固定招數。我也打算蒐集一定程度的傳聞。雖然說情報來源是十歲左右的小孩子，令人感覺有些不安，可是此刻的我想要盡可能多聽每個人的話。

「我知道了。你說吧。」

「當然，首先是王子……」

我連忙拿起記事本和筆。撒卡爾看到便笑了，似乎感覺很愉快。

「準備好了嗎？」

「請說。」

撒卡爾把身體靠在椅背，拱起肩膀想要讓小小的身軀顯得更大，然後開始述說：

「狄潘德拉王子有個情人，據說是大美女。不過我看過照片，不覺得有那麼漂亮。基本上，我不太了解怎樣才算美女。」

就算裝得再成熟，對於這個年紀的小孩來說也是理所當然的。我附和一聲，催促他繼續說下去。

「狄潘德拉王子想要和那位情人結婚，可是國王和王妃卻反對。他們說，占卜師說他們的婚姻會招來不幸。據說還有預言主張，王子如果在三十五歲以前結婚，國王就會死掉。」

「占卜師？國王相信占卜？」

撒卡爾聽了我的問話露出不可思議的表情。

「那當然。就是國王才會相信占卜啊！」

「是嗎？」

「嗯。」

或許在這個國家屬於常識吧。

「撒卡爾，你知道那位占卜師的名字嗎？」

「不知道，我想應該沒人知道。」

「那麼狄潘德拉王儲那位情人的名字呢？」

「這我就知道了。因為很有名。她叫傑維亞妮・拉納。」

我寫下名字。因為被反對結婚而行凶……這倒是不無可能，但我還是感到不太對勁。

「王儲因為怨恨國王與王后而產生殺害念頭，好像說得通，可是昨天被槍殺的不只這兩人。」

「沒錯，就是這點。」

撒卡爾裝出很內行的表情說道。

「太奇怪了。狄潘德拉王子隨時都可以見到國王和王后。他如果是為了要和傑維亞妮結婚而想幹掉他們，大可不必挑選昨天。這一來就只需要殺兩個人了，對不對？」

「的確。」

他再度湊上前，壓低聲音。

「這就是問題所在。太刀洗，我知道很重要的內幕，妳想聽嗎？」

他的眼睛閃爍著光芒。我內心苦笑，但還是說：

「告訴我吧。」

「這個消息不能免費告訴妳。不過真的是很精采。」

我放下筆，說：

「謝謝你，撒卡爾。你說的話對我幫助很多。」

撒卡爾明顯感到慌張。

「喂喂，妳真的不想聽？」

「我要打聽消息的時候，不會付錢給對方。否則就會有人因為想要賺錢而加油添醋。」

雖然這一點也要看場合，但我想沒有必要告訴撒卡爾那麼詳細。

「我才不會做那種事。喂，太刀洗，妳會後悔的。」

他繼續堅持。即使我不了解兒童心理，面對如此明顯的態度我也能猜到，他很想要說出自己知道的事情。

「妳絕對會後悔！」

「是嗎？如果你一定要說，就說吧。可是我還是不能給你錢……」

撒卡爾懊惱地扭曲著臉，顫抖著拳頭，臉孔脹得通紅。或許我開的玩笑太重了一些。

「我知道了！我不要錢。可是如果妳因為這個消息大賺一筆，就要分紅給我。」

「好好好。」

「聽好了，其實……」

撒卡爾突然閉上嘴巴，環顧四周。他看到窗戶是開的，便關上百葉窗，然後又窺探樓梯下方，接著才回到椅子上。這個態度未免也太誇張了。接著他終於壓低聲音說：

「這是印度的陰謀。」

「……哦。」

「死掉的國王知道印度對我們國家虎視眈眈，所以想要請中國當靠山。印度對這點感到不爽，所以就派刺客來殺人。」

「這樣啊。」

「這一來妳就知道，為什麼除了國王和王后以外，晚餐宴會上的其他王室成員也都被槍殺了。是為了殺人滅口。全都殺死了，就不知道誰是犯人。」

撒卡爾發現我沒有動筆，有短暫的瞬間顯露出不滿的神情，但立刻若有所悟地開口。

「妳沒有做筆記，也是滿聰明的。這麼危險的消息，寫下來不知道會被誰看到。」

「不是這樣的。」

我思索著該怎麼告訴他。

「……印度擔心國王夫妻死亡會造成尼泊爾的動盪，所以聽說已經召集士兵到國界了。」

我想要告訴他的是，國王的死對於印度沒有好處，但撒卡爾卻嚴肅地深鎖眉頭，點頭說：

「看吧。他們想要攻打過來。」

我輕輕嘆了一口氣。和撒卡爾聊天很愉快。如果是在平常，我或許會想要多聊一會兒。

可是今天還有太多其他事情得做了。

「撒卡爾，我想要的不是這樣的消息。」

他顯出受傷的表情。

「妳不相信我？」

「這不是相不相信的問題。」

「我知道了。需要的是證據吧？妳覺得沒有證據就沒用了。」

現在沒有必要說服撒卡爾。如果他能接受這個理由，我也沒有必要否定他。

「的確，如果有證據又另當別論。不過我現在想要做的是拍照。」

撒卡爾靠在椅背上，鼓起臉頰。

「照片到哪裡都可以拍。妳想要拍什麼？」

撒卡爾的這個問題想必是隨口問的，但卻意外地問倒了我。我想要拍攝什麼、想要寫什麼？雖然自知無法解釋得很好，但還是回答道。

「這個嘛……我想要拍攝這座城市和平常不同的地方。」

撒卡爾是否看穿了我的回答並不充分？有一瞬間他露出完全不像小孩子的冷酷面孔。我感到震驚，盯著他的臉。

不過他立刻恢復惡作劇般的笑容。

「原來是這樣，這種事情就早說嘛！」

「……你知道可以到哪裡拍？」

「嗯。」

撒卡爾瞥了一眼電視。BBC仍舊在播報王宮前廣場的喧囂。

「根據傳言，國王被送到陸軍醫院。這座城市的葬禮一定會在帕舒帕蒂納特廟舉行。妳應該也可以拍到送葬的隊伍。」

古都迎接日落時分。

加德滿都盆地四周高山環繞，因此看不到遠方的天空染上暮色的景象。只見藍天突然轉變為帶紫的深藍色，然後周遭突然都暗下來。

撒卡爾打聽到更多的消息。陸軍醫院位於接近加德滿都西邊邊界的地方。送葬隊伍在傍晚從醫院出發，首先前往納拉揚希蒂王宮，接著前往位於巴格馬蒂河畔、接近城市東邊邊界的帕舒帕蒂納特廟。

一直保持沉默的尼泊爾政府終於在葬禮之前正式發表國王的死訊，宣布國王陛下駕崩了，並且有多名王室成員死亡。發表內容僅止於此。沒有發表是皇太子槍殺的，而且皇太子因為企圖自殺而重傷。

我不認為ＢＢＣ的報導錯誤。尼泊爾政府或許想要盡可能隱藏事件資訊，也可能認為沒有必要告知國民，或者兩者皆是。

我在東京旅舍的電視看過正式發表之後，在撒卡爾的帶路之下，前往納拉揚希蒂街上的超市屋頂。

隨著天色漸暗，街上的人陸續增加。當我注意到時，不只人行道、甚至連面向街道的住家窗戶與屋頂也開始湧現人影。他們幾乎都穿著白色衣服，表現哀悼之意。

不久之後，送葬隊伍從西方緩緩接近。

穿著白衣的人搬運著覆蓋金布的國王棺材。喪命的不只是國王。後面繼續跟著好幾具棺材。隊伍當中，也有看似格格不入的花轎。華麗的轎子據說是王后在婚禮時乘坐的。

我望著漫長的送葬隊伍，數著棺材的數量。總共有七具。加上花轎中的王妃，一共有八人死亡。

我今天上午看過王宮的情況。人群雖然湧到正門口，但沒有任何動作，只是呆呆站著。現在則不同——左右建築已經擠滿了人。沒有牆壁的三層樓建築不知是建造到一半或拆到一半，裡面也擠得水洩不通，看上去相當危險。在身體之間或臉孔上方，可以看到別的臉孔也在張望。他們大概都想要至少瞥見一眼國王的送葬隊伍。我對此感到有些意外。國王遇害之後，城裡看起來仍舊相當平靜，因此我原本以為這位國王並不太受到人民愛戴。但事實並非如此。

尼泊爾是印度教的國家。我曾聽說印度教不會哀悼人的死亡。他們相信所有生命都會輪迴，死亡不是終結。因此有人說，信奉印度教的人甚至會以笑容送走死者。

現在我知道這是謊言，或者至少有個別差異。眼前的群眾顯然為了國王的死而哀傷。他們哀悼著接受民主化運動、召開議會、公布新憲法的國王死於非命。

悲歎聲越來越強烈，憑弔的花朵灑在國王的棺木上——原來這就是國王之死。

我注意到剃髮的男人，以為是僧侶，但人數太多了。我問撒卡爾，他便以稀鬆平常的態度回答我說「那是為了送行」。他的側臉顯得很平淡，彷彿從置身事外的位置觀看著大人的悲傷。

我無法問他是否難過。悲傷是屬於個人的。

前來目送送葬隊伍的數萬人當中，沒有出現過一次閃光燈。至少我沒有看到。我也調整了數位相機設定，關掉閃光燈。即使可能因為光線太暗而拍不到東西，但至少這是對尼泊爾人民最低限度的尊重。

我走下屋頂，在撒卡爾的引導之下換了好幾個地點，拍攝蓋在黑棺上的金布、搬運棺材的白衣人、目送送葬隊伍的民眾表情等等。雖然無法拍下宛若來自地底的悲歎聲，但我感覺到自己來到尼泊爾之後首度拍下了一些畫面。

送葬隊伍接近巴格馬蒂河。這裡是我昨天和撒卡爾來的地方。國王今天就要在這裡火化。雖然時間不同，替死者送行的人數也完全不同，但遺體在河畔火化這一點卻是相同的。此時我不得不深刻感受到死亡的平等。

前方的棺材終於要抵達帕舒帕蒂納特廟。我察覺到人群的聲音中出現局部的變化。我環顧四周，看到一輛黑色的車停在距離送葬隊伍稍遠的地方。有許多人朝著那輛車怒罵。

「那是誰？」

我問撒卡爾，但他似乎也不知道。我接近車子，詢問發出怒罵的男人同樣的問題。

「那個人是柯伊拉臘。」

他說。

「他是首相。他沒能保護國王。」

男人蹲下來，從沒有鋪裝的道路撿起石頭，擲向黑色的車子。石頭畫著拋物線被吸入夜空，從我的位置無法確認有沒有命中首相的車子。

第七章

葬禮鳴炮之夜

我感覺到自己的身心同時感到亢奮與疲勞，但仍繼續拍攝葬禮的照片。當地時間已經是晚上八點多。雖然撒卡爾表示說不在乎，但我不能繼續帶著他到處走，所以便請他先回家，自己一個人走動，選擇看似會說英文的人採訪。後來疲勞開始占上風。當我努力拖著沉重的步伐回到東京旅舍時，已經接近十一點。

喬珍區的大街上雖然還有一些燈光，但是進入巷子裡便一片黑暗，甚至讓人感覺到危險。我不時摸著土磚牆壁，憑藉著從家家戶戶裝飾精美的窗戶透出的微弱光線，加快回程的腳步。夜深之後，路上的人還是很多。這麼多人替國王送行，依依不捨地待到深夜。不過到了東京旅舍附近，路上就只剩我一個行人。

遠處傳來某種聲響。類似鐘聲的「轟……」的聲音是哀悼國王之死而鳴放的炮聲，每隔幾十秒就會朝天空發射，這一次不知道是第幾發。我數到一半就搞不清楚了。我聽街上的人說，一共會發射五十五發。國葬鳴砲的次數據說和國王的享年一樣。

我看到了旅舍。綠色鐵門上的燈往下投射出三角錐範圍的橘色光芒。即使只是暫時寄宿之處，不過想到自己終於回來了，仍舊感到身心放鬆下來。

就在這時，旅舍的鐵門意外地從內側打開了。我以為是查梅莉迎接我回來，但走出來的卻是舒庫瑪。他仍舊穿著整潔的白襯衫，不過手臂的部分難免還是多了些皺紋。他和我一樣感到驚訝，瞪大眼睛看著我說：

「妳工作到這麼晚的時間？」

「是的，我去參觀了國王的葬禮。你要去哪裡？」

他有些靦腆地笑著說：

「我想去喝酒。雖然說在這裡也能喝……」

「你比較喜歡熱鬧的地方嗎？」

「也不是這樣。總之，妳馬上就會知道了。再見。」

舒庫瑪說完就晃入夜晚的街上。在國王過世的次日，會有提供酒類的店家嗎？我正思索著，他的身影已經消失在街道的黑影中。

我拉開旅舍的鐵門。昏暗的前廳裡，查梅莉正在櫃檯後方翻閱帳簿。她看到我，有些歉疚地說：

「太刀洗小姐，還沒有回音。」

她指的是我要採訪拉傑斯瓦准尉的事情。我藏起內心的失望。

「那也沒辦法。他既然是王宮的軍人，今天想必處於很混亂的狀況中。」

「我也這麼想。如果有回音，我會通知妳。」

「拜託妳了。就算我還在休息，也可以叫醒我。」

雖然這麼說，不過我要是睡著了，光是敲門或許沒辦法把我叫醒。

「我知道了。我今晚應該也會很晚睡。」

「如果是因為我拜託的事情……」

查梅莉露出微笑。

「不是。是因為舒庫瑪先生出去了，要等他回來才能去睡覺。」

這也是理所當然的。東京旅舍並沒有那麼多員工可以二十四小時顧著櫃檯。查梅莉大概要等到所有房客都回來，才能上鎖休息。

我感到很疲倦。雖然腦袋一角仍想著必須先確認今天拍的照片，但我的意識幾乎已經朝向溫暖的洗澡水與柔軟的床。

然而查梅莉卻對走向階梯的我補了一句。

「對了，今晚停水。」

我轉頭看到她已經把視線放回帳簿。

加德滿都長期苦於水資源不足，不時會進行分區停水，每個區域的停水時間不同。雖然早就聽說過了，但沒想到好巧不巧卻是今晚。我感到全身的疲倦倍增，就連脖子上掛的數位相機都好像緊緊嵌入肩膀。舒庫瑪之所以會外出喝酒，大概也是因為這個理由。沒有水會有許多不便之處。

我打開二〇二號房的門鎖，開了燈。就如分區停水，分區停電在這座城市也是家常便飯。這時應該慶幸至少沒停電嗎？我想要親眼確認停水的事實，於是走到洗臉台轉開水龍頭。殘留在水管中的水形成細細的水流，不久便停止了。我把單肩背包丟到床上。暫時不能洗澡了，不過停水會延續到什麼時候？剛剛應該問查梅莉停水結束的時間才對。

內心有一股衝動想要追隨背包躺到床上，但我還有事情要做。不知道是因為今天是尼泊爾假日的星期六，或者因為所有店家的主人都去替國王送葬，我在街上沒有買到收音機。現在也不能向舒庫瑪借收音機。這一來，四樓的電視就成了寶貴的情報來源。得至少先去看一下電視新聞。我知道如果坐下來就會失去氣力，因此便把相機放在桌上，為了保險起見拿起單肩背包，立刻走出原本應該給我安寧與休憩的二〇二號房。

我注意到走廊有些暗，發現有一顆燈泡熄滅了。鎖上房間的門之後，走向階梯。

當我走到階梯前方，另一間客房的門打開來，有個男人緩緩走出來。是羅柏。他的下巴長出鬍鬚，臉色蒼白。即使如此，他看到我還是露出堅強的笑容。

「嗨，萬智。妳回來了。」

「嗯。」

「很累了吧？可是竟然停水了。真是傷腦筋。」

「我也有同感。」

在交談的當中，他不時意有所指地瞥向我。我一開始以為他是在送秋波，但感覺又不太像。

「怎麼了？」

我問羅柏，他便明顯表現出困惑的神情。

「沒有，我是聽說妳有話要跟我說。」

「我？」

或許是因為我的表情顯得太驚訝，羅柏連忙辯解。

「大概是搞錯了。對不起。」

他打算要關門。由於他的樣子似乎很沮喪，因此我想要跟他聊一下，忽然想到一件事。

我原本就想要採訪各種立場的人。如果能夠在報導中加入剛好在加德滿都的美國旅客說法，或許也滿有意思的。

「我沒有話要對你說，不過想要聽你說話。」

「我？」

灰色眼睛在凹陷的眼窩中透出喜悅神色。他似乎很想和別人交談。

「是的，不過在這裡會干擾到其他客人。」

「如果妳方便到我的房間……」

「我也想看電視。我們到四樓吧。」

他嘆了一口氣說「我知道了」，然後關上門，鎖上之後跟隨我上樓。

四樓沒有人。查梅莉在一樓，舒庫瑪則外出去喝酒了。沒看到八津田，不過他大概也不是那種會緊盯著新聞的人。我打開電視，把一旁餐桌的椅子拉過來坐下，還沒開口，羅柏也坐到我的對面。

「你訂到出國的票了嗎？」

羅柏苦著臉搖頭。

「沒有。他們每次都只會說『請稍等』，然後要我重打別的電話，最後才告訴我說營業時間結束。讓查梅莉賺了不少電話費。」

「這樣啊……」

「反正我明天再找找看吧。」

他似乎想開了，很乾脆地這麼說。

「對了，妳要我說什麼？」

我舉起手制止他說話。剛剛打開的ＢＢＣ節目中，播報員以緊張的神情念稿：

『政府今晚宣布狄潘德拉殿下繼承王位。新國王的意識還沒有恢復，暫時由賈南德拉王子攝政，代理公務……』

我驚訝地打開記事本。賈南德拉是因為這次事件而亡故的畢蘭德拉國王的弟弟。也就是說，對於據說開槍狂射的狄潘德拉王儲而言，他等於是叔父。

播報員還沒有說完，羅柏便狠狠地說：

「太瘋狂了。竟然要讓屠殺者當國王？」

「他目前意識不明。」

他聽到我這麼說，表情驟變，用彷彿要噴火般的氣勢質問我。

「那又怎麼樣？他有可能會恢復。一條生命得救了！太棒了！可是他起床之後要說什麼？我殺死了父親和母親，可是因為我是王儲，所以要繼承王位？開玩笑！又不是中世紀！如果槍殺總統就可以讓副總統升級，那麼白宮每天都會展開決鬥了。」

他轉向電視。BBC在報導皇太子繼位之後，暫時開始播放音樂。或許是哀悼死者的音樂，弦樂器的音色餘音嫋嫋，非常悲傷。

「今晚尼泊爾人或許也想著同樣的問題。讓弒君者登上王位太奇怪了，搞不好有什麼問題。這下子一定會引來騷動。」

羅柏說完又仰望天花板喊道。

「可惡！我真希望在家裡的沙發看這條新聞。雖然變得有趣了……可是太近了！」

他為了追求異國情調而來到東方，卻因為殺人事件而無法出國。他的心情或許就像是為了看獅子來到動物園、卻被關進獅子籠裡的遊客吧？「太近了」這句話充滿了真實感。

看著羅柏激動的側臉。他說他想要在美國看這起事件。我此刻進行採訪則是為了寫出給日本讀者看的報導。也就是說，這裡存在著新聞的傳遞者與接受者。我預期的讀者是像他這樣的人嗎？我忽然發覺到，自己當了六年記者，卻似乎從來沒有真正好好思考過：什麼樣的人會閱讀並欣賞我的報導？

雖然不知道能不能納入報導中，不過我想要和羅柏多談一會兒。不，其實我希望和我談話能夠讓他稍微放鬆一些。便拿出記事本出來。

「羅柏，我受到日本雜誌《深層月刊》的委託，正在進行採訪。可不可以說說你對這起事件的感想？」

他聽了眼神立刻出現變化，彷彿同時存在著自豪與反感，又彷彿是感到既喜悅又困惑。

「雜誌？這麼說，妳真的不是學生？」

「我不是說過了嗎？」

「妳說妳已經二十八歲，實在太誇張了，所以我不知道妳說的話哪些可以當真。」

我不禁莞爾。我在學生時代反而常被人說看起來不像學生。

「這個嘛，因為發生了完全沒有預期的大事件，所以我很震驚。可以的話，我希望盡快離開這個國家。畢竟不知道會發生什麼事情。雖然我的第一選擇是巴士，可是在這種時候，就算得坐飛機也只好接受了。在離開尼泊爾之前，都不能放心。我一再告訴自己，要慎重冷靜才行。」

我把他的話翻譯成日文記下來。羅柏或許覺得日本文字很有趣，在我寫完之後仍舊盯著我的筆。我忽然想要多秀一些給他看，因此雖然沒有必要卻又多寫了「羅柏這麼說。據說他有Chief幫他撐腰」這幾個字，然後闔上記事本。

「謝謝你。」

「報導什麼時候會登出來？」

「如果沒有其他更大的事件，大概是這個月中。雜誌印出來之後，要不要我送你一本？」

他像小孩子般用力點頭。

「一定要。拜託妳了！」

於是我也記下了他的地址。羅柏說他要自己寫，因此我便把記事本遞給他。看著他寫下加州的地址，聽到遠方傳來的葬禮鳴炮聲。

BBC停止播放音樂，又開始報導新聞。

『政府今晚宣布狄潘德拉殿下繼承王位……』

我在凌晨零點左右回到二〇二號房。懷著碰運氣的希望轉開水龍頭，但這次連一滴水都沒有出來。看著突然感到口渴，拿起桌上的電熱水壺——感覺到水壺有些重量，打開蓋子，看到裡面有水。我依稀記得好像是自己裝的，但記憶並不明確。雖然覺得可能會有危險，不過轉念一想，只要煮沸應該就沒事，因此便打開開關。

我坐在床上拿起相機。雖然帶了很多替換用的電池，但不知道夠不夠。我沒有在海外採訪的經驗，也是第一次用數位相機採訪。因此無法預期電池的消耗量，也不太敢保證在國外買的電池也能毫無問題地運作——雖然我覺得大概沒關係。

購買數位相機的時候，我在選擇充電式或電池式的機型時猶豫了很久。充電式可以長時間使用，機身也較輕薄。電池式因為是使用電池，無可避免會比較笨重。但是充電式相機如果在戶外電力用完就沒輒了，相較之下電池式只要有替換電池就可以更換。這次採訪之後，我會再次考慮哪一種比較好。

雖然擔心電池殘餘電力不夠，不過我還是得確認照片。打開相機電源，檢查先前拍攝的照片。我拍了幾十張國王送葬隊伍經過加德滿都街道的畫面：有經過古都風格的磚牆與格子門建築的照片，也有經過二十一世紀風格水泥與玻璃建築與漢堡店招牌下方的照片。

我原本就覺得自己拍到了東西。這些照片有很多張的構圖確實比上午在王宮前面拍的更有意思，但是和自己原先預期的成果相較，都不能算是很滿意。不過我想要拍到滿意的究竟是什麼樣的畫面呢？

我嘆了一口氣。這些照片如果只是要使用並沒有問題。為了傳給「深層月刊」，得找個可以上網的地方……要思考的事情還有很多。

就在我看著照片時，有人小聲地敲了門。我緩緩站起來。這時才突然注意到，房間的門沒有窺視孔。

「誰？」

回答和敲門聲一樣小聲。

「我是查梅莉。關於那件事……」

雖然我覺得不會有問題，但為了保險起見還是掛上門鏈才打開門。門外只有查梅莉一個人。不知為何，她有些顧慮地一再瞥向樓梯的方向。

「怎麼了？」

「沒有……我聽到那邊的房間有聲音。」

她這麼說，我也聽到了好像是移動重物的聲音。

「住在這一層樓的只有我和羅柏……羅柏特・佛斯威爾嗎？」

「不是，舒庫瑪也住在這一層。不過他還沒有回來。」

「這麼說，聲音是從羅柏特的房間傳來的？」

「是的。如果持續到太晚，我得去看看情況。還有……」

她把聲音壓得更低，似乎害怕被人聽到。

我解開門鏈。

「請進。」

「……謝謝。」

查梅莉進入二〇二號房。

「妳剛剛提到是關於那件事……」

「是的。」

她停頓了一下，說：

「他願意見妳。」

我原本疲憊到極點的身體感覺湧出了新的力量。「他」指的當然是事件當晚在王宮擔任警衛的軍人。沒想到真的能夠採訪到他！

「妳是指拉傑斯瓦准尉吧？」

我配合她壓低聲音，但她還是把手指放到嘴前。

「小心……他說他希望和妳見面這件事能夠保密。」

這是很自然的考量。王宮警衛的情報當然是最高機密。更何況在無法防止國王遭到殺害的這個情況下，如果被下達封口令也不意外。即使如此，他仍願意見記者，當然不會想要讓同僚知道。他在這種狀況下卻願意見我，會不會是想要說出什麼驚人內幕？不，這樣的判斷未免太心急了。我壓抑自己的心情。內心的興奮不容易呈現在臉上的特質，在這種時候幫上了大忙。

「知道了，我不會告訴別人。」

不論他要對我說什麼，想必都會要求匿名的條件。這點沒問題。只要當作特殊管道的消息寫出來就夠了。

「什麼時候、在哪裡見面？」

「這點他說明天再通知。」

他大概不知道何時才能夠離開工作崗位。目前完全無法判斷明天的局面會有什麼樣的變化。但是這一來，我就得一整天待在旅舍了。

「上午或下午都不能確定嗎？」

查梅莉露出不知該如何回答的表情。畢竟不是她在安排時間，被問到也只會感到困擾吧。

「大概是下午吧……他從來沒有在上午來過。」

「我知道了。」

電熱水壺的水煮沸了，開關發出「喀」的聲音切斷電源。

「那麼，請務必保守祕密。」

查梅莉說完，準備起身離去。我從背後叫住她。

「查梅莉，謝謝妳。」

「別客氣。妳明天再向他道謝吧。」

她轉頭看我。我又問她。

「還有一件事……停水到什麼時候結束？」

查梅莉原本表情僵硬，似乎擔心我會問她什麼，但聽了我的問題就鬆了一口氣。她重新正對著我，說：

「到早上六點。」

今晚果然得放棄洗澡了。

「明天也同樣預定從晚上十點開始停水。那麼，晚安。」

查梅莉關上門。

不能洗澡很令人遺憾，不過工作方面卻得到很棒的機會。心中湧起寧靜的興奮。我拿起杯口朝下放置的馬克杯，倒入熱水壺的熱水。

這時我發覺到加德滿都的夜晚變得很安靜。即使豎起耳朵，也只聽到搬動物體的聲音。羅柏不知道在做什麼……不久之後查梅莉大概就會去看情況吧？

葬禮的禮炮似乎已經鳴放完畢。在我睡著之前，沒有再聽到好似遠方鐘聲般的炮聲。

第八章

傳言的城市

據說尼泊爾的雨季和日本的梅雨季節不同，不是綿延不斷地一直下雨，而是不久前還很晴朗的天空轉眼間烏雲密布，下起午後雷雨般的傾盆大雨。

今天早上也很晴朗，乾燥的風拂過裸露的泥土。我走在清晨的加德滿都街上，淋浴後只塗防晒乳的臉上很快就覺得蒙上了一層沙。因為要等拉傑斯瓦的聯絡，因此沒辦法走得太遠，不過我無論如何都想要買到昨天沒有入手的收音機。

想要告訴查梅莉我會馬上回來，可是她並不在櫃檯。員工區似乎有人，但呼喚之後也沒人出來。我只好加快腳步，早點辦完事情回來。

我知道有兩個地方賣收音機。一個是因陀羅廣場——在那裡買東西應該會很有趣，而且視討價還價的情況有可能便宜買到。但現在我想要確實而迅速地入手，即使貴一點也沒關係。於是便前往自己知道的另一個販售地點：新街。

我來到尼泊爾已經第四天，對於土磚街景、在溼婆神像上塗紅粉祈禱的女人也開始感到習慣了。即使看到小孩子在塞滿塑膠袋和蔬菜屑的水溝撿拾垃圾，也不再感到驚訝。或許正因為如此，我無意中便能感受到加德滿都街上的氣氛有些變化。

昨天有許多男人聚集在街角，默默地盯著報紙。只有少數人發出聲音哀嘆。然而今天早上卻不一樣。

戴著傳統尼泊爾帽的半老男人和露出強壯手臂的男子高聲怒罵。我甚至看到有人扭打在一起爭吵。他們說的都是尼泊爾語，所以我不知道他們在說什麼。不過看他們高舉著報紙指著新聞報導，就可以知道爭吵的原因無疑是王宮事件。到昨天為止，我在街上幾乎沒有看到怒火。

尼泊爾政府擠牙膏似地發布消息。城裡的所有人都知道王宮發生殺人事件，但正式發表卻只提到包含國王在內的八名王室成員死亡。這樣的發表本身就引起懷疑，認為尼泊爾政府不打算公開王宮事件的真相，今後或許也不會提出合理說明。人民的挫折感想必是由這種不信任感而引起的。

新街是電器用品街。我記得在販售卡帶、錄影帶、電線、燈泡等等的各種商店當中，應該也有販售小型電器製品的店。我進入店門狹小、店內卻宛若鰻魚窩般很深的商店尋找收音機。留著捲鬚、身材肥胖的店員在收銀櫃檯看報紙。他注意到我，便以和善的笑容問我：

「妳要找什麼？」

他說的是英語。我也微笑回答。

「我要找收音機。」

「收音機呀。妳要哪一種？我們也有可以聽ＣＤ的收音機。」

「謝謝。不過我想要找小台的，可以放進口袋裡。」

店員聽我這麼說，便緩緩走出收銀櫃檯，伸手從櫃子上拿取商品。

「這應該是最小的。」

他拿出的是一台銀色收音機。雖然無法放入口袋，但應該可以收進單肩背包裡。

「我買這台。另外還要立刻用的電池和備用的。還有耳機。」

「好的。」

他俐落地將我要買的商品擺在櫃檯上，然後瞥了我一眼。
「妳是來旅行的嗎？」
「嗯，差不多。」
「碰到這種情況，當然會想要收音機吧？真搞不懂到底是怎麼回事……傳言倒是有很多。」
「傳言？」
我邊從單肩背包拿出錢包邊說：
「我雖然是到這座城市旅行的，不過現在正在進行採訪。我是一名記者，受到日本雜誌《深層月刊》委託。我叫太刀洗。如果方便的話，可以告訴我有什麼樣的傳言嗎？」
店員抬起頭說：
「妳是記者？真的？那我就告訴妳吧。」
他把手肘靠在收銀櫃檯，開始滔滔不絕地說話。
「前天賈南德拉沒有遭到槍擊。妳知道為什麼嗎？聽說那傢伙去了波卡拉。」
賈南德拉是新的攝政，也是亡故的畢蘭德拉國王的弟弟。今天早上新聞報導就有提到，他因為沒有參加晚餐宴會而躲過災難。
「波卡拉？」
「那裡是我國第二大城市。」
「原來如此。他剛好前往波卡拉，所以才躲過一劫。」
男人深深皺起眉頭，說：
「人在王宮卻碰巧躲過一劫的是帕拉斯！他是賈南德拉的兒子！老爸剛好沒參加晚餐宴

會，兒子雖然出席卻剛好無傷。妳想這會是偶然嗎？大家都覺得背後有鬼。不過反正我們什麼都不會知道。這個國家就是這樣。一千四百盧比。」

「一千四百盧比是隱喻嗎？」

「妳在說什麼？收音機、電池和耳機，總共是一千四百盧比。」

「……喔。」

經過短暫的討價還價，最後以一千兩百盧比成交。

我看著店員隨興地將收音機拋入塑膠袋，心中思索著：他剛剛暗示這次事件隱藏著某種陰謀。這麼想的只有他嗎？或者同樣的懷疑已經擴散到全國？

有一點是明白的，那就是情況有了很大的變化。只憑直覺來說，大概是往壞的方向變化。

昨晚羅柏說的話或許只是出自看熱鬧的心態，不過他大概猜對了。狄潘德拉的繼位會讓人民開始懷疑事件暗藏陰謀。當晚究竟發生什麼事情？今天要見面的拉傑斯瓦是否知道所有真相，並且全部告訴我？

如果有辦法報導事件真相……那豈不就是領先全世界的大獨家了？

我辭掉報社工作之後，已經打定主意要當一名自由工作者，不過沒有定期收入的生活比我想像的更令人不安。在公司上班的時候，即使是工作不盡理想的月份、或是只做些例行公事而沒有特別表現的月份，帳戶裡仍舊會有月薪入帳。我不覺得當時比較好，也沒有後悔自己的選擇，只是當時還沒能感受到每個月的租金彷彿逐漸挖空我腳下地面的寒意。

如果能夠獨家報導王宮事件的真相，我就會一舉成名。不奢求十年、至少也有五到六年可以不用擔心工作。視情況發展，還有可能出書。金錢很重要。沒有收入不僅無法生活，也等於是被斷定妳的工作沒有價值……

「太刀洗！」

我聽到有人叫我，驚訝地抬起頭。我搖搖頭，想要拋開迷惘。撒卡爾靠在東京旅舍的牆壁。他用手掌推了一下土磚牆，朝我跑過來。

「妳去哪裡了？查梅莉出去了。」

糟糕。難道是拉傑斯瓦聯絡她了？我只離開旅舍三十分鐘左右，竟然會錯過通知，運氣實在太差了。

「她出去了？去哪？」

「去採買。不然連飯都不能做。她很擔心，還問太刀洗去哪裡了。」

我果然應該設法告知她自己的去處，如果不行也要留下紙條，這樣她或許就會等我了。我正思索著該怎麼辦，撒卡爾便得意地笑了。

「別擔心。她要我傳話給妳。看。」

他的小手中拿著小小的信封。我接過信封，檢視正反面。灰色的信封以膠水黏住封口。不知是否紙質較差，信封感覺軟趴趴的。撒卡爾把手交叉在腦後，問：

「內容是什麼？」

「對不起，我得保密。謝謝你。」

我給了傳信給我的撒卡爾兩盧比做為小費。他聳聳肩收下。

我可以回到房間再打開，不過因為太急，便當場拆開信封。裡面有兩張折成一半的紙條。一張以英文潦草地寫：

——下午兩點到茉莉俱樂部。單獨前來。務必保密。

另一張是地圖。我一開始擔心會找不到，不過仔細看似乎是在王宮街上。這樣應該就沒問題了吧？

我讀信的時候，撒卡爾無所事事地踢著地面。當我把紙條折回兩半放回信封，他便立刻對我說：

「對了，我今天去撿破爛了。這一帶都沒有客人經過，而且妳又不起床。」

「我起床了。」

我八點就起床了。

「是嗎？可是妳沒有走出房間。所以我就去了王宮附近。妳知道那裡現在怎麼了嗎？」

「不知道。」

這時撒卡爾難得顯出嚴肅的表情，說：

「大人聚集在那裡。人數很多。」

「比昨天多？」

「完全沒得比。他們和警察對峙，喊著要賈南德拉出來、發表真相之類的。他們好像快要去推擠警察了。如果一個不小心……砰！」

我也察覺到不安穩的氣氛。如果聚集在王宮前的人群因為集體心理而變得過度狂熱也不意外。守護王宮的警察隊應該也有配備步槍。如果情況像撒卡爾所說的，確實很危險。

不過如果已經展開槍擊那又另當別論，我不能只因為情勢變得緊張就退縮。我看看手錶。現在是十點半，距離和拉傑斯瓦見面還有時間。

「謝謝你，我會過去一趟。」

我把手伸向東京旅舍的鐵門，準備到房間去拿相機。這時撒卡爾在我旁邊說：

「喂，我替妳帶路吧。」

「不是在納拉揚希蒂王宮嗎？我知道路。」

他嗤之以鼻地哼了一聲。

「妳知道的是從新街繞行拉特娜公園的路吧？我知道另外的捷徑，可以縮短十分鐘、甚至十五分鐘。」

我思索片刻。今後我大概還會前往王宮前採訪好幾次。如果來回可以縮短二十分鐘，那會非常方便。雖然擔心能否保護撒卡爾的人身安全，不過只是帶路，應該不要緊吧？

「我知道了，那就拜託你了。」

撒卡爾露出潔白的牙齒笑了。他用拳頭敲了兩下胸脯。

我在昏暗的走廊上從口袋掏出鑰匙。小小的木片吊牌開了孔，用麻繩和鑰匙綁在一起。

我進入房間，把電池放入剛買的收音機。

我把收音機放在二〇二號房傷痕累累的桌上，打開開關。我調了一陣子尋找BBC，不久就聽到英語廣播。

『政府預定在這之後重新針對事件進行發表……』

不知是因為收音機的功能、或是因為室內的電波較弱，音質並不良好，必須聚精會神才能聽出新聞內容。不過我還是確認至少可以聽，然後又插入耳機。耳機完全沒有問題。

我把收音機和耳機放入單肩背包，立刻走出旅舍。撒卡爾在外面等待。

我們走在小巷中。

東京旅舍的斜對面有一座象頭神的神祠。先前這裡沒有人，但此刻神祠前方蹲著一名年輕女性。我走過她背後時聽到啜泣聲。不知是為了國王而哭泣，或是為了完全無關的理由。

我們來到右轉就是新街的十字路口，撒卡爾繼續前進，然後立刻走入建築間的窄巷中。從這裡開始就是陌生的路徑。

帶紅色的土磚營造的街景沒有太大改變。雖然如此，但不知是不是我多心，總覺得路好像越來越窄。頭頂上懸掛著晒衣繩，晒在繩上的白色衣服隨風飄揚。我聞到香辛料的氣味，不過也可能是獻給神明的香。

撒卡爾的步伐毫無遲疑，似乎完全不管跟在後面的我，快步穿過小巷。小孩子走路的速度很快。我稍微加大步伐。

路邊有一間神祠。這間神祠和東京旅舍斜對面的不同，不是土牆，而是磚塊砌成的神祠。在這間神祠前方也有年輕女性蹲著，同樣地在嗚咽。啜泣的聲調幾乎相同。我不禁回頭張望。我感覺彷彿是剛剛那個女人繞到我們前方。雖然我知道不是同一個人，但還是讓我產生了闖入迷宮的錯覺。

越來越窄的道路給我強烈的壓迫感。即使知道不可能，但內心深處依舊有一股不安，擔心這條道路會消失不見。路上的行人不知何時也消失了。

撒卡爾說：

「我在其他地方也看過。」

「……看過什麼？」

「和妳一樣的人。記者……還是叫攝影師？我不知道這兩個有什麼不一樣。」

尼泊爾國王橫死的事件引起全世界的矚目。世界各地的記者當然會湧入此地。

撒卡爾斷斷續續地說著。

「我想起了那件事。那個人是攝影師，還是記者？反正是什麼都不重要。喔，這裡要轉彎。」

他從狹窄的道路鑽入更窄、幾乎不能稱為路的縫隙。

這是一條沒有日照的小徑。一踏進這裡就聞到一股腐臭味……不，是更乾枯、好似已經腐敗到最後程度的氣味。我看到腳邊有黏滑的黑色物體，往前踏的腳不禁停在半空中。那東西看起來好像是香蕉。仔細看，地面上還有果皮、魚骨頭、或許是晒衣時被風吹走而沾滿泥巴的襯衫、看似某種糞便的塊狀物、木片、爛泥狀的不明物體……等等。

撒卡爾不知是沒有注意到或是不在乎氣味，繼續朝著陰暗的前方前進。我握緊單肩背包的背帶，堅定自己的決心，跟隨在他後面。

加德滿都的垃圾很多。不論是哪一條道路，兩邊都會看到被丟棄的食物碎屑、空瓶、瓦礫等，乾淨的大概只有王宮街一帶。不過我沒有想到從住宅區的巷子更往裡面走，竟然會瀰漫著這種氣味。或許日照不佳也是原因之一。我雖然覺得大概很快就會習慣了，呼吸還是變得急促。

「你竟然知道這種路。」

我這麼說，或許是為了隱藏內心的恐懼。撒卡爾稍微往後瞥了一眼，有些得意地回答。

「那當然。因為我是在這一區出生的。這是祕密通道。我只告訴妳……喔，不對。我也告訴過八津田。真有趣，兩個都是日本人。」

「八津田也有事要去王宮嗎？」

「不是，他只是要我詳細介紹這座城市的街道。」

他說完突然變得沉默，沒有再回頭。

「我哥哥也是……」

他朝著前方，以勉強能夠聽見的細微聲音說話。

「他好像也替記者帶過路。」

「你過世的哥哥？」

「嗯。有個受僱於德國人的男人在找可以談地毯工廠的工作情況、還能帶他到工廠裡的小孩子。我哥接下這份工作。太刀洗，妳之前說過不會付錢買我的情報，可是那個德國人付了錢。哥哥用那筆錢替我買藥，還用剩下的錢買了推車。我現在撿垃圾時就是用那台推車。很有用。」

他是否想說，我也應該出情報費？

我感覺不是如此，但是我不知道他想要表達什麼。

「這裡的地盤爭奪很嚴重。我因為也有在賣紀念品，所以被專門撿破爛的傢伙仇視。我得付七成的收入給老大。我猜其他人應該沒有出那麼多。」

「你們還有老大？」

撒卡爾背對著我笑著說：

「當然有啊，他是個可怕的傢伙。」

這時撒卡爾突然往前跳躍。小徑到這裡就終止了。

路口前方是一塊空地，以波浪形的馬口鐵板圍成的空間沐浴在陽光中，地面長著稀疏低矮的雜草。一顆沒氣的足球掉在地上。一輛輕型汽車停在那兒，似乎只要能夠發動引擎就能開走。我聽到騷動的聲音。雖然聽不出任何一句話的內容，不過聲音中明顯充滿怒氣，宛若波濤般迴盪。

包圍空地的馬口鐵板除了我們剛剛進入的縫隙之外，還有另一處開口。撒卡爾指著那條道路。

「從那裡出去，過了天橋直走，馬上就到王宮街了。」

陌生的路感覺很長。我並沒有辦法實際感受到這條路是捷徑。不過撒卡爾既然這麼說，應該就不會錯吧。

「抱歉，我只能陪妳到這裡。我還得回去賺錢。」

為了感謝他帶路，我再度從口袋掏出兩盧比的硬幣。不知為何，撒卡爾似乎感覺有些意外，困惑地說：

「我可以收下嗎？謝謝。」

臨走之際，他忽然好像想到什麼，說：

「喂，太刀洗，我真的很喜歡哥哥。」

我只能點頭回應。

目送撒卡爾消失在小巷深處，然後拿起數位相機。我確定電池殘餘量沒有出現警告之後，便衝向聲音傳來的方向。

納拉揚希蒂王宮前方被群眾占據。

人群各自呼喊著。他們沒有統一的口號，也看不到標語之類的東西。他們只是在盛怒中各自發出喊聲。其中有許多剃了頭髮的男人。看上去大約有三、四千人的群眾當中，有三分之一左右都剃了頭髮。他們高舉著手臂增加氣勢。

我站在距離群眾尾端稍遠的地方。從這裡往王宮看過去都是人，根本看不到正門前方的情況。撒卡爾說警察和群眾產生衝突，不過現在也沒辦法確認這一點。

我在聚集的人群後方徘徊一會兒。他們的聲音強烈而激動，並且充滿憤慨。雖然能夠把這幅場景寫入文章，卻沒辦法拍下照片。要拍下傳達現場氣氛的照片，必須要到群眾的前方。我必須站在最前列往後拍，才能拍下民眾的憤怒。

或許有其他通道可以繞到前方，可是能夠帶路的撒卡爾已經回去了。即使他沒有回去，我也不可能帶小孩子到這種場合。如果一定要拍攝眾人的臉孔，就只能從人群中擠到前面了。然而如果在移動中，人群轉變為暴徒或警察開槍，那就無處可逃了。雖然目前應該還不會有問題……

我張望四周，思索著是否有更好的方式。這時發現到附近停了一台裝設衛星天線的車，不知是否尼泊爾電視台派來的。攝影師站在車頂，伸長身子在拍攝群眾。他們似乎已經放棄前進，畢竟也不可能開著那台轉播車闖入人群當中。

我也看到其他幾個類似記者的身影。其中我注意到在馬路對面談話的兩人。一個是穿著格子花紋襯衫和灰色褲子的年輕男子，另一個是留著鬍鬚、額頭綁著頭巾的中年男子。綁頭巾的那個人拿著相機。雖然和我手中玩具般的數位相機不同，不過以專業相機來說很小台。

我覺得這兩人應該是日本人。年輕男子穿的鞋子是日本鞋廠的運動鞋。雖然說穿著日本鞋不能斷定他們是日本人，不過撒卡爾也說過，問他們是不是日本人，即使錯了也不至於被揍。

我越過四線車道走近他們。綁著頭巾的人首先注意到我，詫異地對我點點頭。我主動開口說：

「你好。我是受到《深層月刊》委託的記者，名叫太刀洗萬智。冒昧請問一下：你們是日本報社的人嗎？」

「啊，是的。妳好。」

回答的是年輕男子。他似乎鬆了一口氣，從口袋中拿出名片。

年輕男子是《中外新聞》的記者，姓池內；綁頭巾的男人不是攝影師而是翻譯，姓西。就如我猜想的，他們隸屬於德里分社。西接過我的名片，冷冷地說：

「我先離開一下。」

說完就離開了。池內拿出手帕擦拭額頭上的汗珠。

「你好。沒想到《深層月刊》也派人來了。」

月刊雜誌的機動力遠遠比不上擁有海外分社的報紙與電視，因此難怪池內會感到驚訝。我微笑著說：

「我只是剛好為了別的事情來到加德滿都。」

池內嘆了一口氣。

「那真是好運。我是長途跋涉趕來的。昨晚總算到達，還來不及收集情報，就遇到這麼大的群眾。真是受不了。」

「昨晚到達的話，應該也採訪了葬禮吧？」

「勉強採訪到了。不過照片用的是路透社發布的……對了，妳有沒有得到什麼情報？」

如果是獨家情報，有時會先隱藏起來，不過如果是遲早會流傳出去的情報，則會毫不吝惜地彼此交換。從事這一行的人大多比較擔心錯過其他家媒體掌握的情報，更勝於想要立下功勞的心情。

不過現在我沒有太多可以提供的情報。最新情報只能仰賴ＢＢＣ新聞，而最重要的情報來源則是待會才要去見面。我當然不能說出拉傑斯瓦的事情。我擺出歪著頭的姿勢回答。

「雖然只是傳言階段……不過我聽說，新任攝政的賈南德拉在事件當晚剛好前往波卡拉市，沒有參加晚餐宴會，似乎很可疑。他的兒子雖然出席了，但卻沒有受傷。」

池內輕輕點了兩、三下頭。

「我也聽說攝政的兒子沒有受傷，但是我是第一次聽到賈南德拉不在加德滿都。」

「關於這一點我還沒有查證。」

「我知道。提到傳言，妳有沒有聽說帕拉斯的傳言？」

「他是攝政的兒子吧？」

「沒錯。」

即使在怒吼聲此起彼落當中，池內仍舊有意無意地壓低聲音。

「我聽到不好的傳言。賈南德拉原本就不得人緣。他反對民主化是眾所皆知的。不過帕拉斯的人緣更差。據說他個性庸俗，很喜歡玩女人，甚至還有傳言說他涉及毒品買賣。他好像也曾經開車肇事逃逸而害死過人。可是因為他是王室成員，所以不會受到懲罰。」

「……真是不敢相信。」

畢竟從今年起就進入二十一世紀了。小時候想像的二十一世紀中，並沒有殺了人也不會被抓的王室成員。池內聳聳肩說：

「這似乎是廣為人知的事情。常到德里分社的尼泊爾外勞聽到這起事件，第一個就告訴我這件事。」

知道可能發生過這種事之後，似乎就能夠理解王宮前發生騷動的理由。也就是說，這個國家的王室和政府都沒有受到信任。政府不被信任、但領袖個人卻受到敬愛的情況並不罕見。南斯拉夫境內的各民族都為狄托總統之死而哀悼，但政府卻無法保住國家。昨天的葬禮之所以有那麼多人聚集，或許純粹是因為畢蘭德拉個人的人緣。

「謝謝你。」

「我才應該說謝謝。我住在希夏邦馬飯店。如果有事，請隨時跟我說。」

「我住在一間叫做東京旅舍的民宿。」

「東京旅舍？有這種旅館？」

「有的。至少有自來水……不過現在沒有。」

池內笑了出來。他或許也知道分區停水的狀況。

我們稍微交換情報之後，原本應該要各自繼續原先的採訪，但這時一陣巨大的聲浪衝擊我們。聚集在一起的民眾幾乎都發出類似悲鳴的聲音。

「怎麼了？」

「好像發生什麼事了。」

我以為鎮壓行動終於開始，但沒有一個人逃跑，反而喊得更大聲。

如果現場陷入驚慌狀態，我得確保逃跑的路才行。正當還在觀望著人群的狀況，擔任翻譯的西跑回來。

「西先生，怎麼了？」

西聽到池內的問話，只是歪著頭說：

「我也不知道。他們好像在說新聞報導了什麼。」

我忽然靈機一動，打開單肩背包，拿出收音機並打開。由於我在旅舍房間調整好了，收音機開始播放ＢＢＣ新聞。池內瞪大眼睛。

「妳的準備真周到！《深層月刊》的……呃……」

「我叫太刀洗。」

我們只說了這些，三人便豎耳傾聽收音機。音質不佳的聲音在人群吶喊中更加難以分辨，因此我把音量調到最大聲。

如果我聽得沒錯，新聞如此報導：

「以上是新攝政賈南德拉殿下的聲明。再次重複：攝政殿下先前發表，畢蘭德拉國王等王室成員死亡的原因，是因為自動步槍爆炸。根據發表內容，因為槍枝爆炸，導致八人死亡……」

我不禁看了池內的臉。池內呆呆地看著西，西則擺出苦澀的表情盯著收音機。

這種說法沒有人會接受。簡直就等於宣布不打算追究真相。聽著數千人的吶喊，池內喃喃地說：

「我覺得這步棋下得很糟。」

深有同感。

另一方面，我也想到其他的事情。群情激昂到這種地步，現在更不可能到群眾前方拍照了。我錯失了機會。

但我還是拿著相機拍了幾張照片。明知只有後腦杓的照片沒有用處卻仍舊拍照，只能說是無法死心。

第九章

國王與馬戲團

我四度經過茉莉俱樂部前方。

地圖上標示出王宮、從王宮延伸的寬敞道路、行人穿越道、做為標識的旅行社招牌。方向感也是記者工作必備的要素之一，因此我也具備一定程度的地圖閱讀能力，但是眼下卻完全找不到茉莉俱樂部。

雖然說是俱樂部，但我不知道是什麼樣的俱樂部。查梅莉的留言中只提到茉莉俱樂部，我不知道那是社交俱樂部、夜總會俱樂部、咖啡廳、類似舞廳的場所或是鴉片窟。也因此，我得將視線所及的一切都懷疑為茉莉俱樂部。

然而在我經過同一場所四次之前，壓根沒想過這裡會有我要找的俱樂部。明明應該映入眼簾了，我卻沒有看到。茉莉俱樂部位在入口玻璃門上用膠帶貼著「KEEP OUT」的廢棄樓房內。懷著半信半疑的心情從蒙上塵埃的窗玻璃往裡面看，找到過去應該閃爍著霓虹燈的電子看板。

我姑且無視於禁止進入的標示想要打開入口的門，但門上卻上了鎖。幸虧之前算到可能會迷路而提早過來。我孤單地站在水泥鋪裝的人行道上思索片刻。

「我應該沒有弄錯。這麼說……」

難道是被唬了？拉傑斯瓦准尉難道是因為不想接受採訪，因此指定廢棄建築為約定地點來耍我呢？

這種情況不無可能。不過即使如此，我也不會失去什麼。拉傑斯瓦准尉既然指定茉莉俱樂部為約定地點，那麼我不論如何就得在約定時間之前抵達那裡。

廢棄樓房兩側都有樓房。右邊的樓房外牆是奶油色，一樓有樂器行進駐。櫥窗內陳列著電吉他，貼著「SALE!」的紅標籤。

左邊的樓房是深灰色水泥外牆，上面遍布著幾乎像是花紋的裂痕。這棟建築看起來比廢棄樓房還要古老。四層樓的每一層都有招牌，但都是用書寫尼泊爾文的天城文寫的，因此我看不懂。二樓窗玻璃內側貼著海報。圖片中有個留鬍鬚的男人在喝酒，並沒有褪色。這麼說，應該是最近才貼的，所以這裡並非處於無人狀態。

這棟樓房和廢棄樓房之間有稍微寬敞的縫隙。裡面丟棄著洋芋片的袋子、傳單、沾滿泥巴且只有單邊的鞋子，以及壞掉的掛鐘。前方有一扇灰色的門。那是出入用的小門。

我下意識地張望左右，確定沒有人注意這裡便鑽進小巷子裡。雖然說主要是因為撒卡爾的關係，不過我在來到這座城市之後，好像就一直走在建築之間的夾縫，讓我不禁感到有些好笑。

這扇小門是鋁製的，門把同樣是熟悉的鋁製。胸口高度以上的部分是玻璃門，上面裝了塗成黑色的鐵格子。塗漆處處斑駁，露出紅色的鐵鏽。如果小偷要進去，與其打破鐵窗，不如敲壞鋁門可能比較快一點。我要伸手開門時發覺到一件事：門把並沒有很髒。如果長時間沒人使用，應該會蒙上更多塵埃才對。我再度伸手握住門把。

輕輕地轉動門把，只有些微阻力便轉開了。門並沒有上鎖。

我站在丟棄物散發惡臭的巷子中，抓著銀色的門把吁了一口氣。包含國王在內的王室成員在可疑狀況下被殺害，民眾高舉手臂要求正確情報。在這樣的國家，我現在正打算獨自和軍人會面。事情或許比自己想像的更危險。

我打開門。

就如想像的一樣，廢棄樓房中瀰漫著塵埃的氣味。我擔心傷到喉嚨，便從口袋拿出手帕蒙住嘴巴。不過待會兒就要與人對談，不可能一直維持這樣的姿勢。我呼吸幾次之後，輕輕把手帕拿開。

我從單肩背包拿出錄音機，放在胸前的口袋。思索著是否應該按下開關。一般來說，應該先問對方能不能錄音再按下開關才符合禮儀。可是視時間與場合，也可能會祕密錄音。

這次我決定不要按下開關。沒有理由要偷偷錄音。而且萬一被發現，那就太危險了。

一樓似乎是類似餐廳的地方。我進入的是廚房。這裡的食材應該老早就全部清乾淨了……但是地上卻有蟲子以眼睛無法捕捉的速度爬行。看起來像是常出現在廚房的那種蟲。當然，這也可能是我的心理作用看到的幻覺。看著布滿蜘蛛絲的瓦斯爐、門半掩的餐具櫃、掉在地上的小單柄鍋，準備穿過廚房。這時我聽見細微的聲響。

「嘰……」的聲音聽起來像是劃一的機械聲。我想要確認是從哪裡傳來的，便緩緩移動耳朵的位置。耳朵朝著牆壁時，聲音變得比較大聲。原本以為是業務用的大型冰箱還在運轉，不過我猜錯了。隱藏在冰箱後方的死角有個配電盤。發出聲音的就是這個。這麼說，這棟樓房並沒有斷電。

我穿過廚房，看到櫃檯前方排著圓椅的區塊。地板是紅色與白色的格子狀，不過因為布滿灰塵而使得對比變得較模糊。這裡的氣氛如此荒蕪，卻連一張椅子都沒有傾倒，感覺很不可思議。椅子之間的間隔不一，可見並沒有固定在地板上。我繞過櫃檯檢視椅子的座位面。

每一張都同樣布滿灰塵，可見並沒有人使用這些椅子。沒有傾倒或許只是偶然。就連這種無關緊要的瑣事也會讓我在意，或許是因為緊張而造成神經過敏。

我原本以為這間餐廳就是茉莉俱樂部，但看樣子並不是。穿過通往走廊的玻璃門之後，回頭看到門上方有塊傾斜的招牌，上面寫著「BIGFOOT」。

走廊上沒有燈光，不過從窗戶射入的陽光灑落在室內，因此還能夠確保視線範圍。我想到如果有電力的話，燈應該也會亮，因此抬頭望了一下天花板，看到日光燈管已經被拔下來了。

從空間大小來看，一樓或許只有餐廳進駐。這麼說，茉莉俱樂部應該是在其他樓層。我毫無理由地放低腳步聲，走在走廊上。不知道這裡是否會有樓層介紹的標示。

我走到走廊盡頭附近，找到電子看板。

「……是這個嗎？」

霓虹燈管形塑穿著網襪的女人的腿。這條腿過去大概是藉由霓虹燈明滅展現伸縮的動作，在此刻沒有通電的狀態下，就只是個三隻腳的詭異物件。店名也以霓虹管描繪。「club jasmine」，心形的箭頭朝著下方。

我來到走廊盡頭，右邊有一道階梯，往樓上與樓下延伸。

距離約定時間還有十分鐘。拉傑斯瓦准尉似乎已經到了。禁止進入的廢棄樓房地下一樓透出微弱的光芒。

我感覺膝蓋突然失去力量。原來這就是腿軟的感覺。以前在報社的時候，背後總是有公司做為後盾與救命繩。沒有這些依靠，我能夠前往地下室嗎？

我需要鼓起勇氣的儀式。過去不曾有這樣的需要，是因為在採訪中沒有感受到危險。雖然在記者會會場或包圍採訪時，面對激動的採訪對象是家常便飯，但我從來沒有感到恐懼。因為被怒吼的不是我個人。但現在卻不同。我只有單獨一個人。為了走下階梯，我需要某種依靠。

我為什麼要下樓梯？

為什麼不是其他人、而是太刀洗萬智必須走下樓梯？

「……因為這是我的工作。」

我喃喃地說。

「知」是尊貴的，而讓眾人知道真相也是高貴的。就因為我如此相信，才會決定在離職之後繼續從事記者的工作。此刻在現場的是我，所以我必須做這件事。

——只有這樣？

令人毛骨悚然的寒氣從我此刻注視的地底襲來。

我閉上眼睛，搖了兩三次頭。當我緩緩張開眼睛，籠罩全身的寒氣消散了。剛剛的感覺到底是什麼？

最後推動我前進的是手錶。距離約定時間只剩一分鐘時，我只憑著「不能讓約定對象等候」的常識，一步步走下水泥階梯，前往茉莉俱樂部。

茉莉俱樂部似乎是舞廳或迪斯可廳之類的場所。樓層空間很寬敞，沿著牆壁有幾個小小的包廂座位。吧檯後方的櫃子上過去大概陳列著許多酒瓶，現在則空無一物。吧檯後方有個小門，門後面似乎是廚房。這裡或許也曾提供輕食。

壁紙是紅色的，地板上散落著破碎的玻璃和紙屑，就連玻璃球都滾落在地上。我看到一張宣傳單，不知為何以紅字寫著大大的「WARNING!」。

燈光很暗。或許是因為原本應該點亮的燈泡有好幾顆都壞了。

在朦朧的光線與乾燥的灰塵氣味籠罩中，站立著一名男人。

「妳很準時。」

男人穿著深綠、深褐與淺棕三色的迷彩服，留著濃密的八字鬍。即使在昏暗的照明中，也能看出他的臉晒得很黑。他的肩膀很寬，脖子也很粗，細細的眼睛幾乎看不到白眼球。他的腰際配戴著槍套，裡面放了一支槍。我完全不懷疑這支槍裝填了實彈。

我前天在東京旅舍的一樓應該看過他。當時我只看到背影，因此不確定和眼前的男人是否同一人。上次我清楚見到的短髮此刻也隱藏在軍帽中。

他是個將近一百九十公分的大漢。沉著的氣質讓他光是站在那兒就感覺很強，具有近乎恐怖的威嚴。我考慮到萬一發生衝突的狀況，刻意站在背對樓梯的位置。我首先開口：

「我是記者，名叫太刀洗。我受到日本雜誌《深層月刊》的委託來採訪。請問你就是東京旅舍的查梅莉介紹的拉傑斯瓦准尉嗎？」

他沒有移動身體，只動了嘴巴說：

「嗯，沒錯。」

「她說你是軍人。請問你是尼泊爾軍方的人嗎？」

「是的。」

「查梅莉說，一日晚上你負責王宮的警衛。」

拉傑斯瓦搖頭：

「不對。我的確在王宮，但並不是值班警衛。」

「也就是說，你並沒有在舉行晚餐宴會的房間擔任警衛嗎？」

「是的，我在休息室。」

即便如此，事件當晚他仍舊是在王宮。我感到渾身顫抖。真的接觸到震驚世界的大事件的證人了。

「准尉，為了將你的談話寫入報導中，我可以錄音嗎？」

回答很明快：

「我拒絕。」

他連與記者見面的事情都要求保密，會警戒也是很正常的。採訪對象不願意錄音並不是罕見的情況。我立刻說：

「我知道了。那麼為了避免錯誤，請讓我記下筆記。」

我拿出筆和記事本。想問的事情多如牛毛。當我知道可以見到拉傑斯瓦之後，就不斷思索要問什麼問題，並且加以琢磨整理。雖然是簡潔的Q＆A，但這些問答會成為領先全世界的情報。

然而他揮揮手阻止我。他以渾厚的聲音說：

「那是沒用的。」

「……什麼意思？」

我連記事本都無法打開，只好這麼問。

「太刀洗——真是難記的名字。妳想要問我有關先王之死的事情嗎？」

那當然。除此之外我沒有別的問題要問。

「是的。針對畢蘭德拉前任國王之死，我想要請教你一些問題。」

他似乎早已決定答案，對我說：

「我無可奉告。」

我仍舊拿著筆，注視著他的臉。

「可是你指定了這個地點，並且挪出時間來見我，不就是為了要接受我的採訪嗎？我聽查梅莉是這麼說的。」

「查梅莉嗎？我不知道她跟妳說了什麼。」

他說到這裡，稍微轉換了話題。

「我曾經跟查梅莉的先生共事過。他為了我而受傷，至今仍舊躺在醫院。我欠他一個人情，他也拜託我照顧他的妻子。既然是查梅莉的介紹，我也不能置之不理。所以我才會來到此地，確認妳找我有什麼事。現在我知道妳的用意了。如果是要我談論先王的事，我拒絕。」

我感覺到彷彿握在手中的東西溜走了。

當我知道可以採訪事件當晚待在王宮的軍人，我便確信這次的採訪能夠成功。我或許能夠搶先將尼泊爾國王遇刺真相傳遞給日本——不，甚至全世界。雖然刊登媒體是缺乏時效性的月刊，算是不利條件，但是這則報導一定能夠為我拓展人生道路。我如此確信。

即使對方拒絕，我也不能乖乖回答「好的，我知道了」。

害怕自己名字被公布的事件關係人很多。當我在報社的時候，警察總是不願多談，但總有一些方式能夠說服他們。我思索著對策。

「如果你希望匿名，我就不會在報導中寫出名字。採訪來源會保密。你不會因此而遇到危險。」

「不是這種問題。」

「你的意思是，你不想告訴任何人嗎？」

「不。」

他毫不留情地說。

「我知道的事情可以告訴我信任的朋友。如果被要求的話，我也會在官方調查與法庭上說出來。但是我不會告訴妳。」

「……是因為我是外國人嗎？」

「不，是因為妳是外國記者。」

我說不出話來。

不行，如果保持沉默，他會斷定談話已經結束而離開。為了避免那樣的情況，我得繼續說下去。

「拉傑斯瓦准尉，這次事件帶給全世界很大的衝擊。推動民主化而受到愛戴的國王死於非命。你看到今天王宮前方的騷動了吧？人民要求真相，至少也需要更多情報。傳達資訊是很重要的。你能夠告訴我嗎？」

在飄浮著灰塵的光線中，准尉的眉毛動了一下。他用沙啞的聲音問：

「重要？對誰重要？」

他只停頓一下，又說：

「至少對我來說，並不重要。」

「你的意思是，讓全世界知道真相不重要嗎？」

「當然了。」

他的語氣沒有改變——沉重，卻又永遠保持平淡。

「那並不重要。我國的國王被殺害了。不論是誰下的手，都是軍方的恥辱，也是尼泊爾之恥。為什麼要讓全世界知道這件事？」

國王的死意味著警衛工作失敗。他不想要談論事件，或許也是天經地義的。

可是拉傑斯瓦不只是拒絕。他還問了為什麼——為什麼需要報導。

為什麼。

「……如果能夠散播正確的情報，或許全世界會對尼泊爾伸出援手。」

「沒有必要。」

「是嗎？」

我感覺嘴唇變得乾燥。

「即使是現在，這個國家也接受了許多支援。如果王室地位動搖，不就更需要協助了嗎？」

拉傑斯瓦准尉首度笑了。

「為了對抗毛澤東主義者？妳想要威脅我嗎？如果我不給妳資訊，世界各國就不會提供幫助？」

我完全沒有這個意思，不過他會這麼理解也是理所當然的。我為了自己的採訪工作，竟然扯到全世界。我感覺臉頰通紅。

「很抱歉，准尉。我只是希望能夠談論真相而已。」

「我理解這一點，沒有要責難妳的意思。」

他溫和地說完，接著又低聲加了一句：

「真相……嗎？」

「是的」。

「也就是說，妳為了追求真相，無法忍受在不知道理由的情況下被趕回去嗎？」

——我無法回答。

我無法說出：由我來採訪、而不是其他人，對真相來說才是重要的。我先前試圖以世界為擋箭牌來自我正當化。這次不能又拿真相來當盾牌。

准尉銳利的視線直視著我。

「好吧，假設這個國家的確需要援助，再假設真相對於爭取援助是有效的。但是為什麼要告訴妳？我聽查梅莉說了，妳是日本人吧？」

「是的。」

「那麼妳寫的報導就是日文了。妳的報導會在日本受到閱讀。這和尼泊爾有什麼關聯？」

這個質問簡潔而強烈。他繼續說：

「印度和這個國家有很密切的關係。中國也是。歷史上，我們和英國也有許多接觸，至今仍有許多士兵受到雇用。和美國的關係無庸贅言也很重要。如果是接受這些國家的記者採訪，那麼或許可以說真相是具有力量的。但是日本又如何？我把我的見聞告訴妳，日本會為尼泊爾做什麼？」

日本給予尼泊爾鉅額的政府開發援助，絕對不能說毫無關係。但是和鄰國印度、中國或是美國相較，是否具有足以決定尼泊爾命運的影響力？而我寫出的報導又能對這樣的影響力有何幫助？

面對這樣的問題，我依舊能夠說「真相絕對有用，請你告訴我」嗎？《深層月刊》的報導不會拯救尼泊爾。當然這則報導也不能說絲毫沒有影響力，一定會有人閱讀，可是憑著聊勝於無的影響力而理直氣壯地要求採訪，是否稱得上誠實呢？

沒錯。要他為了尼泊爾接受我的採訪這樣的要求方式是錯誤的。我從拉傑斯瓦口中探聽王宮事件的真相、並且寫出日文報導，並不是為了尼泊爾。

即使如此，我也不能保持沉默。我相信知的權利是崇高的。也因此，聽到有人說沒必要去知道無關的事情，我無法保持沉默。

「的確，用日文寫的報導對於尼泊爾來說，或許不能派上用場……可是，不論用任何語言寫出來，真相就是真相，應該要有人記錄。」

知的權利並不僅限於伸手可及的範圍。即使是沒有直接關聯的事情，求知的欲望本身應該是正當的。

「我不這麼認為。」

他思考片刻，然後又補充：

「但是即使必須記錄真相，為什麼要由妳來記錄？妳又不是歷史學家。」

「沒錯，不過我可以傳達給歷史學家。」

「妳有什麼資格？我對妳的認識程度甚至低於搭乘巴士時坐在旁邊的乘客。我怎麼能夠相信妳是能夠記錄並傳遞真相的人？國王之死不是茶餘飯後閒聊的話題。當晚的事情不能隨便被渲染成有趣的故事。」

「我在日本當了六年的記者。」

「所以妳要我相信妳？」

拉傑斯瓦的話語中沒有嘲諷的意味，而是純粹地進行確認。

因為是記者，所以是傳遞真相的人。那麼我為什麼會成為記者？那是因為我在大四展開求職活動，通過筆試和面試，得到報社雇用為記者。這是否能夠成為理由？說服准尉相信我的依據，就只有這些嗎？

不，不是這樣的。應該不只這些——可是我說不出來。

拉傑斯瓦的表情有短暫的片刻變得扭曲，像是承受痛苦，或者想起了某件事。

「沒有比真相更容易被扭曲的東西。或者應該說，沒有比真相更具有多面性的東西。我告訴妳、傳達給妳的消息，就會直接成為日本人對尼泊爾的印象。如果我在這裡說國王是自殺的，那麼妳們國家的人大概會深信不疑。即使後來有所謂別的真相流傳出來，讀到之後會改變第一印象的人又會有多少？」

關於這一點，我得承認，幾乎沒有人會改變既定印象。更正啟示的版面通常都很小。

「如果妳聽了我的話就要寫成報導，那麼日本人對尼泊爾王室以及這個國家的印象，就會取決於一個人的立場。妳沒有任何資格，沒有經過任何選拔過程，只是拿著相機站在這裡。太刀洗，妳算是什麼人？」

他的聲音產生回音，然後消失。

我先前在階梯上的猶豫不是沒理由的。茉莉俱樂部是個危險的地方。但這種危險性和我想像的不同。我所信任的價值觀對我伸出刀子。

拉傑斯瓦的眼神突然變得溫和，彷彿是在憐憫我。

「我並不是要責怪妳。因為是查梅莉的介紹，所以我才告訴妳我不願接受採訪的理由。好了，知道了就離開吧。我也得先回部隊一趟。」

即使如此，我仍舊必須繼續嘗試說服。

「我……我相信這份工作。這點是不能背叛的。」
准尉聽了我的話，立即恢復冷峻的聲音。
「這是妳的信念嗎？」
「是的。」
「擁有信念的人的確是美麗的。為了信念而殉道的人，其生活態度總是能夠震懾人心。但是小偷有小偷的信念，詐欺犯有詐欺犯的信念。擁有信念並不代表就是正確的。」
我又得為自己感到羞恥。他說得沒錯。擁有信念、因為相信自己的信念正確而說出的謊言，我應該也聽過好多次。
「妳的信念內容是什麼？如果說妳是傳達真相的人，那麼告訴我，妳是為了什麼理由而傳達真相。」
納拉揚希蒂王宮事件的報導由ＢＢＣ拔得頭籌，日本的報社也已經來到當地。我雖然早就來到當地，處於有利的立場，卻晚了一步，並因此直覺地感到危機。當我獲得接觸拉傑斯瓦這位最有力情報來源的機會，內心因為期待能夠寫出最棒的報導而興奮。
這就是自己的信念與專業嗎？
我至今沒有深入思考過為什麼要傳達資訊，只是姑且從事這樣的工作。我相信在思考之前先動手、動腳才是專業。但現在，我受到質問。有人質疑我，因為相信在思考之前應該先做其他事，因而從未思考過。
我此刻只能想到一個回答。
「……因為我在這裡。我不被允許默默旁觀。我從事傳播的工作，就必須傳達真相。」
嚴厲的聲音立刻回應我：

「誰不允許？是神嗎？」

不是神，也不是《深層月刊》的編輯部。我應該有其他的理由。但是此時此地，我無法找到這個理由。

拉傑斯瓦嘆了一口氣。不是表達不耐煩，而像是為了讓自己冷靜下來。

「我再說一次，我不是要責怪妳。我只是不想要讓妳背後那些期待最新刺激消息的讀者如願。」

他剛剛說不想接受採訪的理由是因為國王遇害是尼泊爾軍隊之恥，不想讓這種新聞散布到全世界。這點當然也是事實，不過他現在說出不同的理由。

「那是因為你是軍人，有義務要保密嗎？」

「是的……不，不只是這樣。」

拉傑斯瓦稍稍低頭，陷入沉默。

接著他抬起頭，以細而銳利、但又帶著某種沉痛神情的眼睛直視著我。

「我來說一件很久以前的往事吧。我曾經當過英國的傭兵，有一陣子還待過賽普勒斯的維和部隊。有一天，我因為休假回到倫敦……那是一座多雨而瀰漫著討厭氣味的城市。我總是待在酒吧。酒保上方有一台小電視。大家都在等著足球比賽開始。電視已經打開，播放著新聞。那是ＢＢＣ播報世界新聞的短節目。」

他的聲音迴盪在空曠的茉莉俱樂部。

「我幾乎懷疑我的眼睛。根據新聞報導，賽普勒斯的維和軍隊車列從懸崖墜落，兩人死亡，一人受到重傷。國籍雖然不同，但是在那裡的都是我的夥伴。我感到腦中一片混亂。賽普勒斯的狀況雖然已經穩定，但難道恐怖分子又開始反撲？或者只是單純的意外？死的是誰？但是播報員十五秒就結束話題，沒有人在意這則新聞。」

他緩緩地繼續說：

「下一則新聞是馬戲團發生的意外。印度馬戲團的老虎逃脫了。畫面切換到現場某人的手持攝影機影片。我聽到男女尖叫聲以及狂怒的老虎咆哮。在四處逃竄的人群之間，只瞥見一瞬間的老虎。多美麗的動物！馴獸師被原以為已經馴養的老虎背叛而哭喊。我發覺到酒吧內有許多人都緊盯著這則新聞。有人說，太慘了。他的口吻帶著喜悅。」

接著拉傑斯瓦低聲補充：

「我也對那則新聞產生興趣……畢竟那是相當具有震撼性的影像。」

「准尉。」

「如果賽普勒斯的夥伴不是死於意外，而是死於火箭彈，並且有現場畫面，酒吧的客人大概會像看到馬戲團老虎新聞一樣高興。我因此得到了教訓。」

他的聲音中重新恢復力量。

「不是發生在自己身上的慘劇，是至高無上的刺激娛樂。如果是意想不到的事件，那就更沒話說了。看了恐怖影片、讀了新聞的人會說，他們得到了思考機會。這種娛樂的特質就是如此。我明明知道，卻已經犯下過錯。我不會再重犯。」

娛樂這個詞刺中了我的心。我無法辯白說不是這樣的。我當然不是為了娛樂而寫報導，但是閱讀的一方呢？情報就如急流。沒有人能夠一一認真對待。

「譬如我如果提供王室成員屍體的照片，妳的讀者會非常震驚。他們會說『太可怕了』，然後翻到下一頁，看看有沒有更聳動的照片。」

他們大概真的會這樣做。

「或者將來也可能以此為題材拍電影。如果拍得很好，兩個小時後觀眾會掉下眼淚，同情我們的悲劇。但是妳有沒有想過，他們並不是真的悲傷，而只是在消費悲劇？妳有沒有想過，在被厭倦之前，必須提供下一齣悲劇？」

拉傑斯瓦指著我說：

「太刀洗，妳是馬戲團的團長。妳寫的東西是馬戲團的表演節目。我們國王的死，就是妳推出的重頭戲。」

我幾乎以悲鳴的聲音激烈反駁。

「准尉，我並沒有這種想法。」

「這不是妳如何想的問題。我只是要告訴妳，悲劇的宿命是成為娛樂。觀眾為什麼喜歡看走繩索？妳有沒有想過，他們是在期待表演者有一天會掉下來？尼泊爾是個不安定的國家。而昨天，表演者掉下來了。這是很有意思的事情。如果是發生在其他國家，或許我也很樂意觀賞。」

拉傑斯瓦准尉說。

「但是我不打算讓這個國家成為馬戲團。再也不會。」

這句話代表對話結束。他已經說完了。

——這天剩餘的時間，我幾乎都只是機械性地進行採訪。

我採訪街上的民眾，又到因陀羅廣場上設置的獻花台拍照。我在街角的食堂吃了尼泊爾定食，回到東京旅舍的時間比昨天早了許多，才六點左右。

我拉開沉重的鐵門回到旅舍，大廳的燈光非常明亮。

我之前從來沒有覺得東京旅舍的一樓很亮。也許是換了燈泡，或是把平常關上的燈也打開了。舒庫瑪和查梅莉在櫃檯。查梅莉手中拿著馬表，舒庫瑪則正在使用筆記型電腦。除了電線以外還有一條線連到牆壁。他在使用網路。他聽到旅舍鐵門關上的聲音，轉頭對我微笑。

「嗨，妳好。」

我也點了頭，不發一語就走上樓梯。

二〇三號房的門上仍舊貼著「DO NOT ENTER」的標示。昨晚一直聽到好像在找尋東西的聲音，現在則悄然無聲。

我進入房間，把單肩背包放在桌上。我走向浴室，轉開水龍頭。今晚聽說十點開始又要停水。我想要沖掉身上的塵土。我覺得自己變得很骯髒，頭髮和肌膚上似乎都附著了後巷的氣味。

水龍頭流出的熱水撞擊著浴缸，房間裡迴盪著類似瀑布的聲音。我坐在床上閉上眼睛。隆隆的水聲、全身的疲勞還有睡意擾亂我的思考。我渴求靜謐，便用手掌遮住雙耳。

拉傑斯瓦向我拋出問題——針對我的工作，針對我的報導，更重要的是：想要知道遙不可及的事件究竟有何意義。

但是我無法回答。我從事這個工作六年，而且在離開公司以後還打算獨自一人繼續從事這個工作。

「可是我卻無法回答。」

我的喃喃自語被水聲淹沒，沒有傳遞到任何地方。

第十章 傷痕文字

六月四日早晨，我沿著撒卡爾教我的捷徑，來到納拉揚希蒂王宮前方。

多出昨天一倍的市民集合在這裡，發出各式各樣的吶喊。口號一再反覆。他們的要求是什麼？他們是要求追究真相、哀悼先王，或是對無法守護國王的政府與軍隊表達抗議，或者反對新攝政的就任？我試圖訪問憤怒的人群，得到以上所有的回答。唯一確定的是，人民的激動情緒呈加速度增長。不論發生什麼事情都不意外。不，我心中越來越確信會發生某種事情。於是朝著不斷湧入的人潮反方向前進，隨時保持在群眾的最後方。

這時突然發出乾燥的爆破聲，宛若打開放了很久的醃菜瓶蓋時發出的聲音。只有一聲。人潮另一端冒出白煙。口號聲和無秩序的怒吼有一瞬間靜下來了。風從王宮的方向吹來。煙霧也往這邊飄過來。

我沒有親眼看過，不過仍直覺到這是什麼——是催淚彈。終於開始了！

群眾逐漸往後退。我看看手錶，確認現在時間是十點半。當我預感到「來了」，有人發出尖叫，然後人群就開始潰散。

眾人在奔跑。為了表示哀悼而剃掉頭髮的男人、看上去一臉狀況外的小孩子、留著白鬍鬚的老人，都像被野獸追逐般背對著王宮奔跑。警隊一開始就拿著槍。大家都知道他們之所以不開槍，只是因為沒有命令，再加上每個人的自制。而現在，枷鎖被解開了。抗議時間結束，取而代之的是恐懼。

我沒有聽到槍聲。如果他們持自動步槍射擊，集結在一起的群眾大概會死亡幾百人。

我從逃竄的人群之間瞥見他們使用的道具。我先看到紮入迷彩服褲管的半筒靴，然後看到類似中國武術棍棒的長棍。警察包圍逃得較慢的男人瘋狂毆打。

路上可以聽見此起彼落的尼泊爾語。我聽到有人在某處用英語喊「快逃！」，或許是對我說的。陷入恐慌的人群推擠過來，不可能繼續抵抗而留在這裡。我心裡覺得必須趕快逃走，腳步也開始退後，但還是咬緊牙關拿起數位相機。從正面拍攝那些頭也不回地奔逃、想要盡可能遠離王宮的民眾。

我也看到剛剛還在最前列、此刻則落在最後端的男人被毆打。我的數位相機望遠功能最多也只能達到三倍。我擴大到最大倍率按下快門。每拍一張就會插入的短暫處理時間讓我焦躁到極點。在尖叫與怒吼聲中，我站穩腳步拿著相機持續拍照。

在我畫面中的男子躺在柏油路，縮著身體，好像在保護頭部。他對於不斷揮落的棍棒毫無反應，只是拚命保護著頭，其他部位則任憑毆打。

我不知不覺地將眼睛從相機移開，用日語喃喃地說：

「他會死掉。」

我無法救他。而且我也已經落後了。我只是為了攝影停留一分鐘，就被群眾的洪流淹沒。

有人撞到我的肩膀，害我搖晃了一下。如果在這裡跌倒，就會被人群踩在腳下。我扭轉身體勉強站穩。在分不清是尼泊爾語還是悲鳴的尖叫聲與嘶吼聲中，我聽到用英文喊「救命」的聲音。警察追上跑得不夠快的人亂棒揮打。那些警察戴著頭盔，拉下防護罩，因此看不到他們的視線方向，不過我覺得其中一人好像一直盯著我這裡，因此當他手中的棍棒緩緩移動的瞬間，我便拔腿奔跑。

我拚命奔跑在總像是瀰漫著煙霧的加德滿都街上。路上散落著可樂空瓶與破碎的報紙，被跑過的人踢飛。人群似乎是沿著道路直線逃跑，不時有兩三人逃入左右兩邊的建築縫隙。我也不斷奔跑，過了馬路，跳入似曾相識的小巷子裡。

那是從坎蒂街通往蘇庫拉街的捷徑。我回頭看，沒有人追來。我用手撐著膝蓋不停喘著氣。才跑短短兩百公尺，呼吸竟然就變得如此急促。手背貼在額頭上，發現沒有出汗。我也確認了掛在胸前的相機沒事。

從水泥樓房的縫隙間往上看。空調的室外機朝著狹長的藍天整齊排列。我沒有聽到風扇聲。

我調整仍舊急促的呼吸，拿起相機。打開電源，檢視剛剛拍的照片。一張、兩張、三張。數位相機無法連拍。我只拍了八張。我屏住氣息看著拍下的畫面。

怒氣沖沖的人臉、張大嘴巴喊叫的人臉……看完所有照片，我嘆了一口氣。

「唉。」

照片很有臨場感，但是幾乎每一張都有人剛好經過鏡頭前方，看不清照片的內容。雖然也有警察高舉棍棒的照片，但是這張沒有拍到被打的一方。拍到人群逃竄的照片都晃動得很厲害。報導攝影可以容許一定程度的晃動，不過這些照片晃動得太厲害了。沒有一張照片捕捉到關鍵時刻。

照片不代表一切。傳達在現場聽聞的事實更具有意義。我這樣告訴自己，卻無法振奮自己的心情。昨天之前還不會這樣，但我現在無法毫無前提地相信傳達真相的意義。我想要照片。我想要可以懾服任何人、包括自己在內的強烈照片。

我重新把相機背帶掛在脖子上，回顧剛剛逃過來的巷子。外面仍舊能夠聽到尖叫聲。如果想要拍到好照片，或許現在還不會太遲。我正準備踏出腳步，卻有某種想法阻止了我。

警隊連續兩天忍受挑釁，現在也沒有開槍驅趕群眾。但是如果我拍攝目前的場景，所有前提都會消失，只留下暴虐的警察毆打奔逃的市民這樣的照片。這並不是在報導內文中補充說明就能解決的。照片和最初的報導只會被單獨解釋。我如果回去拍攝鎮壓景象，照片就會脫離我的意志，成為呈現殘酷畫面的作品。

我想這麼做嗎？這就是我想要傳達的嗎？

我停下腳步。亢奮的情緒消散，取而代之的是恐懼。我已經無法想像再回到先前的混亂中。如果毫無防備地回去，下一個被包圍的搞不好就是我自己。

先回旅舍整理目前為止採訪到的情報吧。雖然沒有超出既有報導的內容，不過加入一些感想，應該可以有些獨創性。更重要的是，現在差不多也該聯絡編輯部了……其實明天再整理採訪內容也來得及，而且我也沒有和《深層月刊》約定要定期聯絡。我找不到前進的理由，只是做為撤退的藉口。即使明知如此，我還是轉身背對騷動。

我穿過樓房之間的縫隙，來到坐落在市區內的空地。這裡散置著各種垃圾，包括揉成一團的紙屑、堆積如山的鐵管，甚至還有滿布塵埃的輕型汽車。這塊空地可通往回到東京旅舍的近路。地上長著稀疏低矮的雜草，隨著吹入空地的少許微風搖擺。

這時我忽然發現空地角落聚集了幾個人。

他們是小孩子，穿著橘色與暗紅色襯衫，有幾個人戴著帽子。大家並肩站在一起，背對著我所在的方向。他們的年齡看起來都是在日本念小學左右的年紀。他們或許是為了街上的狀況感到害怕。我不想刺激他們，想要繞路回去，可是他們的樣子有些奇怪。

他們俯瞰著某樣東西。我緩緩接近，聽到低聲交談的尼泊爾語。

「那個……」

我對他們開口。較近的兩人注意到我，看著我手中拿的相機。其中一人像是男孩，另一人像是女孩，但我不是很清楚。兩人的臉都髒髒的，眼神顯得很陰沉，而且他們各個都面無表情到令人有些毛骨悚然的地步。他們挪出空位給我。

有人倒在地上。在垃圾與雜草中，我首先看到穿著斑紋褲子的腿。稍微勾到鞋跟的褲子是深綠、深褐與淺棕色的迷彩花紋……倒在地上的是士兵嗎？

當我看到他的全身，我的聲音哽在喉嚨，發出奇特的聲音。男人的上半身赤裸，俯臥在地面，背上有傷痕。細細的紅黑色傷痕有好幾道。他的膚色和圍繞著他的小孩子幾乎沒有差別，只有從剪得很短的髮際到頸部的肌膚曬得很黑。

我並不是沒有看過屍體。在工作中，我看到自殺或意外死亡屍體的次數多到一隻手數不完。不過我沒有在這麼近的距離看到如此露骨的屍體。我感到腦袋發燙，一陣暈眩。

沒錯。他肯定已經死了。不過我又沒有替他把脈，為什麼能確信這一點？我因為無法承受如此殘酷的畫面而把臉撇開，不過還是勉強轉動眼珠子去看屍體。當視線移到背部悽慘的傷痕時，逐漸理解到我判斷他死亡的原因。他的傷痕雖然帶著血跡，但卻不再出血。表示體內已經沒有血液循環。活著的人身上的傷痕應該不是那樣的。

如果持續注視太久，這幅畫面彷彿會印在我的網膜。我不知不覺仰望天空，緩和呼吸，然後沒有朝著特定孩子以英語問：

「他是現在死的嗎？」

雖然是脫口而出的問話，但也未免太蠢了一點。不過還是有人簡短地回答：

「不是。他本來就已經死了。」

高亢的聲音接著說。

「他死了，倒在這裡。是我發現的。」

接著是帶著恐懼的聲音。

「不是我。不是我幹的。」

這句話讓現場的氣氛頓時緊張起來。我不禁偷看左右兩旁的臉。這些孩子臉上的表情都很相似。陰沉的眼珠子朝著上方，窺探著彼此的臉。眼神中帶著不安與猜疑。我的表情大概也一樣吧？突然有人大聲喊。喊出的是尼泊爾語。以這聲喊聲為開端，接下來是洪流般滔滔不絕的尼泊爾語。

在無法聽懂的語言中，我一動也不動。看樣子我應該不會遭遇立即的危險。那麼就應該先冷靜下來。

我首先確認時間。十點四十二分。

有人報警了嗎？

倒在地上的男人真的是士兵嗎？我雖然乍看之下這麼認定，但仔細想想也只有根據穿著迷彩服這一點。警察穿的也是迷彩服。

死因是什麼？此刻無法斷定是他殺。也可能是有人在意外死亡或病死的人背上用刀刻下傷痕。

各種疑問在我腦中出現又消失。每個問題現在都無法得到答案，而不久之後就會知道了。現在只需要先認清事實。當我意識到這一點，便想起自己手中有相機。我用雙手輕輕捧起掛在脖子上的數位相機。

有一瞬間我對於拍攝屍體有所躊躇。不是出自對死者的敬畏，而是因為屍體照片無法刊登在雜誌上。尤其是身上有如此殘酷的傷痕，更不可能——

下一個瞬間，有點為自己感到可恥。我是為了觀察記錄而在這裡的。即使只是短暫的片刻，我竟然曾覺得賣不出去的照片拍了也沒用。

感覺到自己拿著相機的手微微顫抖。我在有人來嚇阻之前及早拍攝屍體，包括全身、被迷彩服遮蓋的下半身、頭髮修剪得很短的頭部、黝黑的頸部，還有傷痕累累的背部。

「……啊。」

我不禁喊出來。

我原本以為男人背上的傷痕是亂割的，但或許不是。我剛剛因為慘不忍睹而無法直視，但現在透過相機，我發覺到傷痕有一定的規則……不，冷靜下來看就很清楚。男人背上刻的傷痕形成字母。

從右邊肩胛骨到腰際刻了幾個字母，換行之後從背部中央左右開始。上面沒有連字號。第一個傷痕只有縱向的一劃。這是「I」。第二個傷痕在兩條縱線之間有斜斜的一筆連結，可以看成「H」，不過大概是「N」。

I……N……F……O。

文字很難辨識。我放下相機，直接檢視每一個字。

接下來是「A」或「R」。第二行則是「M」、「E」、然後又是不知是「A」或「R」的文字做結尾。

「……INFORMER?」

男人背上的文字可以讀成「INFORMER」。第一行到「INFOR」，第二行是

「MER」。雖然大概能猜到意思，不過我並不是很瞭解這個單字的正確含意。

當我想要再拍一張照片而把眼睛湊向取景器時，尖銳的警笛聲響徹整塊空地。穿著制服的四名男人奔向這裡。他們的制服不是迷彩花紋，手中也沒有拿著步槍。包圍屍體的小孩子一個接著一個離開圓圈，打算悄悄離去。他們大概是怕麻煩吧？

這些男人的處理態度非常蠻橫。他們剛到現場，就對還沒走的小孩子怒吼。他們推開沒有做任何事的男孩，並且朝著我以粗暴的手勢要我把相機放下。小孩子分頭逃跑，改由穿著制服的男人包圍屍體。

兩人面對屍體蹲下來，剩下的兩人則背對著屍體，像是要牽制那些小孩。其中一人滿布皺紋的臉上沒有表情，另一人是年輕男子，留著不太適合的短鬍鬚，臉上帶著明顯的緊張表情。我問那名年輕人：

「抱歉，我是日本雜誌《深層月刊》的記者。請問你們是警察嗎？」

他大概沒有想到我會對他開口，瞪大眼睛，接著像是要彌補錯誤般收起表情，回答：

「是的。」

「有人報警嗎？」

他們也可能由接獲報警以外的管道得知這裡有屍體。我為了謹慎起見詢問，警察很嚴肅地點頭。

「沒錯。我們接獲電話報警，立刻趕來。」

接著我將視線轉向倒在地上的男人，詢問道：

「你知道屍體身上穿的是什麼衣服嗎？」

詢問容易回答的問題可以使對方放鬆心情。警察立刻得意地回答。

「當然了，大家都知道那是軍服。」
然而這時另一名站著的警察銳利地插嘴。
「一切還有待調查。現在不能回答任何問題。」
我向警察道謝後便退下。
蹲著的兩名警察比手畫腳地在交談。不久之後，一人伸手推屍體的肩膀。屍體發出「咚」的聲音轉為仰臥的姿勢。
背上被刻上傷痕文字的死者是尼泊爾國軍准尉，拉傑斯瓦。

發現屍體的一個小時後，我回到東京旅舍自己的房間。
我沒有打開房間的燈，將雙肘放在焦糖色的桌上，雙手的手指交叉，貼著額頭。
昨天才談過話的人，今天已經成了冰冷的屍體。這並不是第一次的經驗。
曾經數度採訪的創業家、什麼時候死掉都不足為奇的無賴、壯年時期就病死的伯父、還有來自異國的重要朋友——我過去曾經面對好幾次的死亡。但即使不是第一次，也不可能毫無所動。我發覺自己的手指在顫抖。膝蓋也是。我全身用力，想要止住顫抖。
拉傑斯瓦沒有告訴我任何事情。他只是質問我，除此之外就完全排拒我。
他說王宮事件是恥辱。他無法忍受尼泊爾王室的紛爭傳布到全世界。全球各地的一般人平常對尼泊爾沒有興趣，甚至不知道這個國家是王國，只有在發生聳動事件時才會注意到尼泊爾。他厭惡這一點，而他也有他的道理。他的拒絕想必是來自尊嚴。我無法回答任何質問。我太天真了。我明明應該回答，卻無法說出口。
視野漸漸變得模糊。我是否在哀悼他的死亡？或者是因為再也無法回答他的問題而懊惱？或者只是……對出現在眼前的死亡感到恐懼？

我從口袋中拿出手帕，擦拭眼睛。

此刻我手邊有了照片。我如此渴望得到的強烈照片——裸露的背上有傷痕，穿舊的迷彩褲覆蓋著軍靴。雖然沒有拍到小孩子的臉，但光是把他們瘦小的手腳納入背景，就會給人異樣的感受……這是很強烈的構圖。

我站起來，從波士頓包拿出電子辭典。我面對桌子打開電源，等候液晶螢幕穩定下來，然後輸入一個個字母：I、N、F……

我輸入 INFORMER，按下翻譯按鍵。出現的日語翻譯很簡短。

——告密者。

第十一章 需要注意的傑作照片

告密者。

我直盯著這個詞。

先前我就隱約猜到了。這個詞由 INFORM 開始，指的應該是某件事情的告知者。但是電子辭典顯示的詞卻遠遠超乎想像地強烈。

拉傑斯瓦是被殺雞儆猴的。只有這樣想，才能解釋為何他的背上刻著『告密者』，被棄屍在室外。

夾雜塵土的風吹進來。厚重的窗簾只有微微晃動。焚香的氣味飄來。我驚覺地轉向窗外。我感覺到有人在看這裡……是我多心了。窗外隔著狹窄的道路並列著民宅，視線範圍內的窗戶都是關上的。即使如此，我還是站起來，關上二〇二號房的窗戶。老舊的窗框發出摩擦的聲音，房間變得更加昏暗。我把手放在窗上，站在原地思索。

告密這個詞在我心中製造不安。拉傑斯瓦被曝屍是為了制裁，還是為了殺雞儆猴？他是因為告密何事而被殺的？

他昨天見了我。如果有第三者知道他見了雜誌記者，自然會認為他提供記者有關納拉揚希蒂王宮殺人事件的情報。會不會因此而被認為是告密與背叛行為，害他被殺呢？

也就是說——

拉傑斯瓦會不會是因為見了我而被殺的？

這個可能性非常高。拉傑斯瓦原本就排拒採訪。他說他之所以見我，是為了戰友之妻查梅莉的人情。既然如此，他不太可能會去見其他記者。如果說他的死是因為接受採訪而遭到懲罰，那麼原因無疑在於我。

當然也有其他的可能性。撒卡爾曾說拉傑斯瓦是「印度的間諜」。雖然不知道這個說法正不正確，但他是軍人，而尼泊爾夾在中國與印度之間，國家運作隨時處於緊張狀態。或許他是在和我毫無關係的場合做出被指責為告密的行為。

我再度回到桌前，和剛剛一樣雙手手指交叉，貼在額頭上。感覺到汗水沾溼了肌膚。在思考要如何處理拉傑斯瓦的照片之前，有個更急迫的問題。

我是不是也面臨危險？

殺害拉傑斯瓦、在他背上刻了「告密者」文字的人會放過我嗎？

如果說那些人有絕對不能外洩的情報，而光只是因為懷疑洩漏情報就清算拉傑斯瓦，那麼他們不可能不會找上我。在情報擴散之前，他們應該更想要及早封住我的嘴——甚至在拉傑斯瓦之前。

但是我還活著，而且沒有受到任何人脅迫。這應該做何解釋？

殺死拉傑斯瓦的人還沒有發現到我嗎？拉傑斯瓦應該隱藏了他去見記者的事實，也因此或許情報不夠充分，使得凶手無從得知記者的身分與所在地……如果是這樣的話，凶手此刻應該正在找我。

在空氣循環停止的房間內，我感到背脊發涼。

六年的記者生活當中，我被徹底灌輸一項原則：「安全第一」。只要有些許危險，就應該毫不猶豫地撤退。

——這項原則並不是所有從事報導的人都遵守的。如果說記者的信條不論何時都是安全第一，那麼這世界上發生的悲劇幾乎都不會獲得報導。然而日本記者（尤其是任職於企業的記者）之所以把安全第一當作原則，不是沒有理由的。

一九九一年的長崎縣，雲仙普賢岳觀測到大規模火山活動。在火山冒煙期間，有許多記者前往當地想要近距離拍攝火山爆發。他們當中有些人為了拍到具有震撼力的照片，踏入了禁止進入的區域。

後來發生大規模的火山碎屑流，湧至山麓。火山活動是不可預期的。碰到突發的火山碎屑流，幾乎沒有逃跑的時間。普賢岳採訪活動造成四十三人死亡或失蹤的慘劇。

我當時是高中生。後來進入東洋新聞時，學長告誡我一句話：

「在事件發生的前線，記者無可避免會面臨某種程度的危險。但是妳要記住，我們絕對不能把計程車司機也捲入危險。」

在普賢岳的採訪意外中，想要帶回深入禁區的記者的當地消防團成員、帶記者到可以拍攝震撼照片的地點的計程車司機也都死了。他們是無端被捲入而遇難的，而造成悲劇的原因無疑就是記者。害死圈外人的悔恨繼承下來，至今仍舊存在於新聞界的意識底層……至少形成了某種傾向：因為擔心發生萬一時遭到社會批判，因此採訪危險地區時不會指派報導機構的員工，而會派自由工作者。

那麼我是否應該記取雲仙的教訓？應該迴避危險撤退嗎？

我本能地想這麼做。我想要立刻訂機票離開。如果訂不到，即使取道陸路，我也想要逃離這個國家。我想要把照片、採訪、一切都拋棄，回到日本，早日忘記拉傑斯瓦背上殘酷的傷痕。《深層月刊》或許不會再給我工作，但是牧野應該也不會要求我冒著生命危險採訪。

我仰望著有裂痕的天花板，做了深呼吸。

讓腦袋冷靜下來。試圖從置身事外的角度思考，讓思考客觀化。我理性地整理至今為止聽聞的事情。

「……我很害怕。可是……」

我仔細思索，就會覺得自己好像不是打心底在害怕。屍體的悽慘模樣當然令人膽怯，但是在被恐懼吞沒之前，還有一些疑問。

假設拉傑斯瓦是因為見了我這個記者，因此被懷疑洩漏祕密而殺害。

這麼說，凶手等於是完全沒有具體掌握拉傑斯瓦與我談話的內容。因為他什麼都沒有告訴我。而且就如剛剛考慮到的，我仍舊安全無事，沒有受到威脅，由此可見凶手還沒有掌握到記者的身分與所在地。

凶手有可能不知道他見了誰、說了什麼，只知道他見了記者嗎？假設真的有如此片斷的消息走漏，在這個階段就會有人想要殺死拉傑斯瓦、在他背上刻字曝屍嗎？

還是很奇怪。即使是私刑，也未免太躁進了。

沒錯。假設凶手無論如何想要保守某個祕密，只殺死拉傑斯瓦而放過我一點意義都沒有。就算先殺死拉傑斯瓦，也應該要隱藏他的死訊，否則記者就會逃到國外，根本無法封口。可是他的屍體卻被刻上文字，而且雖然是棄置在樓房之間的隱密空地，但也算是曝屍街頭。為什麼？

只有一個可能：凶手並不覺得需要殺死記者。

也就是說，對於凶手而言，拉傑斯瓦接觸記者這件事本身是背叛，理應處決，但卻對採訪他的記者不感興趣……這樣太奇怪了。

有某個環節出了差錯。到底是哪裡錯了？

姑且可以推測的是，我並沒有被盯上。至少現在沒有立即離開的理由。

……可是，另一方面，我有不離開的理由嗎？

理論上，我認為現在逃跑還太早了。不過自己曾試圖採訪的對象遭到殺害、而且被刻上告密者的文字，這一點是確實的。我無可避免地感受到從肚子湧起一股冰冷的恐懼。

「我為什麼會在這裡？」

我不禁喃喃自問。

就某種程度來說，記者面臨危險是無可避免的。說得極端一點，只要不是窩在家裡，或多或少都會遇到危險。但我仍舊相信自己的工作是傳遞真相，才會堅持守在現場。

不過，報導王宮事件真的是有意義的工作嗎？

就如拉傑斯瓦所說的，把這條新聞傳送到日本，只會被消費為遠方國度發生的恐怖殺人事件。如果說「安全第一」是報導的原則，那麼「悲劇會成為數字」就是報導的常識。一國的王儲殺害國王與王后並且自殺的新聞，包含種種陰謀論，或許能夠提供短暫的娛樂……然後就會被下一則新聞掩蓋──或許是東名高速公路的連環車禍，或許是政治家失言之類的新聞。大部分的新聞只會被當作娛樂而被消費。事後只剩下悲傷被公諸於世的當事人。

然而一萬人、十萬人當中，或許會有一人從新聞當中得到收穫。或許有人打心底需要這則新聞。即使有九成九的讀者只是說聲「好可怕」就忘記，或許也有百分之一、千分之一的讀者得到助益。所以我要傳達真相……如果被問「為什麼要傳達」，那麼這大概就是標準答案。

但是我真的是為了這個理由而留在加德滿都嗎？納拉揚希蒂王宮發生的事件已經被大幅

報導，日本各大媒體也紛紛進駐當地。大部分的事實已經傳達到日本了。基本上，如果只需要情報，光是接收ＢＢＣ的報導不就夠了嗎？

然而我卻仍舊待在這裡，想要繼續採訪。為什麼？

「不是為了別人。」

我在昏暗的二〇二號房喃喃自語。

我一開始就看到了難以承認的結論。

果然只能歸結到這裡。

「因為我想要知道。」

世界上發生了什麼事？人們為何而喜、為何而悲？他們的價值判斷基準是否和我相異，或是相同？

在阿拉斯加捕螃蟹的訣竅是什麼？

黃石國家公園的樹木白化的原因是什麼？

白金漢宮的晚餐是英國料理嗎？

佩特拉古城遺跡的牆壁摸起來是什麼觸感？

日本陸軍皇道派的最終目標是什麼？

製紙業界大規模合併的傳言是真的嗎？

蒙古政府是否能夠掌握遊牧民族的人數？

日本經濟失落的十年能夠追回來嗎？

失去國王的尼泊爾今後命運將會如何？

拉傑斯瓦准尉為什麼會被曝屍？

我重要的南斯拉夫朋友為什麼必須喪命？

為什麼沒有人能夠救她？

我想要知道。我不能不知道。所以我才會在這裡——一邊畏懼著眼前的死亡，一邊為了看清危險而待在這裡。如果問自己，為什麼要問這些問題，答案會歸結到自我主義。求知的衝動驅動著我，讓我提出問題。如果說這是偷窺狂性格，那麼我也無法否定。不論遭受何種批評，我還是想要知道，甚至覺得必須要知道。

我一直認為「知」是尊貴的。現在應該補充一句：我認為對我來說，知是尊貴的。我無法期待其他人也這麼想。

……可是這只是一半的答案。

我聽到敲門聲。稚氣的聲音從門外傳來。

「太刀小姐。」

我一邊感到這個簡稱頗為怪異，一邊回應。

「誰？」

「掃地，還有換床單。」

我走向掛著門鏈的門，打開一道縫。服務生戈賓直立在門口。

「我知道了。我馬上空出房間，你稍等一下。」

我拿起放入貴重品的單肩背包，然後伸手要拿仍放在桌上的相機。

這時我突然產生某種預感。我拿出數位相機的記憶卡，打開書桌抽屜找到聖經，隨便翻了一頁。

我記下頁碼……二二二頁。

我把記憶卡夾入裡面，闔上聖經。我朝著門後方喊：

「再等等。」

戈賓似乎仍舊在門外。他立刻回答：

「好的，小姐。」

第十二章　茶話

我懷著千頭萬緒的想法佇立在走廊。應該走上樓還是下樓？下樓等於是要穿過鐵門、再度踏上加德滿都的街道。上樓到四樓的餐廳，我可以再讓心情穩定一點。

我選擇上樓。我提著單肩背包，走上沒有扶手的陡梯。

才走到一半就發覺有其他人先到了。我聞到菸味飄來。在天空色牆壁環繞的餐廳裡的是八津田。他今天也穿著黃色袈裟，深深吸了一口很短的香菸。圓桌上的馬口鐵菸灰缸內也插著十幾根菸蒂。當他注意到我，只是微微地用眼神打招呼。我也回應他的招呼，然後從一旁的餐桌拉出椅子。

「要不要抽一根？」

他問我。

「不，我……」

「妳不抽菸嗎？最近好像越來越多人不抽了。」

「我以前抽菸，後來戒掉了。」

八津田有些愉快地說：

「是嗎？那麼我就不應該顯得太享受了。」

他把火焰幾乎碰到指尖的香菸戳到菸灰缸裡。我已經戒菸很長一段時間，即使有人在我面前抽菸，也不會受到誘惑，不過我還是很感謝他如此體貼。八津田捲起袈裟的袖子，看了看手錶。

「哦，已經是這種時間了。」

現在時刻應該已經過了一點。他微笑著問我：

「妳吃過午餐了嗎？」

我只有早上前往王宮的途中吃了炸麵包。這個時間應該要吃點東西，但我並沒有胃口。

「不，還沒有。」

「沒有食欲嗎？其實我也一樣。」

他說完緩緩站起來。

「那麼我去泡茶吧。」

我準備站起來。

「要泡茶的話，我來……」

「不，請別在意。妳就等我泡茶吧。」

餐廳附設小小的廚房。八津田毫不躊躇地進入廚房，把水壺放在瓦斯爐上開始燒開水。在水電供給都時有時無的加德滿都，不太可能只有瓦斯資源豐沛，不過瓦斯爐的火力相當強，搖曳的藍色火焰發出「轟」的聲音。我望著火焰發呆。聽說海拔越高，水的沸點越低。不知道加德滿都的水在幾度的時候會煮沸？我漫不經心地想著這樣的問題。

即使有著火力強、海拔高的要素，水煮沸的速度感覺也特別快。八津田大概已經泡過一次茶，而水壺裡的水還保留了餘溫。不久之後他就拿著馬口鐵杯子和茶壺回來。茶壺的顏色是猩紅色，手把是籐製的，大概是從日本帶來的。

「沒有茶杯有點麻煩。茶很燙，請小心。」

八津田把茶倒入馬口鐵的杯子裡。或許是因為眾多神祠中所燒的大量焚香，使得加德滿都隨時都瀰漫著某種香氣。在這當中，綠茶的香氣輪廓格外鮮明強烈，使我在喝茶之前就不禁有種想哭的感覺。

「這是什麼茶？」

「這是宇治茶。我有朋友住在大阪，心血來潮就會寄好茶給我。」

八津田也替自己倒了茶，坐在我的對面。

我摸摸茶杯。八津田說得沒錯，茶杯燙到不能拿。只能抓著茶杯上方，小心翼翼地送到嘴邊。

我深深嘆了一口氣說：

「真好喝。謝謝你。」

八津田笑咪咪地點頭。

我喝茶時忽然發現到一件事。

「請問你穿的是平常的袈裟嗎？」

袈裟的顏色依舊是褪色的黃色，但不知為什麼，看起來似乎比較高級。八津田低頭看著自己的衣服。

「哦，對了。」

他喃喃說。

「我還以為是什麼問題。記者的眼光果然很銳利。妳察覺到不同嗎？」

「我只是有這種感覺。」

八津田輕輕揮動袈裟的衣襬。

「這是平常那件袈裟，不同的只有穿法。雖然同樣只是包覆在身上，不過這種穿法比較複雜。雖然很久沒這麼穿了，不過我以前很習慣穿著，所以身體還記得怎麼穿。」

「這是正式的穿法嗎？」

「是的。」

他點點頭，摸了摸手邊的杯子，又說：

「這算是我一點點的弔念之意。」

在因為國王之死而陷入困惑與混亂的加德滿都，一個日本人透過改變袈裟穿法的方式表達弔念之意，不知為何有種莊嚴感。

八津田拿起杯子，發出聲音啜飲一口。他滿足地點頭，放下杯子，以閒聊的口吻問我：

「妳的工作進展如何？」

「嗯……還可以。」

「局勢演變到出乎意料的狀況。妳一定也很辛苦吧？」

我一開始以為他知道拉傑斯瓦死亡的事，但應該是不可能的。八津田指的當然是王宮事件。

「是的。畢竟我是第一次以自由工作者的身分面對這種突發事件，有許多事情不知道該如何處理，讓我感到很困惑。」

「是嗎？那真是辛苦妳了。」

八津田的語氣不只是講客套話，而是衷心表達同情。他又問：

「街上似乎發生了危險狀況，妳有沒有碰到可怕的場面呢？」

說到可怕，我最害怕的時候就是想到拉傑斯瓦死後，接下來是否輪到自己。不過我並不想要說出這件事。除此之外，我也碰到過可怕的場面。

「剛才干宮前的人群被驅逐的時候，我也在現場。看到有人被毆打……但是卻愛莫能助。」

八津田點了兩三次頭。

「妳能夠平安無事，就值得慶幸了。」

「我拍了照片。」

「那是妳的工作吧？現在這座城市因為悲傷與憤怒而失去控制。希望妳能夠寫出很好的報導。」

這句話沉重地迴盪在我心中。我把代替茶杯的杯子放在桌上，杯中的綠茶劇烈地搖晃。很好的報導。

「我原本也希望能夠寫出很好的報導。」

「嗯。」

八津田沒有特別反應，悠然地喝茶，沒有看著我便說：

「如果妳有心事的話，不妨說出來看看。」

「也沒什麼值得說的，只是……」

我說不下去。

失去回答對象的問題流離失所而形成漩渦……我為什麼要傳達資訊？

我的工作是奠基在求知與傳布。關於求知這一點，我必須承認是為了自己，而不是為了別人。或許這種承認方式有些厚臉皮，不過我開始覺得即使如此也沒關係。

但是關於傳布這一點又另當別論。

我會挑選情報。不論是任何媒體，都沒有無限的時間與版面。寫出某些事情的同時，也會有某些事情不會寫出來。有時候可能不會寫出某某人想要得到的資訊。當然，也可能寫出某某人不希望傳開的話題——就如天真而不負責任的八卦愛好者。

求知的欲望或許是自我主義，但我相信其中仍有一絲尊貴。純粹基於求知欲而持續調查學習的人甚至可以說是美麗的。然而有什麼理由要將這些知識宣傳給其他人呢？

經濟理由……當然也是存在的。這是很大的要素。播映版權、稿費還有廣告收入，都因為有人要傳播某件事而產生。但我不希望只是如此。我們不應該只是為了賣錢而去調查他人的悲傷。不應該只是為了經濟利益的動機，而忽視當事人想要遺忘、不想被打擾的願望。

我的工作有一部分是將他人的悲劇當作展品。我不否定這一點。問題是，我是否擁有即使如此仍要傳布的哲學。

我無法完全相信「或許有一天會幫上某人」這種話。如果把拉傑斯瓦的照片刊登在雜誌上，就等於是滿足了群眾、還有我自己心中也難免存在的、想要從安全處觀看殘酷景象的根本欲望。另一方面，我懷疑這樣做真的會有一天幫上某個人。所以是否應該就此閉上嘴巴？如果我想知道，那麼只要我一個人知道就行了。如果有其他人想要知道，那應該是他們自己的問題，不是嗎……

我無法整理自己的思緒，不過終於還是開口。

「我無法回答為什麼要寫出報導的問題。」

八津田沒有顯露出特別有興趣的反應，只是回了一句：

「這樣啊。」

他放下杯子。

接著他搖晃身體，緩緩地揮了揮袈裟的袖子，然後重新靠坐在折疊椅中。他用聊天氣般的口吻說道。

「我是一介破戒僧，不是很瞭解妳的工作，只是我剛好想到一個故事，可以當作喝茶聊天的話題跟妳說說嗎？」

我無力地笑了。

「是說教嗎？」

「哈哈哈，既然是和尚的談話，當然有可能是說教。如何？」

「好的，請說。」

「那麼我就恭敬不如從命，發表一席演說吧……妳聽過梵天勸請的故事嗎？」

我回答沒有，又說：

「我聽過梵天。我記得他是印度教的最高神祇，**Brahma**。」

「妳知道得很多。日語當中，挖耳棒附的棉球也叫做梵天。」

「你要說的是挖耳棒的故事嗎？」

「不是的。」

八津田搖搖頭。

「就如妳所說的，是最高神 **Brahma** 的故事。不過他在這個故事只是個小角色。妳既然知道梵天，那麼應該可以跳過釋迦牟尼悟道之前的故事吧？釋迦牟尼誕生為某個國家的王子，經歷了種種遭遇，在今日稱為菩提伽耶的地方悟道。釋迦牟尼總之就是吃了飯，恢復活力，然後想要跑到外面去玩。」

或許這是八津田的話術，但我卻乖乖上鉤了。

「去玩？」

他露出開玩笑的表情。

「這是我的說法。總之，我想要說的是，釋迦牟尼並沒有試圖要向世人宣傳他所悟的道。」

接著他又用平穩的聲音說：

「辛辛苦苦向世人展示自己悟得之道有何用……自己的悟道微妙而難以理解，聽者有可能會擅自曲解。對於釋迦牟尼本身來說，要一一更正錯誤、仔細解說、一點一滴傳達自己真正的意圖，並不是非常愉快的工作。他不想要背負不必要的苦勞。自己的悟道就留給自己，不要宣傳給眾生——他一開始是這麼想的。」

「……可是他後來還是決定傳道。」

「沒錯。就在釋迦牟尼認為沒有必要把自己的領悟告訴他人的時候，梵天出現在他面前。梵天一再勸說釋迦牟尼宣傳他所悟之道。」

「怎麼勸說？」

「很遺憾，他的論述並沒有詳細流傳下來。大概就是勸釋迦牟尼，世間也有不受地上塵埃沾染的眾生……也就是說，這世上一定有人會理解。從原典來看，我覺得釋迦牟尼不是被邏輯說服，而是因為對方糾纏不休，終於折服。」

八津田喝了一口綠茶。

「當然，我們也很難相信如梵天這樣的神明會從天上降臨凡間，特地說服釋迦牟尼，所以這個故事應該是後人創作的。印度教的最高神祇請求釋迦牟尼宣揚佛教——創作這樣的故事，或許是為了強調佛教的優越性。不過，我很喜歡這個故事。釋迦牟尼一開始認定自己一定會被誤解的模樣，感覺非常可愛。」

我輕輕點頭，又問：

「如果釋迦牟尼真如傳說中所說的，擔心自己不被理解，那麼他的憂慮成真了嗎？」

八津田毫不猶豫地說：

「應該是成真了。今日的佛教和釋迦牟尼的教誨相差很大。譬如在早期佛教中，並沒有特別提到死後的事情。釋迦牟尼對於死後的世界，採取完全不知道、所以完全不提的態度。就和孔子一樣，不語怪力亂神……實際上，早期佛教與其說是宗教，或許更接近哲學。對於無法解釋的事情就保持沉默，這是非常合理的想法。可是現在的和尚卻被請去主持喪禮，總不好意思說自己對死後的情況一無所知、所以不便評論吧？」

我忍不住反駁。

「你現在不就說了嗎？」

八津田搔搔自己的頭說：

「這個嘛，就當作因為我是破戒僧吧。」

我並沒有學過東洋哲學，無法判斷八津田的話有多少程度是正統說法。不過我還是認為：

「釋迦牟尼如果現在復活，大概會很懊悔吧？」

八津田哈哈大笑。

「也許吧。他或許會很恨梵天，跟他說，看吧，早知道還是保持沉默比較好。」

他笑完之後喝了茶，突然又說：

「不過，雖然有些過意不去，但釋迦牟尼本人的看法並不重要。」

他說得太過直白，讓我不知該如何回應。

「有許多人不斷思考、並且不斷講述該怎麼做才能以平穩的心情生活，該如何承受生命的痛苦。釋迦牟尼如果保持沉默，也只是讓其他的說法擴散罷了。」

或許如此。可是……

「那麼梵天的勸說是白費了嗎？」

八津田搖頭。

「我不這麼認為。」

「為什麼？」

「俗話說，禍從口出。自古以來，說任何話都會成為被輕視、誹謗、誤解、曲解的原因。另外也有『屋下架屋』這樣的成語。這是在嘲笑說，已經有好詩存在，再寫作類似的詩有什麼用處。這世界上已經有無數的詩、無數的繪畫、無數的教導。然而人類還是繼續寫詩、畫畫、思考該怎麼做才能忍受充滿痛苦的生命……這是為什麼呢？」

我無法回答。

為了展現自我？為了生活？

這些當然不算錯誤答案，但也並非本質。我勉強回答：

「為了讓世間富於多樣性嗎？」

八津田的神情變得柔和。

「原來如此，這是不錯的答案。不過多樣性本身並不一定就代表良善。」

「……是的。」

「我的想法有些接近，但是不一樣：我們在追求完成。我認為不論是詩、繪畫、教導，都是為了完成集結人類睿智的作品，各自苦心研究、絞盡智慧。釋迦牟尼在哲學領域中添加了一個組件。這是非常大、非常關鍵的組件。這一來梵天的勸說就不是無用的——這是我的想法。」

我無法點頭。

「可是你剛剛不是說，釋迦牟尼的教誨被曲解了嗎？」

「我是這麼說的嗎？」

八津田摸摸下巴。

「我或許說過，和釋迦牟尼的教誨相差很大。但是這點不是問題。他的哲學沒有必要是完成品。釋迦牟尼盡自己所能思考，創造了很大的組件。在得到這個組件之後，龍樹大師、達摩大師、弘法大師、傳教大師，還有眾多無名人士付出全心全力，各自加上了適合他們生存時代的想法。我先前說過，我們都在追求完成。不過隨著時代變化與技術進步而不斷進行調整，這件事本身就稱得上是完成，不是嗎？」

我沒有回答。

八津田表面上在談論佛教，事實上卻並非如此。我才講了一兩句，感覺就好像被看穿心中的想法。

我先前想著，BBC、CNN、NHK已經傳達的事情，由我再去傳達有什麼意義。但如果依照八津田的說法，或許可以這麼想：BBC、CNN、NHK傳達過之後，再加上我去傳達，才能接近完成。

可是這樣做要完成什麼？不是詩、不是繪畫、也不是哲學，或許也不是「新聞」。我追求的是什麼樣的「完成」？

了。

我無法問八津田這個問題。如果想要得到答案，我必須自己思考。接下來就是我的工作

所以我只說了一句話：

「我的報導和釋迦牟尼的宣教，格局差太遠了。」

八津田大笑說：

「沒這回事。是乾屎橛。（註5）」

他說完一口氣喝完杯子裡剩餘的茶。

下一個瞬間，我聽到倉促的腳步聲。

我來不及思索發生什麼事，東京旅舍狹窄的餐廳就闖入四個男人。

他們的襯衫上別了肩章，戴著素色領帶。在發現拉傑斯瓦屍體的空地上，我也看到同樣的制服。

他們是警察。

發生特殊事件的時候，我養成了確認時間的習慣。時刻是一點四十分。其中一名警察以口音很重的英語開口問道。

「妳就是日本來的記者吧？」

餐廳的出入口只有一處，此刻被這群男子堵住。不過假設還有其他出口，逃跑也無疑是

註5　乾屎橛——禪宗用語，意指乾掉的糞條（也有解做擦糞的木片），代表汙穢之物。禪宗當中為了打破既有概念，往往會以乾屎橛比喻佛或禪僧。

最糟糕的選擇。我點點頭回答：

「是的。」

「太刀洗萬智？」

「是的。那個……」

我才剛開口，男人便怒吼起來。

「過來！」

他伸手要抓住我的雙臂。我在剎那之間反射性地扭轉身體並後退。當我想到「糟糕」的時候已經太晚了。

「妳想反抗嗎？」

後面三人舉起警棍。我舉起雙手，示意自己並不打算做任何動作，但是我不確定是否傳達給他們。他們的情緒都非常激昂。

「請等等。」

八津田霍地站起來，以平靜的表情又說了一些話。他說的是尼泊爾語。警察先前似乎沒有注意到八津田，因此顯得相當驚訝，不過聽到八津田的話便乖乖點頭，放下舉起的警棍。

我等候尼泊爾語的對話結束，朝著八津田開口。我本來差點要說日語，不過在警察面前使用他們無法理解的語言太危險了，因此我便改以英語說：

「你剛剛說什麼？」

八津田像是要讓我安心般露出微笑。

「我剛剛說，她會乖乖跟你們走，請不要動粗。」

光是這麼說，就能夠讓激動的警察冷靜下來？或許是我的臉上現出疑惑的神情，八津田補充說明。
「人要衣裝，臭和尚也要袈裟。有時也是會有效的。」
我之前也聽說過，僧侶在尼泊爾普遍受到尊敬，但沒有想到這麼管用。多虧如此，讓我得救了。
「謝謝你。」
他搖搖頭表示沒什麼，然後忽然又以嚴肅的表情問道。
「我不知道他們為什麼要帶妳走。需不需要聯絡日本大使館？」
我思索片刻。雖然一開始感到驚訝，但警察似乎並非奉命要逮捕我。這一來我可以稍微安心一點。
「現在還不用。不過如果到了晚上我還沒有聯絡，到時候就拜託了。」
八津田點點頭，以清楚的發音說：
「我知道了。晚上七點之前如果沒有聯絡，我就會把情況告知日本大使館。」
這句話大概不是對我說，而是講給一開始用英語說話的警察聽的。八津田在暗示，如果無意義地延長羈押，日本大使館就會提出抗議。我不知道是否真的有效，不過還是很感謝他的好意。我對他點頭致意。
「走吧。」
警察用比剛剛平和許多的聲音說。
「有沒有帶護照？」
「有的。」
我拿起單肩背包。

當我開始走路，四名警察當中有兩人繞到我後方。

我想到他們是為了避免我逃跑而前後包夾，心裡終究不是很舒服。

第十三章

偵訊與搜索

從事新聞記者工作的六年當中，我聽過各式各樣的英勇事蹟，譬如在黑道辦公室十幾名大漢包圍下訪問組長、前往事件現場時找不到交通工具就搭了宅急便輕型卡車的便車、為了取得搜查協助者的評論而在香菸店屋簷下枯等三小時……等等，都是職場前輩和同僚得意地告訴我的。

雖然聽過很多誇張的故事，但還不曾聽過在語言不通的異國被當作殺人事件證人而被警察帶走的。我一開始覺得好笑，嘴角不禁上揚。

不過這當然不是開玩笑的。我走出東京旅舍，來到塵土瀰漫的路上。我迅速開始思考。

我擔心的是，拉傑斯瓦之死會不會在沒有公正搜查的情況下，就讓我背上黑鍋。雖然沒有理由認為尼泊爾警察是不公正的，但也沒有理由安心相信他們是公正的。現在擔心也無濟於事，不過姑且得先準備好該如何解釋昨天到今天早上自己在哪裡。

我又想到另一件值得憂慮的事情……這些人真的是警察嗎？

由於拉傑斯瓦被曝屍之後，我仍舊安然無事，因此我推測自己沒有成為目標，但並非絕對確信。即使他們外表上是警察，也不能保證就一定是警察。

發現遺體的時間是十點四十分左右，也就是三小時前。僅僅三小時，警方就能查出我的名字和住宿地點嗎？他們會不會是從昨天就一直在找我？

我腦中浮現背上被刻了字的拉傑斯瓦屍體。這不是開玩笑的。還有許多事要做，我得動動眼睛和腦袋才行。

我被前後包夾，走在昏暗的巷子裡。在素燒陶製神祠獻花的年輕女人驚訝地縮起身子。托缽的僧侶默默讓路。我只能看到戴著制服帽子的後腦勺，看不到男人的臉。我觀察他們的背影。兩人腰際掛著警棍及手槍。走在前面的兩人佩戴的肩章和腰帶質感和顏色似乎都相同。不過在制服帽子方面，右前方和左前方的男人戴法稍微有些不同。右前方的男人戴得稍微往後傾斜。不過光憑這點也無從判斷。

如果他們是假警察，想要對我不利，那麼是不是應該會試圖用手銬、繩索之類的東西拘束我的行動？

面對真正的警察時，若是試圖逃走，好一點會被逮捕，最糟糕的情況有可能被當場槍殺。但如果面對的是假警察，光是觀望情況搞不好會拖到太遲。在我思考的當中，東京旅舍已經越來越遠。

他們先前用英語盤問過我。應該多少能夠用英語溝通。我咳了一下，清了清因為乾燥的風而不舒服的喉嚨，然後開口：

「我被逮捕了嗎？」

右前方的男人回答：

「閉上嘴巴走路。」

他的態度粗暴而冷淡。不過至少沒有裝作沒聽見。

「拉傑斯瓦准尉已經死了嗎？」

「我說過，叫妳閉嘴。」

「很抱歉。我只是想要知道他的安危。」

男人轉頭，用不耐煩的聲音說：

「我們只有被吩咐要帶妳回去，詳細情況不清楚。妳自己問長官吧。」

「長官在哪裡？」

「在警察局等妳。」

看他的態度不像是在撒謊，不過還不能放心。既然他願意對話，那麼多談一些，比較容易得知更多事實。

「如果你嫌我太吵，那還真抱歉。不過我第一次看到那麼可怕的現場，所以很難平靜下來。」

男人嗤之以鼻。

「是嗎？妳看起來很冷靜。」

「我的情緒比較不會反應在臉上。」

「別囉嗦，閉上嘴巴跟我們走。」

他雖然這麼說，但並沒有煩躁的樣子，應該能夠繼續聊一些話。不知是否能問出一些線索……在想出好問題之前，我為了爭取時間隨口問道。

「拉傑斯瓦是軍人。你們也是嗎？」

我一問這個問題，男人的表情出現變化，轉回頭的側臉有一瞬間像是聞到討厭的氣味般變得扭曲。他說：

「不是。閉嘴。」

「是嗎？」

我點點頭，然後閉上嘴巴。

我曾經看過幾次剛剛那種表情。被誤認為海上自衛隊軍官的海上保安官、被詢問是不是縣政府職員的市政府職員，都曾經像那樣皺起臉孔。在職務微妙重疊的組織之間，會產生獨特的緊張與反感。被誤認為對手會有種莫名的厭惡……這種感情應該是不分國家共通的。

這當然不能成為任何證據。不過我直覺相信他們是正牌的。剛剛的側臉好像在說：別把我跟軍隊當成一夥的，我是警察。

我短促地吁了一口氣。在決定相信自己的直覺時，我總是會吁一口氣。從小這就是我的儀式。

即使來到警察局前，我的疑心仍舊沒有完全消除。矗立在坎蒂街的四層樓建築看起來是平凡無奇的樓房，即使說這是警察局也很難立即相信。直到我在樓房門口看到「POLICE DEPARTMENT」的文字，才稍微安心一些。

我們經過了大廳，看到穿著淺藍色制服的警察匆忙穿梭在其間，我仍舊沒有接受任何說明，就被丟入一間小房間。

「在這裡等著。」

帶我來這裡的途中和我對話的男人說完之後，四名警察沒有留下看守，全都走出了房間。雖然感覺很不小心，不過或許在尼泊爾這是常見的情況，要不然就是因為市區的混亂而導致人手不足。

這間房間大約是四個半榻榻米的大小，大概是偵訊室吧。

牆壁就如這座城市的眾多建築，是以土磚砌成的。或許是因為不會晒到太陽，因此比外面的建築偏紅，填縫材料則是接近黑色的灰色。只有朝外面的牆壁不是磚塊，而是裸露的水泥。在伸手勉強能夠摸到的高度開了一扇採光窗，理所當然地裝了鐵窗。一根根鐵條很細，並浮現紅色的鐵鏽。

房間中央有一張很大的木桌。桌子看起來很老舊，桌面變成醬油色，仔細看有無數抓痕。我避免去想像這些傷痕是在什麼狀況造成的。

我把沒機會背起來而一直拿在手上的單肩背包放在桌上。椅子是折疊椅。塑膠椅面是鮮豔的橘色，在這間色調沉穩的房間裡顯得格格不入。雖然沒有人請我坐下，但坐著應該沒關係吧？我這麼想並把椅子拉過來，這時門沒有敲就打開了。

兩名警察走進來。他們的長相和體格都非常相像，幾乎令人懷疑是雙胞胎。我對默默無言的兩人說：

「你好。」

但他們只是擺出一張苦瓜臉，沒有開口。他們的制服和其他警察一樣，不過我注意到這兩人戴著白手套。一人拿著褐色小瓶子，另一人拿著鑷子和噴霧瓶。拿著鑷子的人快步接近我，突然抓起我的手腕。

「好痛！」

我忍不住發出的抗議聲是日語。不過即使我用尼泊爾語說出來，我也懷疑他們會理我。褐色的小瓶子裡裝的是脫脂棉。警察用鑷子夾出脫脂棉，把我的手打開，用噴霧瓶在手掌上噴水。冰涼的感覺只維持瞬間，就被用力壓上脫脂棉。因為壓得太用力，鑷子的尖端不時刺到皮膚。每次刺到我就會皺起眉頭、扭轉身體。可是他並沒有放鬆，反而更用力地抓緊我的手腕。

首先是右手，接著是左手。雙手都被脫脂棉擦拭過後，兩名警察用尼泊爾語說了些話。

我揮著麻痺的手腕，說：

「可以請你們解釋這項檢查的意義嗎？」

但他們沒聽我說完，就把脫脂棉放回褐色小瓶子，隨即走出房間。門發出「砰」的聲音關上。這時我才注意到門上也有附鐵窗的小窗子。

門才關上又再度打開。另外兩名警察像是替代先前的兩人般走進來。

這回的兩人長得完全不相像。其中一人胖到制服布料都被撐平，留著八字鬍，眼神游移不定。他拿著筆記本和夾板。

另一個人很特別。他長得很瘦，顴骨突出，個子也很高，必須稍微彎腰才能穿過門口。他的眼睛很細，顯露出來的少許眼珠子顯得很陰沉。在報社的時候，採訪警察對我來說是日常業務。他們對於奔到事件現場的我，往往顯露出無力而好似在表達排拒一切麻煩事的沉滯眼神。此刻看著我的眼神也讓我聯想到那些疲憊的警察眼神。不過相似的只有表面。更陰暗、更不透露感情的眼神默默地觀察著我。

他緩緩地開口。

「妳是萬智・太刀洗吧？」

聲音有些沙啞。

「是的。」

「請坐。」

我點點頭，把折疊椅拉過來。

兩名警察坐在我對面。肥胖的警察展開筆記本，拿起筆。他的一舉手一投足都顯露出對另一人的顧慮，大概是階級不同。他們完全沒有說明為什麼要把我找來，當然也不會端茶給我，就開始問問題。

警察最先問：

「妳有沒有帶護照？」

我依照他們的要求打開背包。雖然包包只打開一瞬間，但我覺得瘦警察的視線似乎迅速移動，完全掌握了裡面的情況。我把紅色護照放在桌上，輕輕用手指推過去。警察拿起護照翻閱，並一一詢問我上面的事項。

「太刀洗・萬智？」

「是的。」

「太刀洗是妳的姓？」

「是的。」

「日本人？」

「是的。」

「居住在東京？」

「是的。」

在回答的途中，我開始不明白他的話是否發問。雖然英語的句尾上揚，但警察對於我的回答幾乎毫無反應。

「入境時間是五月三十一日？」

聽到他說出較長的句子，我才注意到他的英語發音很好。聲音雖然沙啞，但發音清晰而容易辨識。

「是的。」

「目的是什麼？」

這時警察首度抬起視線。我無法直視他陰暗的視線，不禁低下頭。

「我受到日本雜誌《深層月刊》的委託，來採訪加德滿都的旅遊狀況。因為造訪尼泊爾的日本旅客增加，所以我們想要收集當地資訊刊登在雜誌上。」

「這樣啊。」

偵訊官把護照滑過桌面還給我。當我把護照收回背包，他以更加冰冷的聲音詢問。

「來採訪旅遊的記者，為什麼會接觸拉傑斯瓦准尉？」

當初警察來到東京旅舍餐廳的時候也是如此。警方已經完全掌握我曾經見過拉傑斯瓦准尉的事實。他們到底是怎麼知道的？

眼前的情勢不容我反問。我只能照實回答。

「入國第二天，就如你們所知的，貴國國王駕崩了。我立刻聯絡日本《深層月刊》編輯部，告知他們除了原本的旅遊情報採訪之外，我也能夠報導發生在尼泊爾的這起事件。《深層月刊》編輯部接受我的提議，告訴我他們想要立即刊登這則報導，因此重新委託我優先採訪。」

書記官動筆的聲音不知為何讓我感到不安。瘦削的警察插嘴。

「那個編輯部的人叫什麼名字？」

「他叫牧野。牧野太一。」

「電話號碼呢？」

我告知背起來的號碼。他要求我再放慢速度說一次，我便把數字一個個區隔發音。

「零，三……」

我原本以為他們會立刻打電話確認，但兩名警察都沒有動作。牧野如果知道我被警察帶走了，一定會非常緊張。也因此看到警察不打算打電話到日本，我感到既安心又有些意外。

「妳想要寫旅遊報導，可是卻被捲入王宮事件？」

警察向我確認。我無言地點頭。他沒有變化表情地說：

「那真是不幸。值得同情。」

「……謝謝。」

書記官停下筆。剛剛的對話不知道是否也記下來了。

「接下來呢？」

「這個……」

我首度語塞。介紹拉傑斯瓦給我的是查梅莉。如果說出來，會不會造成她的困擾呢？對於記者來說，隱匿消息來源是最高原則之一。即使面對警察或法院命令，也要保護消息來源。要不然，提供情報者就會陷入危險。對於同事和上司，我們會共享消息內容。但是關於消息提供者，有時候即使對他們也不能說。

當然，現在我被問到的並不是報導的消息來源。只是做為殺人事件的證人，被詢問相關行動而已。我雖然知道這一點，但是在沒有取得查梅莉同意之前，仍舊本能地對於供出她的名字感到躊躇。

瘦削的警察沒有說話也沒有動彈，等候著我的回答。我感到手心滲出汗水。我勉強這麼說：

「我想要找了解事件當晚情況的人採訪。後來我聽某人提到拉傑斯瓦准尉的事情。」

「『某人』嗎？」

警察果然沒有放過這一點。我的表情或許變得稍微僵硬。

他接下來說的話出乎我意料之外。

「是東京旅舍的查梅莉吧？」

「……」

「妳或許想要保護她，但是沒用。我們已經調查過了。全部說出來吧。」

他這番話讓我了解到狀況。

拉傑斯瓦的屍體被發現後，為什麼才過三小時，警察就找上了我？我原本以為是拉傑斯瓦留下了筆記，但大概並非如此。大家都知道拉傑斯瓦常常到東京旅舍，所以警察應該立刻就去找了查梅莉問話，而查梅莉供出了我的名字。

我並不恨她。在這座城市做生意，不可能要求她欺瞞警察。而且這一來我反而容易回答。

「很抱歉，的確是這樣。我得到查梅莉的介紹，請她詢問拉傑斯瓦准尉是否願意接受採訪。這是二日早晨，我記得是八點多的事情。」

「幾點？」

高亢的聲音插嘴。胖警察抬起頭，皺著眉頭問我。

「八點。」

「二日八點？」

「是的。」

這時瘦削的警察嘴角浮現出令人毛骨悚然的冷笑，對胖警察說了些話。胖警察的臉上現出膽怯的神情，像是逃離般把視線拉回筆記本。大概是被指責這個問題不重要吧。

瘦削的男子用下巴向我比了比。

「繼續說。」

「是。」

我喚起記憶，回答：

「查梅莉是在二日深夜告訴我拉傑斯瓦准尉的回答。我記得當時為了悼念貴國國王，正在鳴放葬禮的禮炮。她說拉傑斯瓦准尉願意見我。」

「所以你們見面了？」

我點點頭，回想起那次短暫的會面。

「是的。我們是在三日下午兩點見面的。採訪時間很短，大概只有十到十五分鐘。然後……」

那天下午的工作沒有太大的成果。

「我在街上採訪民眾，得知因陀羅廣場設有獻花台，便去拍攝那裡的場景。回到旅舍的時間是六點左右。在那之後我就沒有離開旅舍。」

兩名警察稍稍對看了一下。瘦削的警察再次向我確認。

「是六點嗎？」

「是的。應該沒錯。」

「六點之後，妳就沒有踏出門一步？」

我點頭。

「有人能作證嗎？」

我一時無法回答。當晚我幾乎都待在房間裡，有機會遇到人嗎？我想了一會兒，想到並非完全沒有接觸。

「我在六點左右回到旅舍時，查梅莉和住宿在旅舍的印度人也在大廳。印度人似乎在利用大廳的電話線上網。」

「印度人嗎？名字是什麼？」

這時如果隱瞞名字，只會讓自己留下不好的印象。警察只要問查梅莉，她一定會立刻說出來。

「他自稱舒庫瑪。我不知道他的全名。」

「舒庫瑪嗎？」

瘦削的警察哼了一聲。我不知道這代表什麼意義。或許舒庫瑪這個名字就像山田太郎、鈴木花子或是約翰・史密斯之類的名字，聽起來很像假名吧？

「舒庫瑪上網在做什麼？」

「我也不清楚。在這樣的狀況之下，他或許想要知道很多事情吧？」

警察細細的眼睛瞬間變得凶狠。

「不要說多餘的話，只要回答我問的問題。」

他雖然這麼說，但是我不可能回答得出只是住在同一旅舍的舒庫瑪上網在做什麼。我只能說：

「我知道了。」

兩名警察以尼泊爾語低聲交談。他們的對話中出現幾次舒庫瑪的名字。接著胖警察在筆記本上寫字。瘦警察提問。

「妳還見到誰？」

「沒有了……」

我在外面吃過晚餐，再加上當天要在停水前提早洗澡，因此也特別早上床。我沒有見任何人。

「不過剛剛我也說過，查梅莉和舒庫瑪都在大門旁邊的大廳。不過另外也有不用經過大廳的後門。」

瘦警察揮揮手，似乎是在示意這種事早就知道了。

「只要調查舒庫瑪這傢伙的電腦，就可以確認上網時間了。太刀洗，就我們的立場來說……」

他說到這裡，偵訊室的門被敲響三次。敲門聲有些靦腆，聲音很輕。瘦警察皺起眉頭，不悅地用尼泊爾語回應。門打開，有個男人走進來。那是用脫脂棉擦我手掌的警察。警察之間彼此低聲交談並交換小紙張。在這當中，他們不時把視線瞥向我。我感到毛骨悚然。或許他們發現某項對我不利的事實。我雖然與這起事件無關，但如果被惡意拼湊片斷的事實，有可能導出任何結論。我感覺口渴。這座城市的空氣總是很乾燥。

最後瘦削的警察說了些話，剛剛進來的警察便離開房間。陰暗的眼神再次注視著我。

「抱歉讓妳久等了。我要說的是……」

他的聲音很低沉。

「檢查結果出來了。妳沒有開槍。回去吧。」

我的身體似乎在不知不覺當中一直緊繃著。當我聽到他說的話，全身的力氣頓時消散了。我甚至因為虛脫而感到暈眩。

他們之所以用脫脂棉擦我的手掌，是為了檢查硝煙反應。我只有看到拉傑斯瓦屍體的背部和臉，不知道死因。既然被調查硝煙反應，那麼他想必是被槍殺的。我在被擦拭手掌的時候隱約也有察覺到，不過還是很擔心警方是否會認真看待檢查結果。

光是調查手掌上的硝煙反應，並不能確保是否真的沒開槍。只要戴上手套就可以瞞過去了。不過他們只做了例行檢查就釋放我，代表眼前的警察似乎並沒有把我當成犯人。他們並沒有顯出太失望的表情，也不像是執著於調查我的樣子。當然這或許只是偽裝，也可能會有人跟隨並監視我……

瘦削的警察用和先前一樣的沙啞聲音說：

「真是了不得的女人，臉色毫無改變。」

「謝謝。」

我明明感受到從事記者工作以來——不，甚至是這輩子——史無前例的緊張，但卻得到這樣的評語。我原本就自知內心情感不容易表露在臉上，但我沒有想到這個瘦警察會說這麼輕鬆的話。趁現在或許可以問他幾個問題。

「請問拉傑斯瓦准尉是在幾點左右死亡的？」

回答的聲音很冷淡。

「妳為什麼想知道這種事？」

「……因為我是記者。」

雖然有諸多動搖，不過為求方便還是要利用這個身分。

「哼，說得也對。」

「你只要在能說的範圍告訴我就行了。」

警察不耐煩地說：

「如果在過去，早就把妳趕出去了。算妳幸運。自從民主化之後，上級就命令要對記者客氣點。他是在七點死的。死亡推定時間是三日晚上七點左右，大概是六點半到七點半之間。」

如果是七點，我剛好在洗澡。人類的命運真是無法預期。

「還有……」

「妳要問問題沒關係……」

他插嘴說。

「不過我勸妳還是早點回去。四點就開始實施外出禁令了。」

「外出禁令？」

「妳既然採訪過，應該知道狀況吧？市區內的氣氛一觸即發，軍隊也採取警戒。現在必須先讓大家冷靜下來。我先說好，在這個國家，實施外出禁令期間如果在外面遊盪，就有可能隨時毫無警告被槍殺。」

我看看手錶，已經過了三點半。從東京旅舍到警察局大約需要十五分鐘的時間。的確已經沒有太多時間了。我站起來，把單肩背包背在身上。

不過在我臨走之前，警察反而又問了我一個問題。

「對了，我想聽聽妳的意見。」

我的手正要握住門把，聽到這句話便轉頭。

「……什麼事？」

「妳看到拉傑斯瓦准尉的遺體，有沒有想到什麼？」

我歪著頭，老實說出心中的感想。

「如果他因為當了『INFORMER』而被殺害，為什麼我會沒事？這是我想到的問題。」

「原來如此。」

雖然只是短暫的瞬間，不過警察首度露出微笑。

「我也想著同樣的問題。」

距離外出禁令開始時間剩下不到三十分鐘。加德滿都街上的行人消失了。所有店家都拉下鐵捲門，沒有鐵捲門的店則把商品都撤走了。或許是因為收拾得太倉促，我看到泥土裸露的道路上還滾落著西瓜。

我記得從坎蒂街到東京旅舍的路。從新街走是最簡單的路徑，但應該還有更短的路。不過如果走不熟悉的路而迷路，不知道會發生什麼事。我沒有想到會遇到這種走繩索般的緊張狀況。趕緊看看手錶，快步奔入無人的街道。

途中我好幾次看到穿著迷彩服的士兵。堵住道路中央的吉普車上乘坐著四名士兵，新街上也有三人倚靠在鐵捲門上抽菸。他們都默默地注視著奔跑中的我。不知是在催促我，或者是在嘲弄我，也有士兵踏著紮入褲管的軍靴，發出喀喀聲。槍口隨時都有可能對著我。當手錶指著三點五十分時，我開始懊悔自己的判斷錯誤。應該在外出禁令解除之前請求在警察局接受保護，或請警察護送我回旅舍。當然即使要求了，也未必會得到許可。從現況來看，警察不太可能有多餘的人力。

我最後只能努力狂奔。盡力奔入喬珍區，在塵土飛揚當中跑過土磚牆夾道的狹窄巷弄。當祭祀象頭神的神祠進入我的視野，我邊跑邊看手錶。三點五十四分。雖然應該不至於一到四點就有子彈飛過來，但我仍舊感到憂心。我抵達東京旅舍的綠色鐵門，推了門把。門發出

「喀」的聲音，給了我硬邦邦的反應。門無法打開。

「別開玩笑！」

我真希望是哪裡搞錯了。

的確是搞錯了。門是要拉開的。我幾乎滾進大廳。時間是三點五十六分。

我用手撐著膝蓋，調整激烈的呼吸。

我因為吸入過多塵土，口中感覺帶著沙子。當我走向階梯時，有人在背後叫住我。

「太刀洗小姐……」

是查梅莉。她站在通往員工區的門口，表情有些尷尬。她或許對於我被警察帶走感到有些歉疚，或者也可能是沒有想到我會這麼早被釋放。

「嗨，我剛剛回來。」

「是、是嘛？」

「房間應該打掃完了吧？」

查梅莉微微點頭。我道謝之後，開始爬樓梯。我想要盡快先漱口。手裡握住口袋中的木製鑰匙吊牌。

我上了二樓，把鑰匙插入二〇二號房門的鎖孔。我瞥了一眼羅柏住宿的二〇三號房，門上還貼著「DO NOT ENTER」的紙。那張紙是什麼時候貼上的呢？

我進入二〇二號房。

在這瞬間，我感覺到有哪裡不對勁，全身繃緊起來。

我先憑直覺感到不對勁，然後才緩緩地開始觀察哪裡不對勁。

拼貼花樣的棉被變得凌亂。桌上的檯燈朝向怪異的方向。旅行包好像也被動過了。我應該沒有放在那麼靠近窗口的位置。

有人進來過。那個人未必已經離開房間。我沒有鎖門，豎起耳朵站在原地等了一陣子，但沒有聽到聲音。

我握緊拳頭，一邊留心背後，一邊緩緩打開浴室的門。沒人。浴簾也是拉開的，沒有可以躲人的陰影。

重新檢視房間。如果有人躲在房間裡，應該是在床下或衣櫃內。我接近衣櫃，猛地打開……裡面只有我的換洗衣服掛在衣架上。

最後我緩緩跪下。壓抑著害怕看到有雙眼睛盯著我的恐懼窺視床下。果然沒有人。

我嘆了一口氣，準備鎖上房門。正要轉動門把時，我突然停下來，先到走廊上檢視鎖孔。

東京旅舍客房的門鎖是常見的圓筒鎖。以前在採訪防盜相關報導時，我曾經學過開鎖的基礎。只要有足夠時間，我也有辦法打開這種類型的鎖。我湊向鎖孔檢視。

「……唉，果然有傷痕。」

我不禁自言自語。

即使在走廊上昏暗的光線中，也能看到鎖孔周圍出現新的傷痕。雖然說鑰匙尖端碰到也會造成類似的傷痕，但十之八九是被偷開過了。

我回到房間，把手放在背後關上門鎖。護照和錢包在背包內。原本只打算在戈賓掃地時離開房間，不過隨身攜帶貴重物品是正確的決定。其他有可能成為目標的東西是……

「應該還是那個。」

我先前把拍攝拉傑斯瓦屍體的記憶卡夾在聖經裡藏起來。

我打開書桌抽屜，拿出陳舊的聖經。書本沉甸甸的。我把紙張邊緣已經泛黃而變得脆弱的書本放在桌上，記得頁數是二二二。

不過我不需要確認頁數，記憶卡就扮演書籤的角色，自動打開到二二二頁。記憶卡仍舊原封不動地夾在書頁中間左右。

我深深嘆息。雖然還得確認裡面的資料是否完好，不過應該沒問題。

走到盥洗室，用塑膠杯裝水含在嘴裡。我漱了兩三次口，沖掉塵土，總算感覺清爽許多。

我用毛巾擦拭嘴巴，看著鏡中的自己。

如果是警察，應該會向查梅莉借備用鑰匙。可是搜尋這間房間的人卻偷偷開鎖進入。這個人不是警察。

我默默地瞪著鏡子。

鏡中的我微微皺著眉頭。根據多方意見，太刀洗萬智這個人似乎很少會表露出內心情感。

而在打定主意絕不服輸的時候，我似乎就會顯露出這樣的表情。這是新發現。

第十四章　禿鷹與少女

我在桌上展開筆記本，拿起筆。

牧野給我的版面是六頁。換算成稿紙，雖然還要看照片大小，不過大概是十六張到二十張左右。我列舉這四天採訪到的種種事項。

象頭神像。焚香的氣味。進入雨季卻乾燥的城市。賣紀念品的男孩。早餐時間。加德滿都的天婦羅店。深夜報導的國王之死。人民的困惑。ＢＢＣ重複了多少次同樣的新聞，而這時其他電台播放什麼。送葬隊伍。和國王年齡相同次數的葬禮鳴炮。獻花台。人民的疑惑轉變為憤怒的過程。不信任、陰謀論、疑問。拿著步槍的警隊。外出禁令。我把這些關鍵詞一一寫在筆記本上。

雜亂陳列的關鍵詞包圍著刻意留白的筆記本中央。這次報導的核心是什麼？

我停下筆。我知道自己想要填入什麼關鍵詞。「拉傑斯瓦准尉」。土磚與水泥並存的市區中一塊空地上，有一名軍人慘遭曝屍。這樣的照片具有震撼人心的力量。當尼泊爾政府將王室之死定調為「步槍爆炸造成的意外」、使人民心中產生種種疑惑，拉傑斯瓦背部被刻上告密者文字而遭殺害的照片，一定會在讀者心中留下強烈的印象。而且那張照片拍得很好，可以給予報導更沉重的分量。

我操作數位相機，重新找出那張照片。拍攝的幾張當中有一張拍得最好，我在內心命名為「INFORMER」。

既然拍了這張照片，就只能構思以此為軸心的報導。但不知怎的，我對於在筆記本中央寫下「拉傑斯瓦准尉」或「INFORMER」都會感到躊躇。

為什麼？

「……因為太卑鄙嗎？」

我手中拿著筆停在半空中，喃喃地說。

照片會引起什麼樣的迴響？留給讀者的會是什麼樣的強烈印象？

「INFORMER」給人強烈聯想，認為准尉是因為說出某些事情而遭到殺害。在尼泊爾政府沒有提供充分情報的現況下，很容易讓人聯想到被隱匿的王宮事件真相。

也就是說，那張照片會牽制尼泊爾政府。

這一點其實反倒是報導工作該盡的本分。但是我又會有何下場？

「搞不好會變成『禿鷹與少女』。」

我聯想到獲得新聞攝影最高榮譽普利茲獎的那張照片。

一九九三年，在內戰不停的蘇丹，新聞攝影師凱文・卡特發現一名女孩。這名女孩蹲在乾燥的大地，四肢瘦弱，腹部因營養失衡而腫脹。在女孩數公尺後方，有一隻停在地面的禿鷹望著她的方向。

照片中只有呈現這樣的畫面，但這張照片引起強烈的聯想。禿鷹為什麼會在那裡盯著蹲下來的少女……是為了以即將喪命的女孩為食物。人類因為飢餓而死，而鳥類想要吃掉屍體。

這張照片因為蘊含強烈訊息而獲得普利茲獎。然而攝影師不只獲得稱讚，也遭到眾多責難。批判者說：「為什麼不救那個女孩？你在現場，卻只是拍攝照片，沒有為快死的女孩做任何事嗎？」

攝影師反駁說事情並非如此。他並沒有見死不救。他確定女孩自己站起來走向配給處之後才離開現場。然而攝影師並沒有拍下女孩平安無事的照片。

在疑問與批判中，獲得普利茲獎的凱文・卡特後來自殺了。

「禿鷹與少女」對新聞報導提出本質性的疑問。當記者報導世間的悲慘狀況，代表自己也在現場。為什麼不幫忙？你在那裡做什麼——

這種問題其實毫無根據。即使記者拍了照片，也不能證明他沒有做任何事情。或許他對於悲劇已經竭盡自己所能幫忙，最後才按下快門。或許他自己也已經耗盡糧食，在飢餓痛苦當中拍下那張照片。然而照片可以引發聯想，卻不能傳遞事實。既然畫面中出現禿鷹與少女，就會引發聯想，認為攝影師在禿鷹虎視眈眈盯著女孩時什麼都沒做。

背上刻著「INFORMER」字樣的男人照片，或許也會引起讀者這樣的疑問：告密者是什麼意思？這個可憐的男人是對誰說出什麼內容而被殺死的？

不久之後，或許有人會說，他是因為告訴拍這張照片的記者某個祕密，才會被殺的。太刀洗萬智這名記者必須為他的死負責。

我自認為此處所指的告密對象不是我。認為自己向拉傑斯瓦提出採訪請求和他被殺的事件之間沒有關聯。可是這樣的推測無法阻止讀者聯想。不論如何，我都沒有證據。

也就是說，刊登「INFORMER」有可能使我遭受致命的負面評論，甚至有可能終結記者生命。

我之所以遲遲沒有在筆記本中央寫下拉傑斯瓦准尉的名字，是為了這個理由嗎？之前曾對拉傑斯瓦說，報導是我的工作，所以我不被容許默默旁觀。他雖然對這個理由嗤之以鼻，但我並沒有放棄報導。然而我卻不打算報導「INFORMER」?這張照片清楚呈現出尼泊爾陷入的混亂，可是我卻因為害怕自己遭受批判，而想要束之高閣?

如果是這樣的話，我實在是太卑鄙了。我是個應被唾棄的嘴炮王。為了實踐自己所說的話，應該要刊登這張照片!

我這樣告訴自己，但仍舊沒有動筆。無論如何，我還是很怕把那張照片刊登在《深層月刊》，寫出有關拉傑斯瓦准尉的報導。我本能地感覺到危險。

那麼應該不是這個理由。不是因為我是個卑鄙的騙子，才對刊登那張照片感到躊躇。一定還有其他理由。我為了探究自己的心理，把筆記本翻開新的一頁。我在白紙上寫著大大的「INFORMER?」。

這時有人敲門。我還沒回應，門外的人就出聲：

「太刀洗小姐，妳在房間裡嗎?」

是查梅莉的聲音。

「是的。」

「太好了。有妳的電話。」

是警察嗎?我的嫌疑是否還沒洗清?想到這裡我不禁全身僵硬，但查梅莉告訴我的卻是別的名字。

「從日本打來的……他說他叫做牧野。電話還沒有掛斷，妳要接嗎?」

在企劃還沒有確定的階段，這時候不是很想跟他談。我仰望天花板，放下筆，輕輕闔上筆記本。

「我馬上去。」

到開發中國家或昔日蘇聯掌控的東歐或中歐國家等通訊網路不佳的地區時，和日本聯絡有個訣竅：從採訪當地打電話給日本時往往無法連線，但是從日本打電話到當地就比較容易連上。

我不知道這種說法是不是真的。我總覺得比較像某種都市傳說，甚至類似祈求好兆頭之類的。不過請對方從日本打電話有一個明顯的好處，那就是計算經費比較輕鬆。

電話筒傳來牧野的聲音，劈頭就問：

「太慢了，太刀洗。不是一分鐘一百五十日圓嗎？」

「那是從這家旅舍借電話時的價錢。從日本打來的話，就依照一般國際電話費用計算。」

「那麼一分鐘就超過兩百日圓了。妳那邊怎麼樣？」

昨天以來發生的種種事件在我腦中迅速閃過。如果要一言以蔽之，就是：

「很混亂。」

「嗯，怎麼說？」

「因為官方發表事件起因於步槍爆炸意外，刺激了民眾的情緒。上午警察用催淚彈鎮壓市民，下午四點開始發布外出禁令。不過還不知道這樣能不能夠穩定局面。」

「這樣啊。唉，爆炸這個理由應該是說不通的。總之，妳要多小心。」

「好的。」

我決定不要告訴他，我已經被警察帶回局裡一趟。這還是屬於個人方面的事情，目前和報導無關。

「報導寫得出來嗎？」

「可以趕上六日截止日。我會在下午時間盡快傳送，可以嗎？」

「笨蛋，要在早上時間盡快傳過來。」

說得也是。

如果要趕上早上九點，考慮時差的話，截止時間是五點四十五分。我可以借用東京旅舍的傳真機。加德滿都的人都很早起。雖然必須先確認，不過查梅莉應該已經醒了。

「我知道了。」

「好。」

牧野的聲音似乎變得有點低：

「關於這則報導，大概會是什麼樣的內容？我想要先想好宣傳詞。」

「關於這一點，事實上……」

我內心浮現迷惘，因此說話不是很乾脆。

「我拍到照片了。」

「什麼樣的照片？」

「軍人的照片……已經死了。」

「……喂喂喂。」

我腦中浮現電話另一端的牧野在椅子上調整坐姿的景象。

「妳的意思是，他是被反擊的市民殺害嗎？」

「不，不是的。是非自然死亡的屍體。」

「非自然死亡？」

「他的上半身衣服被脫下來，背上以刀子刻著『INFORMER』。這是告密者的意思。我已經知道，他在國王被槍殺的那一天也在王宮。事件發生後，他也曾經接受雜誌採訪。」

「喂喂喂。」

牧野再度發出這樣的聲音，彷彿是為了要理解我說的話而拖時間。

「妳不要說得那麼輕鬆。這不是很大的新聞嗎？」

「順帶一提，這張照片應該沒有其他人拍下來。在我拍照之後，警察就過來封鎖現場了。」

電話筒另一端傳來嘆息般的聲音。

「太刀洗，妳果然在某方面很幸運。國王一家幾乎都被殺害，尼泊爾政府卻宣布是意外事件。另一方面，當天在現場的軍人接受採訪之後，就被刻上告密者的文字被殺害，而且其他家都沒有掌握到這條新聞。這是很驚人的獨家新聞。」

「……的確。」

牧野注意到我沒有隨之起舞，似乎察覺到了什麼。

「有什麼問題嗎？」

「有兩個問題。」

我回答他。

「第一是關於採訪那位軍人的雜誌。」

「是哪家？是當地雜誌嗎？」

「不，是《深層月刊》。」

電話筒有幾秒鐘沒有傳來任何聲音。接著總算聽到牧野帶著淚水的聲音：

「是我們家……」

又隔了數秒。

「應該說，是妳……」

「我向他報上身分，說我是名叫太刀洗的記者，受到日本《深層月刊》的委託來採訪。」

「妳報出我們家的名字了……雖然說，這的確是事實。」

牧野呻吟了好一會兒。我知道他的習慣。他現在大概抱著頭趴在桌上吧。

「……沒辦法。雖然我們不敢稱為『大眾』，不過畢竟也是『媒體』，總不能在這裡退縮。」

「我想最好先詢問編輯部的判斷。」

「妳也知道吧？我們家的編輯部在這種時候就會變得格外英勇，一定會支持刊登的。太刀洗，不要緊嗎？」

「我？」

牧野快要哭出來的聲音中帶著些許關懷。

「妳只是照平常的工作方式——相信我，我真的是這樣想的。不過在這種情況下，我得告訴妳，妳會被指責為殺人凶手。」

這點我已經考慮過了。我很感激牧野也替我設想到同樣的狀況。

「那也是沒辦法的。」

「是嗎……喂喂喂……」

一分鐘超過兩百日圓的時間在沉默中流逝。

不久之後，牧野似乎重新振作起來，又問：

「另一個問題是什麼？」

「啊？」

「妳剛剛不是說有兩個問題？另一個問題是什麼？」

我說過這種話嗎？

我確實還有些猶豫，是否應該把拉傑斯瓦的死當作報導的主幹。不過能夠以言語表達的問題出在哪裡？

牧野以有些自暴自棄的口吻說：

「妳都已經求證到這個程度，還有什麼問題？只剩下寫出來了吧？」

求證。

原來如此。

我緊緊握住電話筒。沒錯，就是這個。

「謝謝你。」

「喔？怎麼了？」

「就是這點。牧野，這張照片還沒有經過求證。」

牧野以困惑的聲音問道。

「求證？可是妳親眼看到現場，還拍下來了吧？有什麼好求證的？只要寫出妳看到的事情不就好了？」

新聞報導要寫的是事實，或者至少是可以強烈推定為事實的內容。拉傑斯瓦在事件發生當晚人在王宮、他見過身為雜誌記者的我、尼泊爾政府主張這是一場意外、拉傑斯瓦在見過我的次日被刻上「告密者」而遭殺害——這些都是事實，而連結這些事實則全憑讀者想像。

但是我知道「讀者大概會如何想像」。既然如此，切割自己的責任就不是誠實的做法。連續寫出一、二、三，卻擺爛地說是你們自己要想像接下來是四——這並不是正當的工作方式。

我總算明白了。這就是我猶豫該不該刊登拉傑斯瓦照片的理由。

「不對，牧野。這張照片並沒有經過求證。」

「妳這是什麼意思？」

「拉傑斯瓦……就是這位死亡軍人的名字，他的死和國王的死之間，並沒有證據顯示是相關的。說極端點，他也可能只是死於車禍。現階段不能把它刊登在報導國王之死的新聞裡。」

「可是妳不是說……他的背上……」

「這樣還不夠。」

背上的傷痕文字不能斷定是在責難他和我接觸這件事。理由是身為另一個當事人的我平安無事。這一點是我最初就想到的，可是直到現在，都沒有辦法連結到無法寫出報導的理由。看來我是被那張照片的完成度所迷惑了。

牧野似乎笑了一下。

「原來如此。妳竟然能夠在這種時候冷靜下來。」

「不，我也在反省。我應該更早發覺的。」

「已經沒時間了。今天不是發布外出禁令了嗎？」

「明天晚上之前如果還沒有辦法把拉傑斯瓦和國王之死連結在一起，我就排除那張照片。」

「……是嗎？我知道了。」

電話裡的聲音恢復平時輕鬆的調性。

「總之，拜託妳了。可惡，講太久了。電話費可以從妳的稿費扣嗎？」
「我會勒你的脖子。」
電話筒傳來哈哈哈的笑聲。
「那就約定六日。」
「好的，六日下午盡快寄達。」
「妳真不會開玩笑。」
「是嗎？」
我放下電話筒，吁了一口氣。
我感覺到心中的霧靄消散了。
我必須求證照片內容，亦即去了解拉傑斯瓦為何被殺、背上為何被刻上「INFORMER」的文字。這不是簡單的事情。就如牧野所說的，時間不多了。身處異鄉也沒有可以利用的關係。用常識來想，根本沒有調查成功的可能性。
即使如此，相較於邊工作邊遲疑著是否能夠刊登的狀況，此刻內心突然湧出無比強大的力量。我在昏暗的大廳對自己說：
「好！」
我的聲音中充滿力量。
通完電話之後，查梅莉回來了。她的表情仍舊顯得膽怯。雖然對她沒有任何怨恨……不過她來得正好。我仍舊拿著電話筒，對她開口：
「查梅莉。」

「什、什麼事？」

為了讓她放鬆心情，我堆起笑容說：

「我得在六日早上五點四十五分之前，寄傳真到日本。可以借用旅舍的傳真機嗎？」

「五點四十五分？」

查梅莉皺起眉頭。我原本以為加德滿都的居民都很早起，不過仔細想想，查梅莉直到深夜才睡，或許她早上會較晚起床。

「如果妳還在睡的話，我會自己想辦法。」

「……不！沒問題，我會準備好，讓妳可以在那個時間使用傳真。請妳到大廳來找我。」

「呃……真的不會太勉強嗎？」

「當然，請妳千萬別在意。」

她搞不好是因為對警察招出我的事情，因此想要設法補償我。如果是這樣的話，感覺好像抓住她的弱點，讓我有些過意不去。不過既然已經提出要求了。要是取消先前所說的話，又好像辜負了對方的好意，感覺也不太好。還是乖乖請她幫忙吧。

「謝謝妳。還有……」

「什麼事？」

「請告訴我八津田先生的房間號碼。」

查梅莉似乎在擔心我會問什麼，聽到這個問題就鬆了一口氣，說：

「那是……呃，現在是三〇一號房。」

「現在？」

「是的。他每次為了更新簽證出國的時候，就會更換房間。他已經住過所有房間好幾輪了。」

為了不讓長期住宿變得呆板，換房間或許是個好方式。我道謝之後，離開了大廳。

如果我在晚上七點之前沒有回來，八津田就會聯絡日本大使館。我必須通知他，自己已經從警察局回來了。我上了樓梯。

我去過四樓餐廳好幾次，不過卻是第一次進入三樓。我不自覺地觀察走廊的牆壁和天花板。由於附近樓房密集，因此這裡和二樓一樣，自然光線很難照進來。或許是為了省電，走廊上的燈沒有打開，因此顯得更加昏暗。原本想像三樓或許是大套房，不過格局似乎和樓下相同。

三〇一號房的門微微打開。門上掛著門鏈，門板與地板之間夾著報紙，大概是為了換氣吧。我心想，原來還有這一招。

敲已經開著的門感覺有點奇怪，不過門內馬上傳來回應：

「誰？」

「我是太刀洗。」

「喔喔！」

八津田沒有發出腳步聲就走近門口，拆下門鏈。門打開了。

他在房間裡也穿著黃色袈裟，隱約長出鬍鬚的臉上綻放笑容。他一再點頭說：

「太好了，妳沒事。」

「是的。」

「真是太幸運了。尼泊爾的警察風評並不是很好。太好了，太好了。」

他的話中充滿溫暖。相較於從警察局被放出來的時候，此刻八津田為我慶幸的樣子讓我感到更高興。

「很抱歉讓你擔心了。」

「別這麼說……」

八津田搖頭，接著似乎想到某件事，又說：

「對了，要不要到樓上再多聊一下呢？」

老實說我還有別的事情想做。在下定決心要尋找拉傑斯瓦之死與王宮事件的關聯之後，我想要重新檢討採訪檔案。不過我也無法斷然拒絕關心我的八津田邀請。

「好的。」

八津田聽到我的回答，笑咪咪地說：

「那麼請妳先上去吧。我去請查梅莉替我們準備『奇亞』。」

我聽從八津田的指示上樓，來到餐廳。

天空色的牆壁上開著大窗，窗外可以看到飄浮著雲朵的藍天、加德滿都的街道還有喜瑪拉雅山。在這個宛若空檔般的時間，我首度陶醉於窗外的景色。

我呆看了好一會兒，聽到兩人上樓的腳步聲便端正姿勢。

我原本以為查梅莉會在四樓的廚房替我們準備奇亞，可是她卻端來放上兩個馬口鐵杯子的銀色餐盤。杯子還沒放到桌上，香辛料的氣味便飄過來。

查梅莉放下杯子之後，沒有久留就下樓了。她沒有要求付費，是因為這是免費飲料，或者會計算在住宿費呢？如果是八津田請客，那就太過意不去了。

「請。」

他勸我喝飲料，使我失去詢問的機會。

我喝了一口。

……甜度有如巨浪打過來般。我雖然預期應該會很甜，但這個甜度遠超出我的想像。我幾乎噎到。

八津田以帶著笑意的眼神看著我的反應，輕輕把杯子舉到嘴邊。

「查梅莉的奇亞總是這麼甜。」

「這種甜度在尼泊爾是很平常的嗎？」

「這個嘛，好像比平常的甜度更甜。不過我很喜歡。」

八津田邊說邊露出輕鬆自在的表情。他曾說自己九年前就到尼泊爾，我也聽說六年前撒卡爾的哥哥過世時，他曾給了茫然發呆的撒卡爾點心。他大概在東京旅舍也待了很久，已經習慣這個味道了吧。

甜味過去之後，除了紅茶香氣，還有肉桂、丁香，以及其他我無法辨識的好幾種香辛料餘韻縈繞在口中。我再喝一口，或許是因為對於甜度已經有了心理準備，因此也能感受到味道的層次。

「這是Chai吧？」

這種茶和印度奶茶「Chai」很像，或許是同樣的東西。八津田點點頭。

每喝一口，甜味就滲入身體。現在不是放鬆心情的時候，不過此刻短暫的休息似乎能夠讓我振奮心情，迎接即將展開的困難工作。

「在警察局——」

我先開口。

「我被質問了有關市內發生的殺人事件的幾個問題。被害人是我曾經採訪的對象，所以他們似乎想要確認他的行蹤。」

「哦。」

「偵訊的警察會說英文，所以溝通上沒有問題。經過簡單的檢查之後，嫌疑似乎也釐清了，所以他們很快就放我走。」

拍下被害人照片的事情因為和被帶到警察局無關，因此我沒有提起。八津田深深點頭說：

「那真是太好了。我剛剛在警察面前雖然那樣說，不過要是真的必須聯絡大使館，我還真不知道該怎麼辦。」

「謝謝你的關心。」

八津田笑咪咪地點了好幾次頭。

接著他放下杯子。

「對了……和妳的災難相較，不是什麼大不了的事情，不過我也遇到一點點麻煩。」

在他邀我到餐廳的時候，我就猜到大概有什麼事情。我也把杯子放回桌上，把手放在腿上。

「什麼樣的麻煩？」

「事實上……這個嘛……」

八津田摸摸剃光的頭，露出苦澀的表情。

「妳也許記得，我跟妳聊天的時候曾經提起過，我委託天婦羅店的吉田幫我帶佛像給日本的朋友。」

這件事我記得很清楚，於是默默點頭。

「可是今天我才知道，吉田沒辦法去日本了。」
「沒辦法去……是指沒辦法出境嗎？」
羅柏曾經哀嘆，或許是因為王宮事件的餘波，害他買不到出境的票。不過吉田應該很早就決定要回國，應該已經取得機票了。
八津田搖搖頭。
「不是的。」
「那麼是什麼理由？」
「吉田身體出了些狀況。」
我回想起八津田在一日帶我去「吉田」的情景。吉田在忙碌中仍舊面帶和善的笑容，是一個感覺很親切的人。
「他的情況很糟糕嗎？」
「不，事實上……」
八津田不知為何有些吞吞吐吐的。
「畢竟碰到這樣的局勢。吉田是抱著賭上生涯的決心開店，因此也很擔憂吧。所以……不，即使如此也不能合理化……」
「怎麼了？」
他又摸摸頭，然後拍了一下，似乎下定決心。他抬起頭說：
「他吸了大麻，臥床不起。」
「哦。」
在這座城市，只要有心的話，應該很容易取得大麻。雖然他大概也不是這幾天一時興起才染指的……

「因為是很重要的佛像，所以我也不方便交給意識朦朧的人。所以……想要請妳幫忙。」

八津田稍稍湊向前說：

「妳在採訪一陣子之後就會回日本。屆時如果能夠把我的行李放入行李箱的一角，就能幫上我一個大忙。」

原來如此。

這段時間曾受到他不少照顧，不過我的波士頓包並沒有太多空間。

「……大約多大呢？」

八津田張開手掌。右手和左手之間大約有二十公分距離。

「大概是這樣。」

如果要問能不能放進去，這點大小的確是沒問題。不過我又想了一下，然後這樣回答：

「我很想幫忙，不過畢竟在這樣的狀況下，回到日本也不確定能不能穩定下來。有時候也可能見面討論之後又得立刻趕回去。在工作前途還沒有確定之前，我沒有辦法貿然答應。很抱歉，這件事請讓我暫時保留。」

八津田立刻揮手說：

「這也不是什麼大不了的事情，請不要在意。妳的理由很正當，我不該隨便請求的。」

「不。你這麼關照我，我卻無法幫上忙，真的很抱歉。」

八津田晃動著袈裟拿起馬口鐵杯子。我也隨著他的動作，喝了稍微冷卻的奇亞。我在口中稍稍享受殘暴的甜度擴散的滋味，然後吞下去。

這時我發現八津田注視著我。

「嗯。」

他露出溫和的微笑。

「看來妳的工作應該越過難關了。」

我搖搖頭。

「沒這回事。我還沒越過任何難關。」

「不，當妳發覺到難關的存在，往後通常就會很順利了。我也會替妳祈禱工作順利。」

我用雙手捧著杯子說：

「能夠由專業人士祈禱，感覺應該很靈驗。」

八津田說的祈禱或許只是一般慣用的引申意思，因此他呆了半晌才說：

「原來如此。如果我這種和尚的祈禱也幫得上忙，我就來念個經吧。」

說完他就哈哈大笑。

我們各自拿著空杯子下樓。八津田走入三樓的走廊，站在三〇一號房前方。他從袈裟內側拿出鑰匙，發出類似鈴聲的清脆聲響。

他似乎注意到我站在原處，回頭看看我。我再度對他低頭致意。

八津田露出似有似無的笑容。

「請加油。」

「謝謝。」

我回答之後，沒有目送八津田進入房間，就直接走下樓梯。

八津田說得沒錯。我發覺到難關的存在。

我看看手錶。時間已經過了五點半。剩下時間大約有三十六小時。
接下來才是重要關頭。

第十五章　兩名警察

天亮了。

我梳洗完畢，首先到東京旅舍的四樓看電視。雖然急著想要求證照片內容，不過還是得掌握最低限度已經報導的新聞。餐廳裡，舒庫瑪今天也穿著整潔的白襯衫坐在位子上。我想要先煮開水，正要進入廚房就被他制止了。

「在尼泊爾通常不喜歡讓不同階級的人進入廚房。雖然這裡應該是住宿客人用的，不過還是最好先問一下查梅莉。」

「我不知道這件事。謝謝你的提醒。」

我道謝之後，忽然又想到一件事。

「不過八津田在廚房替我泡過茶，沒關係嗎？」

舒庫瑪笑著說：

「他是常客，或者幾乎可以說是住在這裡。而且雖然是外國人，不過他是佛教僧侶，所以或許受到特別待遇吧。」

「請問你也是從以前就固定住宿在這裡嗎？」

「是的……」

他忽然露出彷彿眺望遠方的眼神，喃喃地說：

「這一帶喬珍區以前是很亂的地方，聚集了很多旅客，還被稱作怪人街（Freak

Street）。」

「怪人？」

「這裡是嬉皮聚集的地方。像妳這麼年輕，應該不知道嬉皮吧？」

我雖然知道什麼是嬉皮，不過的確沒有直接見過典型的嬉皮。

「他們總是在吸大麻。當時我根本不會接近喬珍區。後來市區旅行業的中心往北移動，這一帶就變得比較平靜。再加上平常住宿的旅館倒閉了，我偶然晃進這裡，就開始住下來了。現在查梅莉通常都會替我空下二〇一號房。我有時候還會利用東京旅舍二〇一號來接收郵件。」

我注視著他的側臉。他的五官端正，肌膚也很光滑，就算說是二十多歲也不奇怪。

「那是幾年前的事情呢？」

「妳是問我最早住在這裡的時候？這個嘛，大概十年前了。比八津田開始住宿的時間還要早一點點。」

「……恕我冒昧問一句，你現在幾歲？」

「我？今年就四十了。」

完全看不出來。我雖然也常被認為比實際年齡還要年輕，不過和舒庫瑪相較，實在是望塵莫及。他溫柔地微笑，說：

「如果有機會到德里，請務必來找我。我們可以聊聊當時在尼泊爾遇到的災難。」

他從口袋掏出名片，把英文名片遞給我。我只是他在工作場所遇到的人，並沒有特別親近，但他卻特地給我名片，讓我感到有些驚訝。上面寫的名字是「Sukumar Das」。

「謝謝你。很可惜，我現在身上沒有名片。」

有機會在德里見到他。

「是嗎？那麼有機會再給我吧。」

今後還會有機會見到舒庫瑪嗎？人生的際遇是很難說的。我茫然地想到，或許哪天真的有機會在德里見到他。

電視上，BBC以緊張的語調報導昨天發生的事情。

受重傷的王室成員之一——畢蘭德拉前任國王的弟弟——過世了。

被認為是槍擊犯的狄潘德拉國王也在意識不明中於昨天過世。葬禮在外出禁令發布期間舉行，已經火化。和數萬人參加送葬的畢蘭德拉相較，這樣的待遇實在是太冷清了。BBC也沒有播放影像。或許是連媒體員工都無法外出吧。

只當了兩天國王的狄潘德拉過世後，由攝政賈南德拉繼位。他保證會調查王宮事件的真相，並宣布設置調查委員會。雖然新國王登基了，但BBC的報導方式沒有祝賀之意也沒有開朗的語調，只是由播報員平淡地念稿。

新聞也報導，昨天市民在王宮前被鎮壓時，至少有十八人受到輕重傷，一人死亡。死去的會不會是我看到的那名從四面八方被棍棒毆打的男人？或許是，不過我希望不是。此外，在外出禁令發布後，有一名外出的市民遭到槍殺。我在警察局受到的警告並不是空言。

我沒有看到與拉傑斯瓦有關的新聞。或許是頒布了封口令，或者是更單純地因為王宮事件相關新聞占據太多時間而被排擠掉了。

我在確認電視新聞播報了一輪、開始重複同樣的資訊之後，向舒庫瑪道別並起身。雖然說尼泊爾的早餐時間是十點，不過得先吃點東西才能支撐體力。

我出了東京旅舍，前往因陀羅廣場的方向。我要去的是來到這座城市的次日、羅柏帶我去的店。昨天和前天我都以油炸點心代替早餐，不過在勝負關鍵的今天，我無論如何想要吃到米飯。我無視於用手吃定食的尼泊爾客人，拿著湯匙把米飯、醃白蘿蔔、煮豆子送入嘴裡。回到日本我想要悠閒地享受早餐，包括若布味噌湯、竹莢魚乾、加上鵪鶉蛋的山藥絲。為了這個目標，我得先完成報導才行。

吃完早餐，回到東京旅舍，看到撒卡爾靠在綠色鐵門的旁邊。

「嗨，狀況怎麼樣？」

「還好。你呢？」

「我剛剛完成一件工作，收穫滿豐富的。」

撒卡爾這句話似乎不是虛張聲勢。他拍拍自己的口袋，接著他的視線飄移到其他地方。

「大人的情緒都很緊繃。妳拍到很棒的照片了嗎？」

「還好。」

撒卡爾有些詫異地問：

「太刀洗，發生什麼事？妳好像變了一個人。」

我聳聳肩。如果說有任何變化，只有一個：工作終於開始了。撒卡爾目不轉睛地盯著我，然後笑了一下，用大拇指指著旅舍。

「裡面有客人。是來找妳的。」

「哦？」

「小心點。雖然沒穿制服，不過他們是警察。」

我不記得做了什麼會被便衣警察找上的事情，不過我好歹也是殺人事件的證人，所以警察會來找我或許也很正常。

「是嗎？謝謝你。」

我正準備打開鐵門，撒卡爾又笑咪咪地說：

「妳果然變了。」

大廳裡的確有訪客。

訪客有兩人，都穿著格子襯衫。其中一人穿的是淺藍色與淺褐色格子，另一人穿的是紅色與黑色格子。查梅莉在櫃檯後方顯出困惑的表情。

穿著紅色與黑色格子襯衫的人笑容可掬地對我說：

「妳是太刀洗小姐吧？」

他說的是日文，不過音調很奇怪。

「是的。」

「你好。我叫巴朗。他，詹德拉。我們想談一下。」

「沒問題。要不要換個地方？」

巴朗誇張地揮手。

「不！在這裡就好。可是，對不起。我日語不好。聽說妳會英語。英語也ＯＫ？」

「ＯＫ。」

我這樣回答，巴朗便綻放笑容。

「謝謝。我去過日本，可是已經不太會說日語了。說英文會容易許多。」

我重新檢視兩人。

穿著紅色與黑色格子襯衫的巴朗大約四十歲上下。臉孔雖然還很年輕，但頭髮已經摻雜著白髮。他的臉頰和下巴有些肥肉，使得臉部看起來很柔和。看起來表情笑咪咪的，聲音也很溫和。我不知道撒卡爾是如何看出他是警察的。

穿著淺藍色與淺褐色格子襯衫的詹德拉又高又瘦，大約二十多歲，搞不好甚至才十幾歲。他以傻傻的表情聽著我和巴朗的對話，並且很好奇地環顧著大廳。我以為他聽不懂英語，不過當他注意到我的視線，便以流暢的英文報上名字：

「我叫詹德拉。你好。」

我也對他點頭致意，並報上自己的名字。

「你們找我有什麼事？」

負責回答的似乎是巴朗。他摸摸摻雜白髮的頭，開口說「事情是這樣的」，然後轉向查梅莉，用尼泊爾語說了一句話。查梅莉立刻轉身退到裡面。如果是不想被人聽到的內容，只要換個場地就行了，可是他剛剛卻說要在這裡談，反而要求查梅莉離開。雖然我不覺得他們像警察，不過至少感覺到他們習慣命令他人。

查梅莉離開之後，巴朗重新開始說：

「很抱歉可能會讓妳很驚訝，其實我們是警察。」

「是嗎？」

「咦，妳好像沒有很驚訝。」

「我很驚訝，只是不太容易顯露在臉上。」

巴朗笑容滿面地說：

「跟我們 Chief（長官）說的一樣。昨天偵訊妳的警察是我們的上司。他命令我們過來。」

「原來如此。」
我看著穿著格子襯衫的兩人問道。
「你們應該不是要帶我回去吧？」
「不是。Chief 的命令是要保護妳。」
這倒是意外的答案。巴朗拍手說：
「太好了！妳剛剛感到很驚訝吧？」
「……是的。你說要保護我，那麼是要防誰呢？」
「妳不知道嗎？」
我點點頭，巴朗臉上的笑容消失了。詹德拉依舊環顧著四周。或許他是在檢視建築結構也不一定。
「我們這種職業的人，絕對不允許同伴被殺。」
他的語氣雖然開朗，但內容卻冷酷而沉重。
「國軍也一樣。由於拉傑斯瓦准尉遭到殺害，部分軍人出現不尋常的動作。而目前已知，最後接觸准尉的人是妳。」
「我只是……」
巴朗揮揮手，打斷我的話。
「當然，這是指軍隊以外的人。他見過妳之後就回到部隊的休息室。不過拉傑斯瓦的同僚並不認為犯人在軍隊中。他們應該會想要報仇，只是找不到對象。」
「所以他們就盯上我？」
「有可能。」

巴朗搖搖頭表示無可奈何。這個動作不知怎地感覺有些西歐味道。

「他們當然也沒有笨到認定白天短暫見面的記者會殺死拉傑斯瓦。警方只是為了保險起見。我不是在嚇妳。譬如說，他們至少可能把妳拐走，試圖問出情報。」

他說得頗有道理，不過我還是覺得哪裡怪怪的。

「我沒有想到警方會這麼親切。」

在日本，我從來沒聽過警察會擔任一介記者的保鏢。

先前沉默不語的詹德拉這時說了一句。

「現在如果他們對外國記者出手，就會變得很麻煩。」

巴朗補充說道。

「有人這樣認為。」

我點點頭。這樣就說得通了。

警察和記者總是處於微妙的關係。對警察來說，記者一方面要求給予情報，另一方面卻不肯交出自己手中的情報，是很煩人的存在。記者一方面對這種單方面的要求感到有些愧疚，另一方面又認為必須有人防止警察落入自以為正義的心態，並相信自己對此有所幫助。在正常情況下是無法想像和警察一起去採訪的。記者的原則就是要隱藏消息來源，而和警察同行就不可能做到這一點。不過原則畢竟只是原則，任何事情都有例外。我點頭說：

「我了解狀況了。」

巴朗露出微笑。

「很高興妳是個懂得變通的人。」

「我才應該感謝你們的協助……不過，你們要我做什麼？」

「不用做什麼。」

巴朗仍舊笑咪咪地攤開手。

「我們不打算拘束妳的行動。尼泊爾是開明而民主的國家。請自由進行採訪。我們自己會跟著妳。」

「……謝謝。」

「希望妳能夠早日回到日本。這不是Chief的意思，而是我個人的希望。」

他笑容可掬地這麼說。這也是理所當然的要求。

為了準備採訪，我必須先回一趟房間。警察待在大廳，並不打算上樓。我不知道是否基於某種規定，或者他們認為只要守住出入口就沒有必要跟來。

我上了二樓，看到走廊上有個人影。高大的人影彎著腰，顯得很拘束。這個人是羅柏。這幾天，我光是應付發生在自己身上的事情就耗掉所有精力，不過內心一角還是掛念著他。他在房門上貼著「不要進來」的紙條，不論早晚都沒有出現。

「羅柏，早安。」

我對他打招呼，他的肩膀抖了一下。即使在昏暗的走廊燈光下，也能看出他的下巴和臉頰上留著沒有剃乾淨的鬍子。在眼睛下方有很深的黑眼圈，嘴唇顏色似乎有些淡。我雖然察覺到他的樣子不太尋常，不過還是用平常的口吻對他說話：

「我剛剛去了你帶我去的那家店。我吃過幾家餐廳，還是那家最好吃。」

「呃……是、是嗎？」

他的聲音有些顫抖。

「方便的話，明天要不要一起去？我的工作會告一段落。」
羅柏明顯迴避我的視線。他把臉別開，說：
「這個嘛，我會想想看。」
他說完就回到二〇三號房。門上仍舊貼著「DO NOT ENTER」的紙條。我有意無意地望著那張紙好一會兒。他為什麼如此警戒呢？
我重新振作精神，進入二〇二號房，拿了採訪需要的東西。不過大部分的必要品都放在單肩背包裡了，需要拿的大概只有防晒乳和備用電池。為了保險起見，我想要帶電子辭典，便試著放入單肩背包，但是因為包包變得太鼓而放棄了。
我回到大廳。巴朗、詹德拉和查梅莉正在用尼泊爾語交談。他們似乎是在開玩笑。我看到巴朗抿嘴在笑，不過查梅莉的表情卻有些僵硬，似乎笑不出來。仔細想想，拉傑斯瓦是查梅莉丈夫的戰友，照撒卡爾的說法也常常造訪這家旅舍。恩人過世了，查梅莉不可能沒有受到打擊。她能夠像平常一樣打理旅舍，不得不敬佩她的堅強。
詹德拉注意到我，向巴朗眨眨眼睛。他回頭，對我笑著說：
「嗨，妳的動作真快。準備好了嗎？」
「好了。」
我走下樓梯。查梅莉連忙退回裡面。
巴朗拍了一下手，問我：
「妳待會要去哪裡採訪？納拉揚希蒂王宮？帕舒帕蒂納特廟？還是因陀羅廣場？這些地方和昨天相比，都已經平靜多了。」
雖然這些都是重要的地點，不過我搖了搖頭。

「我要到空地。」

「空地？哪一個空地？」

「我不知道名稱。就是從坎蒂街進去、發現拉傑斯瓦准尉屍體的那塊空地。」

身穿不同顏色格子襯衫的兩名警察都露出苦澀的表情。

這也是可以理解的。他們是為了防止拉傑斯瓦的同僚找我報仇而來保護我的，想必不希望我去扯上拉傑斯瓦事件。

「雖然那裡可能被警察封鎖了，不過只從外面看也可以。」

我暗示那裡有警察在，應該很安全。兩人雖然仍舊沒有好臉色，不過沒有提出異議。

「好吧。」

我們走出旅舍。待在外面的撒卡爾看到我帶著兩個男人，露出極度嘲諷的笑容。

就如巴朗所說的，城裡的情況似乎穩定了。昨天為止，街上到處都有幾個男人聚在一起，以嚴肅的表情看著報紙或激昂地說話。今天雖然也有人在街上看報紙，但聚集在報紙周圍的人顯然少了很多，也沒有看到有人聚在一起激烈討論。

「設置調查委員會似乎滿有效果的。」

我向走在斜後方的巴朗說。可是他只是稍稍聳肩，沒有回答。或許他對於政治情勢不想發表意見。做為警察，這是很正常的態度。

我自己也不覺得自己說的話是正確的。我來到加德滿都，雖然只待了五天，不過也稍微能夠理解街上的氣氛。民眾與其說對於調查委員會的設置抱持期待，不如說經過爆炸說和昨天的鎮壓之後，已經開始放棄查明真相了。王室就如黑箱，在其中發生的大事件不會告知大眾。新國王的兒子開車肇事逃逸的傳言擴散時，最後事件還不是被隱瞞了……因為無法求證，所以也不能寫入報導。不過當我看到格外寧靜的街角，不由得會覺得城裡瀰漫著人民放棄的心境。

看到眾多死傷的報導，民眾會退縮而放棄也是難免的。只是那樣激烈的憤怒應該不會煙消雲散，只是隱藏起來而已。

平時擠滿了旅客與購物客人的新街，此刻也只有乾燥的風吹拂。王宮事件的次日，訪客和店家都還充滿活力，但後來就一天天變得閒散。或許是因為我跟警察在一起，雖然是便衣，不過原本糾纏不休的紀念品小販現在都離我遠遠的。這也是可以理解的。事件剛發生時，還有一些留在加德滿都的旅客，但經過三天之後，國外旅客因為事件而取消機票的影響應該很明顯了。

在首都，軍隊朝市民發射催淚彈；在地方，則擔憂武裝游擊隊的活動會變得激烈。如果為了觀光，沒有必要在這種時候來到加德滿都。要不是為了工作，我也想要回去。不過內心深處感覺好像有那麼一點想念一直跟上來推銷佛像的小販。

「今天早上所有地方都像這麼安靜嗎？」

我想要找個談話的契機，便再度問警察。這時他露出嘲諷的笑容。

「不。因陀羅廣場一帶非常熱鬧。」

「你是指，和平常一樣嗎？」

「也不是這樣的。因為大家昨天傍晚就無法外出，今天也被告知會發布外出禁令。」

「哦。大家都去採買了吧。」

我在附和的同時，內心感到焦慮——時間剩下不多了。聽到今天也有可能會發布外出禁令，實在不是什麼好消息。不過我也沒有對策。如果稍晚不能外出，那麼只好在那之前盡可能多查明些事實。

我們來到坎蒂街。

「在這裡。」

既然決定要去了，巴朗似乎希望速戰速決，於是就走在前面替我帶路。當我進入樓房之間的縫隙，便看到熟悉的景色。

發現拉傑斯瓦屍體的空地上，此刻沒有任何人。

我問巴朗，得知這塊空地似乎沒有名字。

「詹德拉住在附近，所以不會錯。這只是普通的空地。」

我重新觀察現場。

空地一邊五十公尺左右，大致呈正方形。我們進來的那一邊以及對面的一邊都有建築堵住。前方是水泥建築，後方是土磚砌成的民宅，左右兩邊圍著波浪狀的馬口鐵板。馬口鐵板的後方應該也通往道路。否則這麼大的土地就毫無用途而只能作廢了。

牆壁和馬口鐵板上都有噴漆塗鴉。頑童的塗鴉似乎不分國界，放諸四海皆同。塗鴉多數使用羅馬字母，幾乎看不到書寫尼泊爾文的天城文，倒是頗有意思的現象。

拉傑斯瓦屍體所在的位置附近樹立著柱子，圍成直徑十公尺左右的空間，並拉起禁止進入的帶子。原本以為會有保全現場的警察，不過我猜錯了。或許是經過例行鑑定作業之後不再需要嚴密的警備，或者也可能是因為全國處於混亂狀態而沒有進行鑑定作業的餘裕。

我首先接近帶子圍起的場所。

「請不要進入裡面。」

巴朗理所當然地警告我。我點頭回應。

不過站在帶子外距離太遠，頂多只能觀察到好像有血跡。我想過拿出相機用望遠功能來看，可是巴朗和詹德拉可能會不太高興，而且其實也沒有不論如何都想要看的東西。從這個距離，我也能夠清晰地想起昨天看到的拉傑斯瓦的屍體。

他對我非常親切。

採訪被斬釘截鐵地拒絕了，但是他卻說明為什麼拒絕採訪，並指摘我的想法當中過於天真的部分。這不是普通的親切能夠做到的。當自己想法錯誤時，會無償予以斥責的大概只有家人和學校老師。其他人幾乎只會發洩怒氣，或什麼都不說便斷絕今後的往來。他對我的態度其實是親切的。

我並不了解他。我不知道他是好人還是壞人。不論如何，他已經死掉了。

我蹲下來，跪在地上，合掌並閉上眼睛。

真希望能夠再次跟你說話。再見。

……我張開眼睛站起來，回頭看兩名警察。巴朗和詹德拉露出困惑的表情。或許在尼泊爾，沒有在發現屍體的現場替死者祈禱的習慣。或者他們可能覺得非親非故的日本人特地來祈禱很奇怪。不過他們或許也明白我的行動是憑弔，因此沒有詢問行動本身的意義。

開口問話的是我。

「巴朗先生，拉傑斯瓦准尉的死因是什麼？」

「呃，這個嘛……」

「你只需要告訴我可以透露的範圍。如果還不能公開任何資訊，我也不會勉強你。不過我知道，他的背上被刀刃刻上傷痕，他曾被槍射擊，而子彈沒有貫穿身體。」

我接受了硝煙反應的檢查。也就是說，拉傑斯瓦是被槍殺的。但是我昨天看到他的背上只有刀刃刻上的文字，沒有槍傷，可見子彈沒有貫穿他的身體。

不過即使他受到槍擊，也不見得就是致命傷，因此我必須問這個問題。

巴朗的答案很慎重。

「死因沒有公布。」

「我知道了。」

「我不能告訴妳詳情。只是……子彈傷到了大動脈。」

「……謝謝。」

這樣就足夠了。我再度環顧四周。

腳邊生長著稀疏低矮的雜草。綠草之間的地面和加德滿都其他地方一樣，都是紅褐色的。最明顯的特色就是大量垃圾。雖然之前就知道了，可是重新檢視，就會發現情況很嚴重。

空罐、空瓶、鐵桶、塑膠油桶、塑膠袋、紙袋、揉成一團的紙屑、沒有揉成一團的紙屑、報紙、雜誌、圓桶、土磚堆成的山、只有軀幹的人體模型、文字剝落的立式招牌、腳踏車、摩托車、人力車，最誇張的是還有輕型汽車丟在這裡。所有車類的輪胎都被拆下來了。

我心中忽然覺得好像哪裡怪怪的。也許是曾經見面的人死在這裡的事實，讓感覺產生落差吧。

雖然的確很髒亂，不過也不是這塊空地特別髒。我忍不住喃喃問：

「這座城市為什麼有那麼多垃圾？」

巴朗和詹德拉只是面面相覷。對他們來說，這或許不是稀奇的光景。加德滿都的垃圾多，或許有某種文化理由，也可能是因為行政能力追不上人口的增加。

我重新檢視先前拉傑斯瓦遺體倒在地上的範圍。

我是在十點四十二分看到屍體的。有幾個小孩子圍在這裡，低頭看著拉傑斯瓦。幾分鐘後，警察趕到現場，把我們驅離。從前後關係來看，最初發現屍體的時間應該是在我經過此地之前不久。

要嚴格探究「屍體發現時間」很困難。有可能更早就有人發現，但因為怕捲入麻煩而假裝沒看見。不過一般來說，都是以報警時間做為「發現時間」。我問巴朗：

「有人通報這裡有屍體吧？」

「嗯，是的。」

這是容易回答的問題，因此他很輕鬆地給我答案。可是關鍵問題是下一個——

「那是在幾點左右？」

他停頓一下，才用不太情願的聲音說：

「十點三十五分。是電話報警。通報人身分不明。」

「是一般市民嗎？」

「不知道，不過目前還沒有懷疑是犯人親自報警。據說電話裡的人很慌張地通知有屍體之後，沒有報上名字就掛斷了。」

「這樣啊。」

通報者不報上名字這件事本身並不奇怪。如果可以的話，我也想問發信源頭是市內電話、手機還是公共電話，但如果問得那麼詳細，一定會徹底地被討厭。這是我在記者生活中自己領悟到的心得：不論對方是誰，在對方說出「拜託別問了」之前能夠問的問題數量有限。最好還是不要浪費。

我環顧空地，用日語喃喃自語。

「死亡推定時間是晚上七點前後，屍體發現時間是次日上午十點半左右。」

面對大街的水泥建築是辦公大樓，到了夜晚基本上就沒人。另一方面，土磚房子似乎是民宅，或許會有目擊者。我想到這裡，望向雕刻精緻的窗框，忽然發現到一件事：

「沒有窗簾……」

東京旅舍的二〇二號房掛著厚重的窗簾，然而環繞空地的民宅窗戶上都沒有窗簾。如果只是一兩間或許還不足為奇，但放眼望去所有窗戶都沒有窗簾，可以想到的結論就只有一個：

「巴朗先生，那邊的建築該不會都沒人住吧？」

「這個嘛……」

「……很抱歉。我不該依賴你，應該要自己調查才行。」

只要去敲敲民宅的門就知道了。我正要走過去，巴朗像是放棄般嘆了一口氣。

「不用麻煩了。這的確不是什麼祕密。從事這個工作就會變得格外守口如瓶，希望妳不要在意。」

「我了解。」

「謝謝。沒錯，那裡沒人。居民已經撤退完成，即將開始進行摧毀。因為人口增加，到處都是工程。」

他這種說法似乎想要接著說：害得他忙到不行。

這麼說，這個地點在晚上幾乎沒有人會注意到，可以說很適合做為殺人現場。拉傑斯瓦在十九點左右在這裡被殺害，次日早晨十點半之前都沒人發現嗎？

……這一點讓我無法接受。

加德滿都的居民非常早起，民眾天亮就開始活動。我來到這裡的時候，小孩子已經圍繞在屍體周圍，因此這裡也不是完全沒人經過的地方。尤其是昨天，隔著公園的大街上有數千名氣焰高昂的市民聚集。從天亮到十點半的幾個小時當中，如果都沒有人發現屍體，那就太奇怪了。

我環顧包圍空地的樓房和民宅，接著仰望天空。

「好暗。」

我說的是日語，因此巴朗和詹德拉都沒有反問我。我再度環顧空地，注意到輕型汽車。這台車是鈴木汽車，車身是白色的。我走過去，巴朗和詹德拉也無言地跟來。不過當我把手伸向車門時，終於被詢問了。

「妳打算做什麼？」

「沒有特別要做什麼……」

車門沒有上鎖。我注視著握住門把的手，覺得好像沾到了一些沙子。

話說回來，這台車是從哪裡進來的？

民宅與民宅之間的縫隙很窄，只能容下一個人行走。樓房之間則有較大的通道，如果是推車或許還能通行，但不可能通過輕型汽車。這麼說，這台車是這塊空地圍起馬口鐵板之前就放在這裡的嗎？

我走近波浪狀的馬口鐵板。這時我發現到原本看似一整面牆的馬口鐵板有一部分其實是門。或許是為了工程車輛出入使用，這扇門相當大。不過現在這扇門上了鏈條和很大的鎖封閉了。鎖孔已經生鏽，沙子鑽入裡面，鎖也蒙上塵土。大概有好一陣子沒有使用了。

這樣看來，這台鈴木汽車在馬口鐵板圍繞之前就放在這裡的猜測或許比較準確。

我回到輕型汽車的旁邊。我把上半身探入車內。沒有看到鑰匙。另一方面，我也沒有看到直接連結線路發動過引擎的痕跡。

「嗯……」

手煞車沒有拉起來。四扇門都沒有上鎖。我幾乎是用爬的把身體挪出輕型汽車。

「妳在做什麼？」

警察再度問我。我不喜歡把沒有確實證據的推測告訴別人。即使有了確實證據，我也擔心別人會覺得我太張狂，所以還是不太想說出來。也因此，我的回答總是太過簡短。

「我覺得太暗了。」

「太暗？」

「是的……」

輕型汽車停在距離辦公大樓兩公尺左右的位置，車頭朝著牆壁，拉傑斯瓦則倒在空地另一邊的民宅附近。

「什麼意思？」

我被問了三次，終於下定決心，轉向巴朗說：

「這塊空地沒有燈。現在是日照較長的季節，但這座城市因為群山環繞，所以日落時間很早。到了晚上，除了從樓房透出的光線和月光以外，應該沒有其他光線。」

「光線……」

「民宅既然是空屋，那就更暗了。雖然說七點這個時間還算早，辦公大樓可能還有燈光……」

巴朗搖頭說：

「不，到了七點應該就沒有人了。」

當地人都這麼說，那應該就沒錯了。巴朗繼續問：

「那麼妳為什麼要檢查車子？」

「在這塊空地有可能成為光源的，就只有這台輕型汽車的頭燈。我想要確認它有沒有點亮過。」

「哦。」

巴朗發出這聲呻吟，以全新的眼光興致盎然地檢視這台鈴木汽車。

「可是即使引擎還能發動，應該也沒辦法照明吧？」

「是的。」

檢視鈴木汽車和屍體的位置關係，會發現剛好形成直線，只是車頭方向相反。車尾朝著屍體，因此即使引擎發動了，頭燈也只會照在樓房牆壁。尾燈雖然也能夠成為光源，但是亮度太微弱了。

「車頭也不可能轉過來。」

「的確。」

輕型汽車的輪胎被拆下來了，無法移動。巴朗追隨著我的視線，聳聳肩說：

「輪胎可以賣到很好的價錢，而且比鐵塊更容易搬動。雖然需要拆卸工具，有點麻煩，但是遲早會被拿走……話說回來，這又代表什麼意義？」

「沒有太大的意義。」

巴朗皺起眉頭。

我不太想要說出自己的想法，有一部分理由也是因為常常碰到這樣的反應。我轉身準備離去。這裡姑且調查到這裡就足夠了。

「等一下，到底有哪裡不對勁……」

巴朗邊說邊追上來。

時間不足讓我心急，被要求說明則讓我心情沉重。我不知不覺加快腳步，離開發現遺體的現場。

我們三人來到餃子店。

正確地說，是販售尼泊爾語稱作「momo」、類似蒸餃的食物的店。我想起八津田告訴過我，尼泊爾人的早餐是十點左右吃的，因此便邀請兩名警察，他們非常開心地跟我到店裡。我在八點吃過定食，因此並沒有很餓，不過看到彷彿會出現在日本中式餐廳的蒸餃，心中油然興起鄉愁，因此也點了兩顆。

這家店位於新街邊緣，兼具攤位和小小的內用區，距離柏油道路只有幾公尺，因此可以看到卡其色的汽車和手持步槍的士兵進入視線範圍。我坐在店頭的可樂空箱上。鋁製餐桌上積了一層肉眼也看得見的塵埃。我忍不住用面紙擦拭餐桌表面，留下清晰的痕跡。

警察空手抓起momo，不過我還是要了湯匙。momo的皮較厚，內餡帶有香辛料的氣味，不過口感與味道和蒸餃一模一樣，感覺會在新宿一帶用「咖哩蒸餃」的名義販售。我自己點了兩顆，但立刻就吃完了，只能看著兩位警察用餐。

餐後端上了奇亞。有把手的馬口鐵杯子裡裝得很滿。多層次的香氣摻合在一起，飄散出甜甜的味道。和查梅莉在東京旅舍提供的相較，香氣有微妙的不同。

我看看手錶，已經是上午十點半。剩下的時間大約是十九個小時，其中至少要留下兩個小時寫稿。夜深之後，就很難去採訪別人。而且更重要的是，今天也可能發布外出禁令。考量到這一點，就無從得知自己還剩下多少時間。不論如何，時間都不是很充分。現在不是吃餃子的時候……不過這樣的焦慮也在奇亞的香氣中紓解了。在這種局面，很容易就會不管三七二十一地行動，可是任何時候最重要的都是整理與計畫。我喝下比體溫稍熱的奇亞。它的甜度給了我暫時停下來思考的勇氣。

巴朗和詹德拉都拿著裝了奇亞的杯子。我毫無前兆地問：

「拉傑斯瓦准尉是在哪裡被殺的？」

兩名警察似乎對於這個問題並不感到太意外。巴朗拿著銀色的杯子說：

「沒有可能是在那塊空地嗎？」

「當然也不是沒有可能，但是有些問題。」

「哦。」

我放下杯子，伸出食指。

「假設前天晚上屍體就在那裡，發現時間在第二天上午十點半，不會太晚嗎？」

「嗯。」

巴朗苦澀著臉，彷彿剛剛還很甜的奇亞突然變苦了。他說：

「那裡的確是當地居民偶爾會使用的通道。日出之後應該有幾十個人經過。可是那裡也不是特別容易引起注意的地方。只要蓋上毛毯或塑膠布，大概有一陣子沒有人會注意。」

「找到毛毯或塑膠布了嗎？或者說在十點半前後，曾經有人目擊拿著布走出空地的人物？」

「……很可惜，還沒有。」

即使沒有被目擊，也不能斷定沒有。不過這一點姑且不論。

我接著伸出中指。

「而且血跡未免太少了。如果子彈傷及他的大動脈，應該會大量出血，可是空地的地面上並沒有留下大片血跡。」

「的確。可是他的上衣被剝下來了，血液有可能被衣服吸收吧？」

巴朗的回答有氣無力，似乎連自己都不相信。

「不會吧……」

光是一句「不會吧」就夠了。如果說衣服能夠吸收大量血液、並且不會滲出到地面，那麼拉傑斯瓦應該是穿了吸水性很高的衣服。譬如羽絨衣的羽毛或許就能發揮這樣的功用。可是他下半身穿的是迷彩花紋的軍服，上半身通常應該也會穿軍服才對。

當然，如果他因為某種理由而穿著特殊的衣服，也並非完全不可能。不過這一點也姑且不論。

最後我伸出大拇指。

「那個地點太暗了，並不適合在晚間與人見面。」

拉傑斯瓦的推測死亡時間是下午六點半到七點半。現在是六月上旬，位於北半球的尼泊爾日照時間變得較長，可是加德滿都是四面環山的盆地，因此太陽很早就下山了。六點半還勉強有些光線，到了七點或七點半，那片空地應該是完全漆黑。

另一方面，拉傑斯瓦也可能不是與他人見面，而是在那個地點偶然遇到某個人就被殺了。他不時會造訪東京旅舍，因此有可能常常使用那條通道……即使如此，仍舊很難想像有人在黑暗中埋伏等候拉傑斯瓦、槍殺他、然後剝下他的衣服在他身上刻字。

巴朗無力地舉起雙手。

「我服了妳了。妳剛剛想到這些事情嗎？」

「不只是這些，不過差不多。」

「就如妳所說的，警察也認為犯罪現場不是那裡。雖然沒有討論到發現屍體的時間和現場光線的事情，不過光憑血跡就足以這樣推測了。」

詹德拉發出短促的聲音。巴朗用我聽不懂的語言安撫他，大概是說沒辦法之類的吧。巴朗將奇亞一飲而盡，轉向攤位的店主搖搖空杯子。

「……警察現在碰到好幾個問題：真正的犯罪地點在哪裡？要如何搬運那個大漢的屍體？如妳所知，進入陳屍現場的通道很窄，車子無法開進去。而且更重要的是……」

「為什麼要搬運。」

「沒錯。」

新的奇亞端上來。巴朗喝了一大口，又說：

「首先要調查他在三日的行蹤，不過這點還沒有查明。話說回來，搜查也才剛剛開始而已。」

我點點頭，說：

「那天我和拉傑斯瓦准尉道別的時間，最晚也在兩點半左右。我聽說他後來回到軍隊的休息室。如果說沒有掌握到他的行蹤，就表示他曾經再次外出。」

「是的。」

但這一點讓我無法理解。

「拉傑斯瓦是國軍的准尉。」

巴朗和詹德拉似乎不了解我特地提起此事的用意。

「現在這個國家處於特殊狀態。在這種情況下，他願意見我已經讓我感到驚訝了，可是他卻再度外出，這一點很奇怪。我不了解軍隊的內部情況，不過我不認為他有那麼多的時間。」

這時兩名警察面面相覷。他們微微皺起眉頭，沒有看我。他們的表情似乎摻雜著困惑與警戒。

一定有內情。沒有材料就無法貿然追究的某種內情。

我還沒開口，巴朗就把杯子放在桌上，發出「喀噠」的硬質聲音。他問：

「妳想要知道這起事件的什麼層面？」

這一點我遲早得說出來。不，我反而應該更早提及這一點。我也放下杯子，說：

「我答應要寫關於畢蘭德拉國王逝世的報導，但還沒有決定要不要在其中提及拉傑斯瓦准尉之死。」

我從單肩背包拿出數位相機，打開電源，把拍攝拉傑斯凸屍體的照片顯示在螢幕上。我把螢幕朝向兩名警察，他們都瞪大眼睛。

這是危險的賭注。照片有可能因為不明確的理由而被查扣。不算絕對友善、但也並非敵對的這兩名警察很可能因此改變態度。不過我認為隱藏自己的目的而繼續接受保護是不公平的。

我詢問凝視著照片的兩人。

「從他背上刻的文字來看，很難不去聯想他是因為說出關於國王事件的祕密而遭到殺害。但是我並不確信是否真的如此。巴朗先生，詹德拉先生，在可以透露的範圍內，能不能告訴我……拉傑斯瓦准尉的死和王宮事件是否有關？」

兩名警察的視線沒有離開相機。

乾燥的風吹拂著裸露的泥土。

不久之後，巴朗說：

「不知道。」

「……是嗎？」

「我不是要保密，而是真的不知道。」

這個答案非常充分。加德滿都警察、至少眼前的警察並不確信拉傑斯瓦的死和國王遇害的事件有關。

「我想要反過來問妳，妳是否想過他的背上為什麼會被刻上『告密者』的文字？」

我一直在思考這一點，但還沒有整理出一個答案。在這個階段，雖然我對於告訴他人有些躊躇，不過巴朗既然率直地告訴我，我也想要有所回報。

「我認為有可能是為了威脅。」

「威脅？」

「是的。凶手在威脅採訪他的某人，也就是我。這個詞或許意味著：拉傑斯瓦接受妳的採訪，所以得到這樣的下場。如果妳不保持沉默，接下來就輪妳……」

巴朗微微瞇起眼睛。他的眼神變得嚴峻。

「妳碰到讓妳疑慮的事情了嗎？」

我搖搖頭。

「沒有，所以我才無法確信。即使是威脅，我也不知道應該害怕什麼。是要我別寫出任何報導，還是要我立刻離開尼泊爾，或者是我在自己也不知道的情況下，得知對某人不利的消息？」

「嗯。」

「只是……」

我說到一半。巴朗沒有錯過。

「怎麼了？」

我雖然猶豫是否該在此刻說出來，不過既然被問到，就無法迴避。

「老實說，我在旅舍的房間好像被人闖入過。那是在四日下午、我被帶到警察局的時候發生的。」

我瞥了一眼兩名警察的表情，似乎沒有特別的變化。

「我原本以為，或許是警察進去的。」

回答非常乾脆：

「不，沒這回事。」

「是嗎？」

我不認為他們在說謊。我想起二〇二號房的鎖孔有嘗試偷開鎖的新傷痕。但如果不是警察，又會是誰？為什麼要進入我的房間？

「你有什麼看法？」

巴朗詢問一直默默喝著奇亞的詹德拉。詹德拉仍舊板著臉，瞥了我一眼。他似乎不贊同在外國民間人士面前談論搜查的事情。不過他還是回答：

「可能是故意要讓人以為是封口。」

「哦？」

「凶手想要讓別人以為……犯人在軍隊中。」

我認為這個答案是有可能的，但巴朗卻持不同意見。他以尼泊爾語說了一些話，馬上又改回英語。

「那就奇怪了。」

「哪裡奇怪？」

「你應該了解他們吧？他們會因為有人說溜嘴，就殺死夥伴曝屍街頭嗎？看到那具屍體，真的有人會以為是內部肅清嗎？」

對詹德拉說話的時候，巴朗的英語變得有些粗糙。

「你不會以為，我不會以為。也就是說，如果犯人想要讓人以為是內部肅清，那就是大失敗。是這樣嗎？」

詹德拉無言地喝了奇亞，回問一句：

「不是嗎？」

「你說呢？我認為不是。」

如果是威脅，就缺乏具體性。如果是為了誤導搜查方向，也沒有效果。

不論怎麼想，都會回到同樣的疑問。

「到頭來還是這個問題：『INFORMER』代表什麼意義？如果不知道這個答案，就不知道拉傑斯瓦准尉為什麼被殺。」

「我也有同感。」

「犯人會不會是想要貶抑拉傑斯瓦准尉？昨天偵訊時我沒有機會提起，不過他非常排斥接受採訪。我不認為除了我之外，他曾經對其他記者說過話。傷痕文字暗示的『告密』會不會是和王宮事件無關的其他祕密？」

如果沒有解開這個謎，就無法寫出報導。我陷入沉默，兩名警察也沒有說話。不久之後，巴朗放下杯子，緩緩交叉手臂。

「意義……」

詹德拉說：

「一定有某種意義。用刀子刻上文字很花時間和工夫，這麼做一定有理由。」

接著詹德拉用尼泊爾語對巴朗說了一些話。巴朗以嚴肅的表情回答，然後兩人用尼泊爾語交談了一陣子。他們說的是我聽不懂的語言。意義不明的語言。

我的杯子也空了。我模仿剛剛的巴朗，朝著店主搖搖杯子。不久之後，新的奇亞就端到桌上。我雙手捧著杯子，感受著微微的溫暖，腦中思索著種種問題。

犯人為什麼要寫英文？

英語在尼泊爾的確很通行。當印度成為英國殖民地，英國東印度公司乘勝攻入尼泊爾，從此之後尼泊爾和英國就有很深的淵源。BBC以英語播出，而做為旅客的我只要說英語，還沒有遇到不便的情況。就連十歲左右的撒卡爾也能說流利的英語。

但即使如此，這個國家的母語並不是英語。「INFORMER」的文字當然必須讓懂英語的人看到才有意義。

尼泊爾語是以「天城文」書寫。這種文字的曲線很多，的確不適合用刀刻劃。如果我要在死者的背上刻下指控的文字，應該不會寫曲線很多的平假名，而會選擇較好刻的片假名吧。凶手之所以刻英文而不是尼泊爾文，只是因為這樣的理由嗎？

或者……凶手不會寫天城文？這個國家的識字率並不高。

我搖搖頭。這種想法未免太跳躍了。不認識天城文卻懂得英文字母的尼泊爾人——不太可能有這樣的文盲吧？

或者凶手根本就不懂尼泊爾語？

我思考著種種可能性，不禁用日文喃喃自語。

「刻上文字這件事，一定有某種意義。」

巴朗聽了便問：

「妳剛剛說什麼？」

我搖搖手表示沒什麼。他們的任務雖然是負責保護我，不過在警察面前說出無法溝通的語言，是我太輕率了。

「我剛剛說，刻上文字這件事，一定有某種意義。」

我不認為這是很特別的評論，不過巴朗卻皺起眉頭。

「刻上文字這件事具有意義？」

「是的……有什麼問題嗎？」

「不是文字具有意義？」

我正要說「這不是一樣嗎」。

但這句話梗在我的喉嚨。不對，不一樣。

文字具有意義，意味著「INFORMER」這個單字有某種含意。但「刻上文字這件事具有意義」，是指行為本身具有意義。

我沒有想過，或許有意義的不是文字，而是刻上文字這件事。

對了……也許是這樣。

我隔著餐桌湊上前，說：

「巴朗先生、詹德拉先生，要在拉傑斯瓦准尉的背上刻文字，必須先做什麼？」
巴朗顯得有些困惑，但還是回答：
「這個嘛，必須先控制他的行動，避免他抵抗。在這次事件中就是殺死了他。」
「的確。然後呢？」
詹德拉說：
「要準備刀子。」
「的確。然後呢？」
「要脫下他的衣服。」
這讓我想到一件事。
「脫下衣服？」
我忍不住反問。巴朗苦笑著說：
「那當然。要先脫下襯衫，才能……」
就是這個。
「現場有找到衣服嗎？」
巴朗嘴角的笑容消失了。
「沒有。」
我原本以為凶手是為了在拉傑斯瓦的背上刻文字，而脫下他的衣服，但這只是先入為主的觀念。發生的事情有兩件：凶手脫下他的衣服。凶手刻上文字。
昨天拍照的時候，就已經感覺有點怪怪的。這張照片有哪裡不對勁。我再次打開數位相機，顯示拉傑斯瓦的照片。我仔細檢視他的衣服。

他的上半身沒有穿任何衣物。這時我首度發現他沒有戴手錶。他之前有戴手錶嗎？我想不起來。但我此刻在意的是下半身。

迷彩服的褲子蓋住了他的腳踝。看起來很堅固的軍靴從褲管露出來。

我像是被彈開般抬起頭。眼前的柏油道路上站著拿步槍的士兵。我看著他們，再看照片。

兩者明顯不同。

「原來是這樣。」

「怎麼了？」

我指著照片的軍靴部分。

「是褲襬——迷彩褲的褲襬。現在站在那裡的士兵把褲襬塞入靴子裡，但是准尉的褲襬卻拉到外面。」

「……的確。」

兩人的反應並不熱烈，或許他們早已發現褲襬拉到靴子外面的事實。他們的態度似乎在問我那又怎麼樣。我說：

「或許褲襬沒辦法塞進去。」

「呃，也就是說……」

「你們不了解嗎？」

乾燥的空氣和奇亞的甜度、再加上急著陳述自己想法的緊張，使我感到極度口渴。我吸入空氣，一口氣說：

「是犯人替准尉穿上衣服的。因為是替死者穿上衣服，所以褲襬才會跑出來。替別人穿上褲子的時候，要把褲襬塞入鞋子裡很困難。尤其是像拉傑斯瓦准尉穿的軍靴，沒有縫隙，所以必須先脫下鞋子再穿上褲子，然後再從褲子上面把鞋子套上去、綁鞋帶。褲襬會變得皺巴巴的，立刻就會發現是別人替他穿的。或者也可能是犯人不知道軍人會把褲襬塞入鞋子裡。」

「可是上半身卻沒有穿上去。」

「也許是沒辦法吧？」

我用手指比出槍的形狀，朝向自己的胸口做出射擊的動作。

「准尉上半身被槍擊，傷到大動脈而大量出血。可是當時他沒有穿軍服。如果屍體直接被發現，就會被察覺到他死時沒穿衣服。這一來對犯人來說會很不利。雖然想要讓他穿上襯衫，但是上半身和下半身不同，沒有辦法穿上。這是因為上半身遭到槍擊，但衣服上卻沒有留下彈痕或血跡。就算單獨射擊襯衫想要開孔，位置也一定會偏移。這種事沒辦法重來，必須一次就成功，所以無法辦到。

或許是因為這個理由，犯人才會裝成是為了刻上文字而脫掉衣服的。事實上，或許剛好相反：因為沒辦法替上半身穿上衣服，所以才刻上似乎具有意義的文字。」

兩名警察皺起眉頭，同時張開嘴巴想要說話。

但兩人都說不出話來。詹德拉板著臉閉上嘴巴。巴朗不久之後不情願地說：

「這也是有可能的。」

我和他們的立場不同，也沒有共同的目的。只是因為我們同樣都得思考拉傑斯瓦之死，因此彼此提出想法。

「被殺的時候——」

開口的是詹德拉。

「拉傑斯瓦沒有穿衣服嗎？」

原來如此——巴朗喃喃地說。

「他死在不穿衣服的場所。也就是說，犯罪現場是情婦的家……」

「或是妓院。」

兩名警察的目光變得銳利。

他們究竟是站在什麼樣的立場？看來他們並非完全不知道事件內情、只被命令來保護我。至少巴朗知道許多事件相關資訊。我不清楚尼泊爾警察的系統，不過他或許是搜查組的成員，卻接到擔心國際關係的上司命令，違背己願來擔任護衛。從兩人的眼神中，可以感受到他們只要一有機會，就想要參與搜查行動。

我問：

「有沒有可能更單純一點，只是在洗澡？」

詹德拉似乎完全沒想到這個可能性，不斷地眨眼。

「……也許吧。」

他喝了一口甜茶，苦著臉說：

「為了不讓人注意到屍體沒穿衣服，才在背上刻字——聽妳這麼說，的確很有可能。可惜我們之前竟然沒注意到。」

然而巴朗突然高聲說：

「不對！不是這樣的！」

「為什麼？」

他從口袋拿出小記事本，翻開密密麻麻寫著天城文的內頁，用手指著其中某一頁。

「這是原本不能告訴民間人士的搜查情報，不過既然到這個地步，我就說吧。拉傑斯瓦是被點三八口徑的槍射擊，入射角度幾乎水平。子彈大約命中胸部正中央，打碎肋骨，傷及大動脈，撞到背脊停住。」

我默默地點頭。巴朗無法掩飾興奮，繼續說：

「接著，請妳聽好了，發射殘渣留在下巴和脖子……應該說，只有在下巴和脖子。」手槍射擊人的時候，從槍口飛散的火藥燃燒殘渣與金屬微粒會附著在射擊者的手上。在此同時，也會飛散到前方。

我雖然也有這點知識，不過畢竟不是專家，因此便問道。

「也就是說，拉傑斯瓦准尉沒有開槍。被射擊的時候，槍口飛散的硝煙等附著到身上，是這個意思嗎？」

「手上沒有反應，並不能證明他沒有開槍。」

巴朗稍微嘆了一口氣，然後快速地說：

「我想說的是，如果他被殺的時候沒穿衣服，胸口應該也會出現發射殘渣。很明顯，拉傑斯瓦准尉被殺害時有穿衣服。」

警方既然已經調查到這個地步，應該不會有錯。雖然我對自己的推論也沒有萬全自信，但是得知與事實不符之後，還是讓我有些失落。

「是嗎……那麼是我想錯了。」

然而巴朗搖了搖頭。

「不，拉傑斯瓦被殺害時沒穿衣服這個想法是錯誤的，但是我並沒有否定背上刻字是因為沒辦法穿衣服這個想法。」

詹德拉也說：

「的確，這個想法值得再深入思考。」

兩名警察很有毅力地繼續思考我的假說，我也不能輕言放棄。

巴朗交叉著手臂。

「妳的假說很有說服力。我們的確被屍體背上的文字吸引注意力，而沒有去考慮衣服被脫下的事實。如果說犯案時拉傑斯瓦穿著衣服，那麼妳的假說會如何修正？」

我努力思考。

拉傑斯瓦被槍擊時穿著衣服。子彈貫穿襯衫，應該染上大量血跡。犯人脫下他的襯衫，上半身保持裸露並刻上文字，下半身則重新穿上褲子，然後也穿上鞋子。

「這麼說，犯人把他的衣服脫下來，只讓他穿上褲子。」

「沒錯。」

詹德拉稍微湊上前，問：

「為什麼？」

沒錯，為什麼？

當我沉思的時候，巴朗似乎試著要把腦中想到的事情先說出來，以不確信的口吻說：

「……軍服上留下了決定性的證據，所以才要脫下來，換上別的軍服。褲子沒問題，可是襯衫因為沒有彈痕，所以沒辦法穿上。」

一旁的詹德拉皺起眉頭說：

「軍服沒有那麼容易入手。」

有些國家的軍服相對地比較容易入手，然而那些主要是已報廢的制服。要拿到現役軍人使用的制服，往往需要克服很高的障礙。畢竟穿上制服就能夠輕易謊稱是軍人或警察，因此會有某種規範應該說是理所當然的。

如果這樣也能夠入手，那就是軍隊內部的人做的。不過詹德拉繼續說：

「而且拉傑斯瓦准尉穿的褲子十之八九是他自己的。尺寸非常合身，而且還縫上頭文字。」

「嗯。」

巴朗搔搔頭。

「說得也對。換上其他軍服的可能性消失了……」

他們以英語對話。如果用尼泊爾語交談，我就會聽不懂，因此他們是刻意要讓我參加討論。

我總覺得好像漏掉了什麼。我心中有種茫然的不安，好像遺漏掉了很簡單的事情。

詹德拉大口喝了奇亞，把杯子放在桌上發出「叩」的聲音，然後說：

「如果必須要先脫掉軍服、再幫他穿上，我想到一個可能性。」

「哦？說說看。」

巴朗的口氣帶點挑釁，但詹德拉只是淡淡地說：

「就是衣服溼掉的情況。譬如說拉傑斯瓦掉進巴格馬蒂河，但必須隱藏這一點，所以就只好幫他換衣服。先脫掉衣服，晾乾，然後等乾了再幫他穿上。」

「不，這未免……」

「很奇怪嗎？」

「或許不奇怪，可是……」

我邊聽兩名警察的對話邊喝茶。原本端來時就已經偏溫的茶，因為放了一會兒都變涼了。甜味留在舌頭上，感覺很黏膩。不過如果把它看做這種飲料的特徵，就不會感覺討厭。

詹德拉提出為了晾乾而脫下衣服的意見很銳利。這一來的確可以解釋為什麼要脫掉拉傑斯瓦的衣服、然後又幫他穿上。但這個說法並不完整。最大的疑問仍舊存在：為什麼不替他穿上襯衫？而且有可能是被水弄溼嗎？如果要隱藏他掉入河裡的事實，不只是衣服，還要把內衣、鞋子都換過，並且仔細擦拭全身。即使如此，也無法完全去除指甲和嘴裡的河流泥沙。這樣既花工夫又沒有效果。不對，不是水。

我用雙手捧起杯子。

視線注意到袖子沾到沙子。我心想糟糕，同時仔細檢視衣服。

襯衫手肘到袖口，接觸餐桌的部分都染上紅褐色。剛剛我明明注意到餐桌很髒，但不知不覺中卻忘記了。

「唉……」

雖然我帶來的是髒了也沒關係的衣服，但也不會想要刻意弄髒。我忍不住抓起襯衫，用手指彈了好幾次想要把沙子拍落。

「哦，妳正在親自試驗嗎？」

「咦？」

我並沒有這個意思，因此一時說不上話。

不過，原來如此，沙子的確也是可能性之一。在鳥取市內發現的屍體為了隱藏曾經到過鳥取沙丘的事實，因此被換上衣服……這種情節也不無可能。不過加德滿都所有地方、所有人都蒙上沙子，因此沒有必要特別隱藏。如果必須隱藏，那就是倒在特殊土壤上的情況，或是室內的……

室內。

我用日語喃喃地說：

「室內。室內的汙垢。」

譬如參與拆掉水泥建築的工程時，全身會變成白色。進入剛塗油漆的建築內，衣服就會染上刺激性的氣味而一時無法消散。倒在廢棄建築內，就會全身沾上蜘蛛絲或灰塵。

如果說留下這些具有特徵的汙垢有可能暴露犯罪現場，那麼為了避免被發現……

我切換成英語說下去。

「我想得太複雜了。我應該想像換作是自己會怎麼做。平常為什麼要換衣服？」

「那是因為……」

巴朗說到一半就停下來。他大概也發現了。

「為了把髒掉的衣服洗乾淨。」

褲子洗過之後，乍看之下不會發現。但襯衫就不一樣了。不只是汙垢，連血跡都會清除，立刻就知道被洗過了。所以上半身才沒有穿任何衣物。

而且我當然也知道有一座許久沒有清掃、滿布灰塵的廢屋，倒在室內地板上會蒙上白色的汙垢。

我把剩下一半奇亞的杯子放在桌上，霍地站起來。

「太刀洗小姐。」

「啊，不好意思，兩位請慢用。我只是想到一個可能的地方。」
這時兩名警察都愣住了，然後說：
「妳忘了嗎？我們如果沒有盯著妳，就沒辦法執行任務了。」
對了，他們不是來偵查事件，而是來保護我的。這樣的話，至少得等到他們吃完早餐才行。
我這麼想之後正準備重新坐下，巴朗卻舉手制止我。
「我們走吧。」
「可是……」
「沒關係。走吧。」
詹德拉聽了我們的對話，一口氣喝完剩下的奇亞。尼泊爾沒有各付各的習慣，因此momo和奇亞的錢就由我統一支付。這是我第一次替警察付餐費。

第十七章

槍與血跡

我和兩名警察前往王宮街。

昨天還占據著道路的市民已經不見蹤影，取而代之的是站在各個角落、穿著迷彩服的警察。雖然我不知道他們內心怎麼想，不過巴朗和詹德拉似乎都低下視線，話也變少了。話說回來，要在肩掛著自動步槍、殺氣騰騰的警察前方昂首闊步也不容易。我發覺到連自己都小心避免和那些警察視線交接。

巴朗和詹德拉沒有問我要去哪裡。經過剛剛質樸的會餐，或許我已經取得了某種程度的信賴。

我看到紅底黃字的「TRAVEL AGENT」招牌便停下腳步。樓房入口仍舊和昨天一樣，圍著禁止進入的黃色帶子。從入口處的大玻璃窗可以看到室內荒蕪的景象。

原以為加德滿都的警察可能已經找到這裡，不過看兩名警察沒有什麼反應，似乎並非如此。巴朗看到我鑽進樓房之間的縫隙，似乎才理解到這裡就是目的地，連忙問我：

「妳要去哪裡？」

「茉莉俱樂部。」

我繞到後門。門是鋁製的，胸口以上的高度是玻璃門，上面裝著細鐵條的鐵窗。我正要握住門把，忽然停下來。我從口袋拿出手帕包住手，接觸門把前端，避免留下指紋。今天門也沒上鎖，緩緩地打開了。

上午的戶外陽光普照，溫暖舒適，相形之下建築內顯得更加陰暗。我窺視門內，在進入裡面之前轉頭對兩名警察說明。

「這裡是我前天和拉傑斯瓦准尉見面的地點。他指定在這裡見面。」

「我們沒聽說。」

我對面帶困惑的兩人說：

「我和拉傑斯瓦准尉見面是在兩點。他的死亡推測時間是七點左右，因此事件和我們見面的地點無關。我當時是這麼想的，偵訊我的警察似乎也有同樣的想法。警方雖然向我確認見面時間，卻沒有問地點。不過地點就在這裡。」

吹拂過樓房之間的風讓鋁門發出令人不快的嘎嘎聲。

「裡面都是灰塵。倒在地上衣服一定會變成白色。」

巴朗點點頭。

「我們去看看吧。」

兩名警察交換視線。詹德拉走在前頭。

「請。」

巴朗要我接著走，但我拒絕了。

「請你走在前面。」

巴朗聳聳肩。他大概敏感地察覺到我的想法。

如果要預防遭受攻擊，由警察前後包夾比較容易護衛。然而相較於不知會不會出現的攻擊者，我此刻反而更需要留心這兩名警察。進入這棟建築之後，就等於是在無人看到的地方形成兩名男人、一名女人的組合。雖然說他們是為了顧及國際關係而奉命來保護我的，應該不至於對我不軌……不過還是警戒一點比較好。我自認懂一些防身術，但也不覺得有辦法對付警察。

巴朗似乎也沒有為此不悅。他對我說：

「如果發生什麼事，請蹲下來抱著頭。」

如果從後方遭受攻擊，只要走在最後面的我蹲下來，巴朗和詹德拉就可以開槍反擊。我點點頭。

我們依詹德拉、巴朗、我的順序進入廢墟。進入室內之後，因為有透入的陽光，所以並沒有非常暗，不過詹德拉還是打開手電筒。手電筒的光環照在大型業務用瓦斯爐和被丟棄的鍋子等，也清晰呈現出被氣流捲起的塵埃。這時我才首度發覺他們持有手電筒。

「走邊邊。」

詹德拉發號施令。我照著他說的，跟在巴朗後方。進入室內之後我問：

「要不要關門？」

回答的也是詹德拉：

「嗯。」

看來在戰鬥方面，應該是詹德拉比較拿手。話說回來，目前還沒有具體的警戒理由。他沒有拿出手槍或警棍，緩緩走向廢屋的更裡面。巴朗也從腰帶拿出手電筒打開。

我們穿過應該是廚房與餐廳的場所，進入走廊。

「在哪裡？」

他們問我，我便指著走廊內部。沒有通電的霓虹燈招牌做成「club jasmine」的形狀。水泥裸露的階梯通往地底。

我前天在這裡下定決心之後才下樓梯。當時我沒有環顧四周的餘裕。今天警察則拿著手電筒照亮四周。

走廊盡頭有一台電梯。我前天甚至沒有發現到電梯的存在，可見當時我的視野變得多麼狹窄。階梯燈亮著「1」。兩個警察以尼泊爾語低聲交談。他們似乎對於這裡仍有電力感到可疑。

接著巴朗回頭問：

「妳來見拉傑斯瓦准尉的時候，電梯停在幾樓？」

我搖頭說：

「對不起，我不知道。」

「這樣啊。」

他照亮地面。

「這裡有拖曳東西的痕跡。」

痕跡並不明顯。如果他沒說的話，我大概不會察覺到。不過仔細觀察手電筒照亮的走廊，的確可以看到這樣的痕跡延伸。我追隨痕跡的源頭，看到停在電梯前方。

「這是……」

「應該是有人用電梯搬運某樣東西。」

更多的想像此刻還言之過早。雖然知道這一點，但氣氛還是變得緊繃。

「……走吧。」

詹德拉說完，照亮階梯下方。陽光也無法照射到地下室，漆黑的空間只有手電筒的光線延伸。詹德拉好似在確認階梯不會崩塌般，一步步慎重地走下階梯。

好暗。習慣陽光的眼睛遲遲無法適應地底的黑暗。我們三人佇立在敞開的茉莉俱樂部門口。

「燈應該可以亮。前天是亮的。」

「開關在哪裡？」

「應該在附近吧。」

我並不知道開關的位置，只是從常識判斷：電燈開關如果在舞廳內，應該會很不方便。事實上開關果然在門旁。手電筒照亮的是和日本同樣的塑膠開關。巴朗伸出手。日光燈閃爍了幾次，終於亮了。茉莉俱樂部的舞廳被照亮。

詹德拉首先開口。

「就是這裡。」

舞廳正中央有一大灘鮮血。

在地下室果然還是無法使用無線請求支援。兩位警察以尼泊爾語討論之後，詹德拉快步上樓。我幾乎下意識地從單肩背包掏出相機拍攝血跡。

「這裡的灰塵確實很嚴重。」

巴朗好像在自言自語，但卻是以英語說話。

「……是的。」

「拉傑斯瓦准尉前天兩點在這裡與妳見面。後來先回到王宮的部隊休息室，可是七點左右又回來，然後遭到某人槍殺。次日十點半之前的某個時刻，屍體被搬運到發現地點的空地……背上的文字如果依照妳的看法，是在搬離這棟建築之後被脫下沾滿灰塵的衣服，刻上

『INFORMER』。」

我點點頭，然後補充一點：

「不只是倒在這裡，犯人拖著搬運拉傑斯瓦准尉也是很重要的關鍵。也因此衣服才會變得全白，必須更換。」

前天，拉傑斯瓦准尉正好堂堂站立在血跡的位置。晚上十點，他是否也站在同樣的位置呢？

「現在回想起來……」

我茫然地說。

「他的確說過很奇怪的話。他說他必須先回去一趟。先回去一趟，原來意思就是他還要再來這裡。」

「太刀洗小姐。」

「我當時沒有注意到……」

巴朗關上手電筒，收回腰帶的套子裡，然後說：

「不會有人從那句話當中猜到的。」

他或許只是為我的話感到詫異，不過在我耳中聽起來像是安慰。

在鑑識人員鑑定血液之前，還不能確定這裡就是拉傑斯瓦喪命、或至少大量流血的地點。話說回來，那灘血幾乎不可能是其他人、甚至是野狗的血。我不是第一次站在殺人現場，不過這種感覺仍舊很不好。

我站在距離茉莉俱樂部的門約兩公尺的地點，一步也沒移動。這是因為我不想要干擾接下來的搜查。不過巴朗卻毫無顧慮地進入裡面。

「這裡是舞廳。沒想到還有這種地方。」

「你不知道嗎？」

「我直到十年前還在洛杉磯。如果是在我回來前營業的店，我當然不知道，不過這家店怎麼看都不像是經過十年以上的樣子。」

從這段話，我了解到巴朗的舉止為什麼帶些歐美風格。

巴朗突然停下腳步。

「咦……」

地上有一顆巨大的玻璃球。由於正上方沒有固定鎖鏈，因此應該不是墜落、而是拆下來放在那裡的。巴朗蹲在玻璃球的陰影中。

「這是大發現。」

他走過的地方，我應該也可以走過去吧？我做出這樣的判斷，走到巴朗身旁。玻璃球的陰影中逐漸出現黑色物體。

這是手槍。是左輪手槍。

黑色的短槍身在日光燈中帶有光澤，木製把手則因手垢而變髒了。不知道是否某種護身符，把手底部附近纏著白色膠帶。

「這是槍。」

我說了無庸贅言的事實，巴朗又追加資訊：

「這是史密斯&威森M36，Chief。點三八口徑。和槍殺拉傑斯瓦的子彈口徑相同。」

「Chief?」

「這是通稱。也稱作Chief Special。」

聽到這句話，我腦中閃過某個念頭。M36 Chief Special。我對槍並不熟悉。在採訪中，我曾經看過黑道走私的ＴＴ手槍或鐵管加工的自製槍，不過應該沒有看過這種槍。可是為什麼我會覺得好像有些熟悉呢？

……不知道。我感覺坐立不安。

巴朗終究沒有去拿手槍。雖然想知道彈匣裡是否留下空彈殼，不過現在大概不可能檢視。話說回來，這支槍應該十之八九就是槍殺拉傑斯瓦的槍了。

「犯人把槍丟在這裡。」

「真是不小心……難道以為這裡不會被發現嗎？」

或許如此。如果沒有任何情報顯示拉傑斯瓦與茉莉俱樂部的連結，光憑地毯式搜查也不太可能找到這裡。凶手如果認為比隨便找個地方丟更不容易被發現，那也不奇怪。

我拿起相機。

巴朗回頭。我們的視線交接。我原本以為一定會被阻止，但他的行動卻出乎我意料之外。他稍微扭轉身體，讓我更容易拍攝。

我雖然感到困惑，但沒有錯失機會，迅速按下數位相機的快門。相機感應到光線不足，自動開啟閃光燈。我等候電力恢復，又拍攝一張。我不太相信數位相機的感應器，因此又關掉閃光燈拍了兩張。

我吁了一口氣，放下相機。

「謝謝你。」

他笑著說：

「我才應該道謝。老實說，我並不希望妳到處亂跑。不過要不是因為妳，我們絕對不可能找到這裡。這會成為我和詹德拉的功績。妳真的幫了很大的忙。」

他用直率的口吻說完，露出嘲諷的笑容。看到他的笑臉，我大概可以猜到，被指派保護外國記者這種非正規任務可以算是降級。他們大概非常渴望能夠得到功績吧。

我並不打算探究這一點。不過如果他那麼感謝我，我也有問題想要問他。

「巴朗先生，可以請教你一件事嗎？」

「什麼事？」

他的表情恢復警戒。我迅速地說：

「有關拉傑斯瓦准尉的事情。我曾經採訪過他，不過我只知道他認識東京旅舍的查梅莉小姐，是個軍人，其他什麼都不知道。」

在偶爾閃一下的日光燈底下，圓臉的警察皺起眉頭。他是在考量如果告訴記者這些事情，對自己會不會造成不利。我並沒有向他保證不會將他說的話寫入報導當中。我只是等候他做出判斷。

巴朗嘆了一口氣說：

「如果只是這一點，也沒什麼大不了的。」

他在血泊、槍與玻璃球旁邊聳聳肩。

對他來說或許沒什麼大不了的，但對我來說卻是非常期待的情報。我擔心他改變心意，連忙從單肩背包掏出錄音機與記事本，不過為了避免顯得太過慌張與心急，因此努力保持冷靜。

「我可以錄音嗎？」

「不行。」

「那麼可以記下來嗎？」

「這個可以。」

我把錄音機收回包包，取出筆，將記事本翻開新的一頁。巴朗等我拿好筆，開始說：

「拉傑斯瓦。拉傑斯瓦・普拉當。四十九歲。國軍准尉。隸屬單位是祕密。身高一八八公分，體重八十六公斤。未婚——意思是，至少在尼泊爾未婚。他很晚才進入軍隊，時間是四年前。在那之前他是受僱於英國的廓爾喀傭兵。傭兵時代的情況不明。」

他和查梅莉的丈夫認識、並欠下人情，大概是在這個時期吧。

我連把巴朗的話從英文翻譯成日文的時間都省去了，直接用英文草寫字母記下筆記。有些拼音不太有自信，不過反正只要自己看得懂就行了。

「他在八年前回國，有一陣子從事嚮導之類的工作維生。」

「嚮導？是觀光導遊嗎？」

「不是。」

巴朗搖搖頭。

「他協助外國電視台安排採訪。大概類似幫手之類的吧？」

我在記事本上寫「聯絡人」。我完全想不到，很討厭採訪的拉傑斯瓦會做這種工作。

「你知道他接過什麼樣的工作嗎？」

我想到他或許和日本媒體接觸過，便這樣問。不過答案很簡潔：

「不知道。」

這也是很合理的。我停下筆，敦促他繼續說下去。

「他以准尉身分進入國軍，應該是傭兵時代的從軍經驗獲得重視。即使如此，他的待遇仍算很好，或許是有什麼人脈，不過我不知道詳情。」

「這樣啊。」

「然後……」

他停下來，注視著我，又看看我的記事本。接著他的視線又掃向我的包包。

「我沒有錄音。」

巴朗的表情很僵硬，不過他還是解釋了一句。

「我相信妳。別寫是我說的。」

「我知道了。」

巴朗輕嘆一口氣，接著開口。

「他有販售大麻的嫌疑。」

我沒有動筆。

我很想問「真的嗎」，不過巴朗沒有必要說謊。

「先前我問你，拉傑斯瓦准尉是不是因為捲入王宮事件而被殺，你說不知道，是因為……」

「就是這回事。他並非沒有被殺理由的人。」

接著巴朗揚起嘴角。這是和最初在東京旅舍見到時的印象差距很多的陰沉笑容。

「販售大麻在尼泊爾並不稀奇。軍人、警察、甚至王室成員都在經營。畢竟這裡是世界少有的大麻城市。」

尼泊爾原本就有大量的大麻自然生長。直到一九七〇年代後期，種植、販售、吸食大麻都不會觸法。即使現在法律已經禁止了，仍舊是世界上對大麻極為寬容的城市之一。我想起最初請撤卡爾當導遊時，他曾問我對大麻有沒有興趣。

「畢竟到處都有生長。香菸要花錢才能買到，可是大麻只要路邊摘就有了。每個人多少都會碰過……不過要把一定的量定期流通到外國，又是另一回事了。這是專業的工作。」

「拉傑斯瓦准尉是這方面的專業嗎？」

「只能說，他有嫌疑。」

他會告訴我這件事，大概是因為在主觀上已經非常可疑了。巴朗聳聳肩說：

「如果他真的是在走私大麻，那麼就是異常謹慎的人。通常這種情況都會大概掌握到他跟誰合夥，可是目前還沒有相關情報。他在軍隊裡面好像也滿孤立的。」

我不知道所謂的孤立是什麼程度的意義，不過有一件事我非常在意。

「他前天兩度外出。在軍隊裡，這是很常見的情況嗎？」

「不清楚。自從國王被槍殺之後，尼泊爾一直處於緊急狀態。至少我沒辦法做那種事。不過拉傑斯瓦既然這麼做了，不論是不是常見，只能說他有辦法做到。」

巴朗是警察，不是軍人。我只能接受這樣的答案。

拉傑斯瓦與大麻走私有關。而且不是以旅客為對象賺取零用錢的程度，而是走私的專家。我反芻著這個情報。我低頭看著附近的那灘血，想起拉傑斯瓦曾經站在那裡的姿態。

「我無法相信。」

「是嗎？」

對於記者來說，重要的是「從警方聽到這樣的消息」、「相關人士如此說」這樣的事情，而不是實際狀況如何。從各種角度蒐集情報，有時可以看出矛盾與隱匿。然而在報導中不會寫出「這是真相」。雖然以探究真相為目的，但是要判斷什麼是真相卻超出記者的本分。勉強來說，決定真相的是法庭。

不過我曾和拉傑斯瓦談話。我無可避免會去想到，他怎麼可能做這種事。

「他……拉傑斯瓦准尉是個自尊心很高的男人。他曾經說，讓國王遭到殺害是軍隊的恥辱、是尼泊爾的恥辱，因此無法協助我將這件事宣傳到全世界。我不認為他是在說謊。」

巴朗說：

「他或許不是在說謊。軍人也會成為走私者，走私者也能擁有自尊。口中說著高貴的話，雙手卻可以做出完全相反的事情。一直做壞事的男人，也可能在無法讓步的某一點上清廉到驚人地步……這些都是理所當然的事情。妳難道不明白嗎？」

我明白。我以為我明白這世界是什麼樣的地方。

但其實我還是沒有明白。

所以才會覺得心臟好像要停止了。

堅硬的鞋子奔下水泥階梯，發出堅硬的聲音。

我想到詹德拉回來了，腦袋總算開始運轉。奇怪，詹德拉還未得知這裡是凶殺現場時，就很謹慎而緩慢地走在邊緣，可是他現在卻匆匆跑下來，一定是發生了什麼事。

不久之後詹德拉出現在我們面前。巴朗以尼泊爾語溫和地對他說了些話，大概是在慰勞他，但詹德拉卻沒有回應，以英語說：

「支援不會過來。」

「什麼？」

「十二點開始實施外出禁令。可惡，都沒有人聯絡我們！」

我反射性地看手錶……十一點半。我忍不住叫出來。

「又來了！」

這兩個警察應該不知道，我昨天在外出禁令生效前一刻奔進旅舍。不過他們雖然露出不耐煩的苦瓜臉，仍舊對我說：

「別擔心，我們會送妳回去。」

「畢竟我們的任務是護衛。」

既然如此，就不能浪費時間。我轉身準備離去，卻仍舊不死心地回頭。我看著拉傑斯瓦曾經站立的舞廳、血泊、玻璃球，還有M36。

M36 Chief Special。別名 Chief。

「太刀洗小姐，該走了。」

巴朗的聲音讓我回過神來。

「……嗯，的確。我們走吧。」

「妳好像很震驚。」

「是的。我覺得有些頭暈。」

這並不是謊言。我在離開茉莉俱樂部時的腳步搖晃不穩。

就好像全身只有腦袋而不是身體在運作，卻勉強要移動雙腳。

第十八章

勇氣的來源

六月五日，加德滿都連續第二天發布外出禁令。時間從中午到深夜零點，共十二小時。上午結束採買的人大概覺得好險，不過應該也有很多市民來不及採買吧？

兩名警察陪我回到東京旅舍時，已經是外出禁令開始的十分鐘前。打開綠色鐵門進入建築中，仍舊讓我感到鬆了一口氣。

我原本以為巴朗和詹德拉一整天都會跟著我，但他們卻說要回到警察局。

「在旅舍中應該比較沒有被攻擊的危險，所以 Chief 命令我們回去。」

巴朗歉疚地垂下視線。

「那倒是沒什麼……不過現在已經快要到外出禁令的時間了。你們不要緊嗎？」

我昨天從警察局回到旅舍時花了二十分鐘以上。剩下十分鐘不可能趕回去。

「別擔心，他們不會突然開槍射擊同伴的。」

巴朗笑著這麼說，一旁的詹德拉簡短地加了一句：

「也許吧。」

即使我阻止他們，但他們接到回去的命令也不得不回去。我只能相信巴朗的話。我在常被認為無表情的臉上盡可能堆起笑容，說：

「巴朗先生，詹德拉先生，謝謝你們。我很感謝你們保護我。」

我正要伸出手，又縮回來了。這個國家是種姓制度的國度，或許他們不想接觸我。巴朗笑咪咪地說「別客氣」。這樣就夠了。

兩人推開鐵門時，詹德拉轉頭對我說：

「太刀洗，Chief很高興發現凶殺現場。」

「……是嗎？」

「Chief沒有叫我們跟妳道謝，所以我來說吧。謝謝妳。」

警察和記者原則上是對立的。警察覺得記者是煩人的傢伙，記者則憂慮警察會自居正義使者。

但原則只是原則，任何事情都有例外。警察和記者也不是絕對不會彼此感謝對方。

截稿日時間是清晨五點四十五分。

因為外出禁令的關係，到深夜零點之前都無法出門。在夜晚和早晨都特別早來臨的加德滿都，外面的採訪工作可以說已經結束了。我是否已經進行充分的採訪？我覺得應該還可以做得更多，不過所有工作都有截止時間。

照片方面，我明天會在街上的電話店借網路後送。報導的排版會由編輯部來決定。我要做的是在明天天還沒亮之前寫完六頁的文章。

為此我還得採訪一個人。根據這段採訪內容，應該就可以針對是否要把拉傑斯瓦的死納入報導、是否要使用那張獨家照片做出最後的決斷。

查梅莉從員工區探出頭，彷彿是在等警察出去。

「那個，不要緊嗎？」

她大概擔心我被警察質問吧。

「請不用擔心。對了，晚餐可以請妳替我準備麵包、最好是三明治嗎？我想要在房間工作。」

「哦，好的。如果只是簡單的餐點。幾點送去呢？」

「七點。拜託妳了。」

她受到委託，似乎反而鬆了一口氣，表情變得輕鬆。她輕輕點頭，回到員工區裡面。櫃檯沒有人了，不過應該沒問題吧。中午時間已經過了。

我爬上階梯。

住宿在二〇二號房，已經是第六天了。一開始雖然在意過低的天花板與焚香的氣味，但我逐漸開始喜歡上這間房間。不過我現在前往的是另一間房間。

除非有人要在外出禁令解除之前一直待在外面某家店，這家旅舍目前有四名住宿客。

日本的自由記者，太刀洗萬智。

日本前僧侶，八津田源信。

美國大學生，羅柏・佛斯威爾。

印度商人，舒庫瑪。

我腦中浮現他們的臉孔，走在旅舍昏暗的走廊，停在某間房間門口。

門上一直貼著手寫的「DO NOT ENTER」。我敲了二〇三號房的門。這是羅柏的房間。

咚。

咚咚。

咚咚咚，咚。

沒有回應。我輕聲朝著門後方呼喚：

「羅柏。你在裡面吧？」

我豎起耳朵，但東京旅舍悄然無聲。他該不會外出了吧？我舉起手，準備用較強的力道再度敲門。這時總算有人回應。

「幹什麼？」

羅柏的聲音含混不清，似乎有些恍惚。

「是我。太刀洗。我有話要跟你說。」

「是嗎？我沒什麼要跟妳說的。」

「我有個東西想要給你看。開門吧。」

門後方只依稀傳來幾乎要消失的聲音。

「……我拒絕。」

「羅柏，這是很重要的事情。」

我雖然繼續堅持，但聲音卻停止了。他是不是離開門口了？我想要再次敲門，不過還是決定耐心等候。

沉默大概持續不到一分鐘。接著他回答：

「我在聽。妳說吧。」

我吁了一口氣。

但這回輪到我說不出話。此刻雖然沒有看到任何人影，但是在走廊上談話，就會被其他住宿客人聽到。這個話題並不適合公開談論。

我思索著該怎麼辦，忽然想到客房有內線專用電話。

「我不太想要被聽到。等一下在電話裡談吧。」

這一來，羅柏似乎也多少猜到談話內容。他用清晰但帶著絕望的陰沉聲音說：

「我知道了。」

我打開二〇二號房的門，把單肩背包丟到桌上。我迅速掃視室內，確認沒有立即可以察覺的異狀。床單有些凌亂。就如我今天早上起床時的狀態。也就是說，房間沒有人來打掃。平常都是下午較早的時間來打掃，所以在發布外出禁令的今天，客房清潔人員沒有來過也是很正常的。

記憶卡放在相機裡，因此沒必要檢視聖經。我把電熱水壺中已經冷卻的水倒入杯子，放在桌上。我坐在椅背很低、座位很硬的木椅，拿起象牙色的塑膠製電話筒。電話機上面有英文的使用方式。內線只要按下對方的房間號碼就行了。

二〇三。電話響了六次停下來。

「哈囉，羅柏。」

『哈囉，萬智。』

電話中的聲音比隔著門時清晰許多。

我必須讓羅柏開門才行。關鍵的牌雖然在我這裡，但如果突然亮出王牌，他可能會放下電話筒，不再跟我說話。首先要說的話已經決定了。

「你窩在房間裡好長一段時間。」

『嗯，對呀。不，其實也沒有。』

「我在二日晚上跟你談過話。在旅舍四樓，你還記得嗎？那是葬禮鳴炮的夜晚。現在是五日。五日中午。」

羅柏或許是因為酒精或大麻而處於酩酊狀態。我試著在對話中喚起他的記憶。電話另一端傳來憂鬱的聲音。

『嗯，我記得。』

「你當時說，無法想像殺了許多人的凶手會成為國王。」

『是嗎？我記得大概說過這樣的話。』

我像是要安撫小孩子一般，緩慢地說：

「你在房間門口貼出『請勿進入』的字條，是在知道國王被槍殺之後吧？我可以理解你會變得神經質。那是可怕的事件。但是那一天，你卻反而顯得很可靠。你說即使這座城市變成西貢，你也能保護自己。對了，你還說也要保護我。」

『萬智……我……』

我等他說完，但他沒有說下去。我繼續說：

「我們在四樓談話，就是在那天晚上。我採訪回來之後，你來找我說話。那天晚上連飲料都沒有。雖然是邊看BBC邊談天，對話內容也不是愉快的話題，但我不記得你有特別陰沉的樣子。對不對？」

『的確。就是那天晚上。』

羅柏用彷彿含著苦汁的聲音說。

果然是那天晚上。

「那天晚上我們兩人談話之後，查梅莉來到我的房間。她為了我的採訪，有些事情要跟我說。當時查梅莉注意到聲音。她說，從你的房間傳來搬動東西的聲音。然後第二天早上開始，你就窩在房間裡沒有出來。」

聲音中斷了。但通話仍舊持續。

「發生什麼事了？」

沒有回答。

但是他聽著我說話。我拿起杯子，用冷開水沾溼嘴巴。

「可以讓我來說說看嗎？」

我在心中緩慢地數到十。

「大概是……」

又數了三之後，我說：

「你的槍被偷了吧？」

『萬智！』

他發出好似被掐著脖子的悲鳴。這是很直接的肯定方式。

『是妳！』

「不是我。」

我用清晰的語調說完，為了避免刺激他，盡可能以溫和的聲音補充：

「昨天進入我房間的是你吧？你覺得有可能是我偷了你的槍，所以來搜索我的房間。」

電話另一端傳來噎住的聲音。他大概沒想到會被我看穿吧。

「我不打算責怪你。換成你的立場，我也不知道自己會做什麼。」

『我的立場？』

他的聲音似乎快哭出來，但仍舊提出抗議：

『妳又知道了！』

「的確。」

我換了一口氣，又說：

「你一直暗藏著槍。這就是你自信的來源。碰到國王被槍殺、武裝游擊隊可能開始活動的局勢，你感到害怕。你想要逃離尼泊爾，卻因為買不到票而焦慮。每個人都一樣。當時我也很害怕。但即使如此，你還有手槍這張王牌。就是因為有了心靈支柱，所以才會說，即使這座城市成為西貢……那樣的話。」

仔細想想，羅柏在試圖訂票時曾經說過奇怪的話。他說，這種時候即使選擇空路也沒關係……

如果是說「選擇陸路也沒關係」還容易理解。尼泊爾北方有喜瑪拉雅山屏蔽，如果要從陸路出國，就得搭乘巴士在惡劣的路況中行駛好幾個小時，前往印度或不丹。如果是說寧願承受如此嚴苛的行程也要離開尼泊爾，那還可以理解。但他卻不是這麼說的。

「選擇空路也沒關係」這句話，有可能單純是因為羅柏討厭飛機。不過現在我想到別的可能性。

搭乘巴士只要買票上車就可以了。但是搭乘飛機時，卻必須檢查手持行李。即使多少能夠隱瞞一些，不過手槍這種東西是不可能帶上去的。他想要說的或許是：如果能夠離開這個國家，即使要丟棄手槍也沒關係。

「我是這樣設想你的立場的。如果有錯，你可以更正。」

『妳有什麼目的？』

羅柏發出怒吼。我把電話筒從耳邊拿開。隔著門，我可以聽到二〇三號房傳來同樣的叫聲。

『妳是記者吧？我拿著手槍又怎麼樣？妳想要在日本雜誌上嘲笑有個愚蠢膽小的美國人嗎？』

「冷靜點，羅柏。」

我沒有碰過聽到這句話而冷靜下來的日本人。這是我第一次對美國人說這句話，不過他也同樣無法冷靜下來。

『沒錯，我是膽小鬼！在美國我連大麻都不敢抽。離開美國之後，我總算得到勇氣。我取得手槍、抽了大麻、也買了女人！我以為自己不再是個膽小鬼，但是我錯了。妳想知道的就是這些嗎？可惡的偷窺狂！』

我原本把他當成有些輕浮的年輕朋友。在旅途相識，一起用餐，搞不好會在某個地方拍攝紀念照，回到日本可能會通個兩、三次信。

但即使這個國家的騷動明天就完全收拾，這些事也絕對不可能發生了。我摧毀了這個可能性。

我把電話筒拿到另一隻手，說：

「羅柏，手槍找到了。」

『聽好，我絕對……妳說什麼？』

「手槍在某個地方找到了。我懷疑那就是你的槍。」

他聽了是否安心了，或者產生更大的動搖？我聽到的聲音顫抖得很厲害，無法判別是哪一種情況。

『即使在城裡某個地方找到槍，也不能證明是我的。』

「我覺得有可能是。」

『為什麼？萬智，妳沒看過我的槍吧？』

「沒看過。可是我聽你說過……你說，你有 Chief 在。」

羅柏在嘗試訂離開尼泊爾的票失敗後，看著我說：「別擔心，我有 Chief 在。」

Chief 這個詞有各種意思，可以翻成各種詞，包括主任、長官、署長等等。巴朗和詹德拉也稱呼上司為 Chief。我當時不知道羅柏指的是什麼意思。

剛剛在茉莉俱樂部聽到巴朗的話之後，我應該立刻想到的。實際上我花了更長的時間，直到離開地下室的前一刻，才想到在哪裡聽到 chief 這個詞。

但我不認為太晚。

「找到的手槍是史密斯&威森 M36，通稱 Chief Special……也可以稱作 Chief。那是小支的手槍，應該很適合旅行用。」

『M……』

羅柏一時語塞。

『M36 到處都有吧？提到左輪手槍，馬上就想到 Chief。』

「也許吧。所以我拍了照片。」

『喂，萬智，告訴我，那把槍是在哪裡找到的……？』

羅柏自己似乎也無從判斷，他希望找到的槍是自己的，或者剛好相反。雖然不是很坦率的做法，不過用交易的方式，或許反而能讓他冷靜下來。

「請你看照片來判斷。這樣的話我就告訴你。」

羅柏猶豫了很久。他或許害怕會知道某件事。我想不到其他說服的話，只是靜靜地拿著電話筒。

在極端乾燥的加德滿都，我的額頭上冒出汗水。

回答只有一句。

『我知道了。』

於是我放下電話筒，嘴裡含著冷開水，緩緩地吞下去。

我來到走廊上，反手關門，然後轉身鎖上鑰匙。在發布外出禁令的此刻，東京旅舍悄然無聲。因為太過安靜，感覺不只是這座小小的旅舍、甚至連加德滿都整座城市都陷入沉默當中。

我站在二〇三號房前面，首先把眼睛湊近鑰匙孔。門鎖的種類和二〇二號房同樣是圓筒鎖，不過這個鎖沒有明顯的新刮痕。雖然說試圖開鎖不一定會留下刮痕……

我舉起拳頭。二〇一號房應該是舒庫瑪住的。我先前完全沒有在意，但這個瞬間突然忌憚發出太大的聲音。我用手背輕輕敲了三下門。

門往內側打開。就如我所預期的，開到一半就停止了。羅柏掛著門鏈，從門縫探出蒼白的臉，說：

「給我看。」

我點點頭，打開數位相機的電源。在茉莉俱樂部拍攝的手槍照片當中，仍舊以相機感應器自動開啟閃光燈的第一張最清楚。

我不需等太久的時間。現場找到的M36手把上纏著膠帶，是很明顯的特徵。我也想過纏上膠帶的有可能不是羅柏而是偷走槍的人，但情況並非如此。羅柏一看到照片就發出呻吟。

「這是我的槍。」

「是嗎？」

「我覺得太滑，所以就纏上膠帶。連纏法都一樣。這不是模仿得來的。這是我的槍，絕對不會錯。」

這種話題不適合在走廊上談，可是羅柏終究不肯拆下門鏈，我只好繼續對話。

「槍是在哪裡買的？」

「在印度。」

羅柏出乎意料之外很乾脆地說出來。

「以前在我家附近做生意的印度人回國之後開了店。我跟他很要好，也有通信，所以就去造訪他。我說我想要槍，他就介紹我賣槍的地方。」

「於是你就選了那把槍？」

我只是隨口答腔，可是他不知道是怎麼誤解了我的話，憤慨地說：

「美國男人怎麼可以選俄國槍！」

「哦，說得也是。」

「我來到尼泊爾也是那個朋友安排的。他說剛好有熟人要去加德滿都，要去的話可以搭便車一起去。後來就如妳所知道的。」

接著羅柏低著頭，抬起眼珠子從門縫看著我。

「好了，輪到妳告訴我，妳在哪裡找到我的槍？」

就算回答茉莉俱樂部，他大概也沒聽過，因此我說：

「我是在市區某棟廢棄建築內、一家倒閉的夜店找到的。」

「倒閉的夜店？」

羅柏歪著頭。

「為什麼會在那裡……而且妳為什麼會去那種地方？」

「去採訪。」

「採訪什麼？」

我原本覺得最好不要告訴他，但既然已經決定跟他交易。於是嘆了一口氣，說：

「前天有個男人被槍殺了。這支槍掉在疑似凶殺現場的地點。」

我聽到尖銳的「咻」一聲。隔了半晌，我才想到那是羅柏吸氣的聲音。

他高喊道。

「那是防身用的！我是為了保護自己才帶著的！可是……哦哦，上帝！」

如果他知道被害人是有走私毒品嫌疑的軍人，他會怎麼想？或許他會感覺輕鬆一些，不過如果給予他更多刺激，他大概會陷入驚恐狀態。所以我決定不要談及被害人的事情。

相對地，我問了他幾個問題。

「羅柏，你在這把槍裡有裝子彈嗎？」

他不知是否還沒有從衝擊中清醒，眼神飄忽不定，回答：

「嗯。總共五發都裝了。」

這麼說，犯人沒有必要在得到槍之後另外尋找子彈。

「有誰知道你有槍？」

「妳問我誰，我也……對了……」

我問他問題，他才稍微冷靜下來。他把手放在嘴邊認真思考。

「印度那個朋友當然曉得。他叫拉瑪。還有賣槍給我的男人。讓我搭便車的男人應該不知道。」

「是嗎？」

「只是……唉，該死！」

他突然抱住頭。

「我沒有刻意隱藏……甚至還在炫耀。我當然沒有到處拿給人看，可是就像跟妳說『我有chief在』之類的，這種話我其實很常說。我甚至也曾把槍插在腰帶後面走在路上。如果有人發現也不奇怪。」

羅柏的行動確實太過輕率。不過我無法嘲笑他。當一個人得到自信的時候，即使是來自外部的短暫自信，也會讓人走起路來格外威風。我了解他的心情。當我第一次戴上「記者」臂章的時候，我也覺得自己變了一個人。

「槍是在二日晚上被偷的，沒錯吧？」

「嗯。」

羅柏是在我入境的前一天來到尼泊爾，也就是六天前。槍是三天前被偷的。在四天內察覺到他有槍，是一件困難的事情嗎？

我不知道。羅柏或許不論見到誰都會露骨地暗示自己擁有槍。既然無從檢視他的言行舉止，那麼去思考誰知道槍的存在就是白費工夫了。

「那天晚上，我和妳談話之後，回到房間發現被人翻過。雖然不是弄得很亂，但我立刻覺得不對勁，於是翻開枕頭。槍不見了。找遍房間都……」

「我再確認一次。在我被警察帶走的時候，進入我房間的是你吧？」

羅柏看著我的臉，戰戰兢兢地點頭。

「抱歉。」
「你是在哪學會開鎖的?」
這時羅柏的視線首度移開。他沒有否定進入我的房間，卻不便說出開鎖方式，會有這種事嗎?
如果有的話，可能是因為——
「……有人幫你開的吧?」
羅柏猶豫著是否應該說出協助開鎖的共犯名字。
最有可能開鎖的是查梅莉，畢竟是她管理鑰匙的。但她不太可能這麼做。她幾乎獨自一人經營重視信用的住宿業。即使房客要求，也不可能會讓他進入其他客人的房間。
當我思考著究竟是誰，我的視線變得固定。羅柏或許覺得被盯著，搔搔頭又晃動身體，最後終於狠狠地說:
「唉!可惡，我說吧!」
這時出現的是意外的名字。
「是撒卡爾。」
「撒卡爾?」
「妳也跟他說過話吧?就是以這一帶為地盤的小鬼。」
我之所以反問，是因為一時無法相信。撒卡爾為什麼會這麼做?
……但冷靜點想想，就會覺得不是那麼奇怪的事情。撒卡爾總是說他得賺錢。
「你給他多少錢?」
「開一個鎖十塊美金。」

傷而已。

如果是這個價格，撒卡爾一定會興高采烈地開鎖。我覺得遭到背叛，只是自己任性的感

我想要詢問更進一步的細節。

「他知道你在找槍嗎？」

羅柏對這個問題搖頭。

「不知道。如果隨便告訴他，就會被他抓到弱點。我出去的時候，他對我說我好像遇到問題、要不要幫忙，我就半開玩笑地要他幫我開鎖。只告訴他說在找尋失物。」

撒卡爾大概不是很在意所謂的失物是什麼。不過他很敏銳，或許察覺到一些事情。

我搖搖頭。撒卡爾只是憑技術費賺零用錢。就只是這樣而已。

話說回來——

「為什麼找上我？」

話鋒一改，羅柏似乎稍微鬆了一口氣。

「妳問為什麼？」

「你應該知道，最不可能偷槍的是我吧？你的房間遭小偷的時候，我跟你在一起。」

「當然……」

他這時才左右張望，窺探走廊的情況。不過從門鏈內側應該看不到多少東西。接著他把聲音壓得更低，說：

「我也進了其他房客的房間，可是沒有找到。舒庫瑪和八津田的行李都很少，馬上就能找完。」

「就算是這樣，也不可能懷疑我吧？」

「不。」

羅柏說。

「雖然我不知道偷走的方式，但是我覺得妳最可疑。」

「為什麼？」

我忍不住拉高音調。我不記得做了什麼可疑的事情。

「那是因為……」

羅柏說到這裡，視線開始飄移。或許是因為深信不疑，以至於忘了最初懷疑的理由。這也是常見的情況。

我做了什麼讓他懷疑的事情？當我回顧自己的行動，羅柏的視線突然變得強烈。

「沒錯。因為是在妳找我出去的時候被偷的。」

「我？」

我有找羅柏出去嗎？

……聽他這麼說，我回想起一件事。那是葬禮鳴炮的夜晚，所以是二日夜晚。

我採訪完回來之後，羅柏來找我。我問他有什麼事，他困惑地說：我聽說妳有事要跟我說。

我雖然感到困惑，但以為只是他想要談話的小謊言，因此沒有在意。不過到此刻，這件事就有全然不同的意義。

「我沒有找你出來。」

「沒錯，妳說得對。當時妳也顯得很驚訝。」

「是誰跟你說我在找你？」

「就是那傢伙！該死，是誰呢？」

羅柏在門鏈後方敲頭，好像要把朦朧的思緒敲正。我聽到「犟、犟」的沉重聲音。

「那天……那天，對了，我想起來了。我不知道自己能不能安全出國，為了訂票打了好幾通電話，每次回到房間都緊緊握住槍。有人告訴我萬智在找我，從傍晚就在等我。說話的是……」

他突然喊：

「該死！就是管客房那個小鬼！」

「戈賓？」

「我哪知道他的名字。就是每次來打掃房間的小鬼！」

一定是戈賓。羅柏突然抓著門把往後拉。門當然被門鏈阻擋，發出堅硬的聲響。他嘖了一聲，開始拆下門鏈。

「羅柏！你要做什麼？」

「是那小鬼把我引出去的。是他偷走我的槍！」

門鏈打開了。門往內側打開，羅柏衝到走廊上。我來不及阻止他。他奔下樓梯。我也轉身追上去。羅柏今天情緒起伏太過激烈。不知道是因為一直窩在房間裡做最壞的想像，或者是受到某種藥物影響。

羅柏已經在大廳質問查梅莉。

「我在問妳，那個掃客房的小鬼跑到哪去了！」

他的言語雖然激烈，但沒有動手。我原本以為他抓著查梅莉的領口，因此稍微鬆了口氣。查梅莉以求助的眼神看著我。

「太刀洗小姐，佛斯威爾先生在說什麼？」

我勉強站在兩人之間，盡可能平淡地說：

「他說打掃客房的戈賓欺騙了他，所以在生氣。」

接著我朝著羅柏，把雙手放在胸前，用向外推的手勢示意他離遠一點。

「羅柏，現在城裡發布了外出禁令，警察和士兵在巡邏。如果有人外出，就有可能被槍擊。戈賓應該在外出禁令發布前就回去了。」

「外出禁令？」

羅柏呆住了，似乎不知道這件事。趁這時候查梅莉退後兩、三步，嘆了一口氣抬起頭說：

「我不知道是怎麼回事，不過戈賓今天沒有來。」

我感到詫異。我原本以為他來過之後提早回去了。

「今天他請假嗎？」

「不。」

查梅莉皺起眉頭。

「不是的。昨天因為發布外出禁令，我讓他提早回去，結果後來發現收銀機變空了。他大概是偷了錢逃走了。」

「逃走了？」

我忍不住提高音量。查梅莉嘆氣說：

「這是常有的事。」

然而我並不覺得理由只有這個。當我們就快要知道是誰從羅柏房間偷走槍，戈賓就消失了。這不是偶然，而是被搶先一步。

「可惡！那個小鬼，可惡……」

我不理會在一旁反覆喃喃自語的羅柏，又問：

「查梅莉，請妳告訴我一件事。這是二日晚上發生的事情。二日晚上，戈賓在這間旅舍嗎？」

「二日？」

「就是國土葬禮的那天晚上。」

查梅莉立刻回答：

「不在。」

「妳確定嗎？他也可能偷偷潛入吧？」

我雖然追問，但她的回答很堅定。

「我在下午四點給了他當天的薪水，讓他回家。東京旅舍除了白天以外，晚上只有我一個人。我都會在大廳注意進出的人。」

「妳也可能離開位子吧？」

「離開的時候即使只是幾分鐘，我也一定會鎖上門。住宿客人全體都回來之後，我就會鎖門睡覺，後來的事情就不知道了……他做了什麼？」

「不……後門呢？如果可以開鎖，應該可以偷偷進來吧？」

「不用擔心。後門平常都會上門栓。」

我記得那天晚上舒庫瑪很晚才回來。

我在四樓和羅柏談話，回到房間之後查梅莉來找我。那時她對我說，從羅柏的房間傳來聲音。那是羅柏在尋找手槍的聲音。

這麼說，手槍被偷走是在舒庫瑪待在外面的時候，也就是查梅莉在大廳的時間。犯人有辦法偷走槍的時間，進出旅舍的人都受到監視，沒有辦法由外部進入。已經回去的戈賓不可能回來偷東西。

——這時我感到全身戰慄。我腦中閃過某個極重要、但實體朦朧不清的東西。此刻，真相的一角是否顯露了？我為了避免錯失一閃即逝的思緒，重複剛剛聽到的句子。

「平常後門都會上門栓？」

「是的。」

「這麼說，門沒辦法從外面開。那麼從裡面呢？只要拉開門栓，是不是就可以輕鬆打開了？」

查梅莉雖然顯得困惑，但還是很清楚地說：

「沒這回事。我會鎖上掛鎖。雖然只是簡單的鎖，不過只有我能打開。」

「妳平常都會這樣做……三日晚上也是嗎？」

「三日？」

查梅莉轉動著眼珠子。

「那是國王葬禮的次日。就是我和拉傑斯瓦見面的日子。舒庫瑪說他要使用網路，所以妳應該待在大廳計時。那天晚上妳也有上鎖嗎？」

我不知道自己想要知道什麼，只是興奮地一再問問題。

「當然了。這一帶的治安稱不上良好。即使是後門，也不可能沒人在還不上鎖。」

「舒庫瑪曾經說，有時候打電話時妳未必會陪在旁邊……」

「有時候可能會這樣，不過那天晚上他想要上網。我因為不是很懂，覺得或許可以學到一些東西，所以一直陪在旁邊。」

「妳記得時間嗎？」

查梅莉歪著頭說：

「警察也問過我。雖然可能有幾分鐘的落差，不過大概是六點到八點。因為遲遲無法連上網，所以花了一些時間。」

原來如此。我再度感受到從腳底到頭頂上方的戰慄。原來如此。竟然會有這種事。後門上了門栓和鎖。這一來就可以理解警察的動作了……而且還有一件事變得明朗。

查梅莉狐疑地看著陷入沉默的我。

「該死！」

這時羅柏突然大叫一聲，拍了自己的大腿。他的表情變得明確，先前茫然的態度消失了。

「這一來，不能悠閒地等巴士票了。」

「羅柏，現在是外出禁令時間。」

「我知道。」

他揮手要我別擔心。

「可是這樣下去，我會被當成嫌疑犯。如果沒有後盾就被逮捕，我就無法回國了。」

我沒辦法對他說，沒有這回事。

偵訊我的瘦警察、巴朗和詹德拉對我的態度還算公正。如果相信詹德拉的暗示，大概是因為當局判斷在尼泊爾國內處於動盪的時候，最好不要製造國際問題。如果是這樣的話，身為美國人的羅柏應該會受到更客氣的對待。

不過這點也要看人。到了明天，警方的態度有可能改變，事件負責人也可能換人。當警方得知手槍持有者是羅柏，很難說他也能夠受到跟我一樣的對待。

「你打算怎麼辦？」

羅柏聳聳肩回答。

「我要去美國大使館。到頭來也可能還是得前往尼泊爾警察局，不過至少不會劈頭就遭到刑求。」

「……這樣啊。」

雖然不知道這樣是否真的能夠改善局面，不過我也沒有其他方案。我只能祈禱羅柏的計畫行得通。我只提供一項建議：

「如果要去的話，還是等天亮吧。外出禁令雖然只到深夜零點，但是警察不會一過那個時間就突然變得溫和。」

羅柏順從地點頭。

「等天亮啊……」

他看著大廳的掛鐘，抬頭仰望天花板。時鐘的針指著十二點五十分。

「可惡！今天會是很漫長的一天。」

雖然和羅柏的意思不一樣，不過我也想著同樣的事情。

今天會是很漫長的一天。

第十九章 提筆

下午一點開始，我的漫長午後開始了。

我得針對納拉揚希蒂王宮事件寫出六頁的報導。

寫報導有三個步驟：採訪、設計、寫作。採訪時不會意識到哪些題材會寫入報導。如果產生這樣的意識，就有可能只採訪符合預設結論的事實。在這個階段要做的就是盡可能多聽、多讀、多拍照。這次因為語言問題，有很多東西沒有採訪到，留下一些遺憾。不過在距離截稿只有幾個小時的現在，關於採訪量只能放棄了。指揮家伯恩斯坦說過，成就偉大工作有兩項要素：第一是計畫，第二是時間，不過是稍嫌不足的時間。

我先在簿子上寫下設計表。要先描繪加德滿都，還是要直接進入事件概要？如果相信官方公布的事項，那麼國王和眾多王室成員之死就是因為槍枝爆炸。這種說法沒有人相信，而且從設置真相調查委員會來看，就連尼泊爾政府也放棄要堅持爆炸的說法。那麼是否要提到爆炸說？或者在寫出官方曾經做出這樣的宣布之後，提到在市內到處都是質疑聲浪？

決定要寫什麼，也等同於決定不要寫什麼。不論是多麼小的事件，真相總是複雜的，而且有各種立場的人各自主張自己的說法。包羅所有的主張並不能稱得上公平。花同樣的篇幅給公認幾乎無誤的定論和只有一兩人主張的新假說，並不算公平。要判斷何者是定論、何者是沒有佐證的怪論時，專家的意見會派上很大的用場。不過做出最後判斷的是記者。我不能逃離這個責任。

記者常被要求中立，但這是不可能的。在主張自己是中立時，記者就掉入了陷阱。我們不可能針對所有事件毫無限度地刊登所有人的說法，也不該這麼做。記者總是在進行取捨。寫出某人的主張，忽視其他人的主張。這一點雖然不會呈現在文章中，但選擇本身會呈現記者本人的見解。明明在進行主觀的揀選，怎麼能夠自稱中立呢？

另外還有寫法的問題。如果是新聞，還有相對較固定的寫法，但是我的報導是要刊登在雜誌上的。可以寫得像紀錄片風格，也可以寫得像小說。當然也可以選擇寫得像新聞報導。我的寫作技巧算是不錯，不論哪一種風格都可以配合。也因此，在成為自由工作者的此刻，必須先確立「太刀洗萬智的寫法」。

我拿起筆。第一行我已經大致決定了。我打開簿子的白色內頁，在左上角寫下小小的字。

——加德滿都是祈禱的城市。

好了，第二行要怎麼接呢？

有人敲門。我搖搖晃晃地站起來，毫無防備地打開門。查梅莉端著盛放三明治的銀色餐盤站在門口。

查梅莉似乎對我說了一些話，但我不太記得了。三明治的料好像是起司和水煮雞肉，不過這點我也不太記得。我的右手不斷動筆，即使在轉頭咬三明治時，眼睛仍盯著筆記本。我沒有注意到自己已經吃了兩片三明治，伸手向空盤子。六天以來沒有修剪的長指甲發出「叩」的撞擊聲。硬質的聲音和輕微的疼痛移轉了我的注意力。

我吁了一口氣，在杯中倒入冷開水。我需要咖啡因。街上到處都有在賣紅茶，應該為了這個時候先買的。要不要向查梅莉要點茶葉呢？或者跟八津田買玉露？回到日本我一定要喝很濃的抹茶。

還有，不知為何我很想吃牛肉。在實質國教為印度教的尼泊爾是不能吃牛肉的。雖然連續吃了這麼多大香辛料很重的食物，奇特的是我此刻想吃的卻是牛肉咖哩。

我到盥洗室去洗臉。開始思考別的事情是疲累的證據。先暫時休息一下吧。

我邊用毛巾擦臉邊走出盥洗室，這時才注意到要掛上門鏈。看了看寫作時因為礙事而取下的手錶，已經七點半了。我很驚訝竟然過了這麼久，但仔細想想，我請查梅莉在七點送三明治，因此當然已經這麼晚了。

我拉開厚重的窗簾，打開窗戶想要通風。

加德滿都籠罩在黑暗中。從狹窄的巷弄仰望的空中有滿天星星。外面很安靜，幾乎無法想像這裡是七十萬人居住的城市。除了風聲以外聽不見其他聲音。大概是外出禁令的關係吧。

吹進來的風帶著水的氣味。空氣中含有溼氣，似乎下過雨了。看來我錯過了來到雨季的加德滿都之後第一場雨。我俯視樓下，但是只憑東京旅舍門口的燈光，無法判斷泥土裸露的地面是否形成水窪。

我深深吸了一口氣，又吐出來。把窗戶關上。

我面對桌子拿起筆，重新開始工作。

外出禁令解除的時刻，我寫完了報導。

我放下筆，轉動肩膀、脖子和手腕。在報社的時候都用文字處理機寫作，因此很久沒有手寫了。因為有許多添加之處，或許有些不易閱讀，不過這一點就請對方包含了。

東京旅舍悄然無聲。我跟查梅莉約好要在五點四十五分使用傳真，因此她大概已經睡了。而且即使趕著送稿，日本現在也是深夜，沒有人會接收。我決定先休息，到天亮時重讀一次進行推敲，然後再送出去。

我洗了水溫偏熱的淋浴，洗淨蒙上塵土的身體，以清爽的心情上床。我把手錶的鬧鐘調到五點十五分。

在熄燈的房間內，我望著漆黑的天花板思考。

工作解決了，但是我還不能離開這個國家。還有一件事得做。我還有應該談話的對象、應該詢問的問題。

我知道是誰殺了拉傑斯瓦准尉。

但是現在還是先睡吧。三更半夜什麼都不能做。

我感到全身陷入床鋪中。

在這之後，意識就逐漸消失了。

第二十章 空虛的真相

加德滿都的天還沒完全亮，我就傳真到日本。

寫在簿子上的報導要換算張數很麻煩，和電腦打字不同的是無法自動計算。我在黎明時分面對原稿，改了幾處句尾和用詞之後，只剩下數字數的時間。

要替《深層月刊》寫六頁的報導，花了十七頁的筆記本。為了讓傳真機讀取，我撕下紙張，走出二〇二號房。

我放輕腳步，緩緩走下階梯。查梅莉已經起床了，略帶微笑的臉上還有一些睡眠不足的跡象。話說回來，我大概也一樣吧。

「早安。」

「早安。查梅莉，拜託妳了。」

我把十七張紙交給她。查梅莉接下之後，稍微瞥了一眼，但她應該無法閱讀日語寫的報導。接著我把寫了寄送對象電話號碼的紙條交給她。

「那麼我要傳了。」

傳真機似乎是在裡面。查梅莉消失在矮門的後方。

不久之後，靜悄悄的大廳傳來電子音。這是熟悉的傳真機傳送聲音。我成為自由工作者後的第一份工作傳出去了。

我把手臂擱在櫃檯上，等候傳送結束。過了幾分鐘，樓梯突然嘎嘎作響，一陣腳步聲走下來。

是羅柏。他看到我愣了一下。接著深深吐了一口氣，無力地笑了。

「嗨。妳是來送我的嗎？」

「……不是。」

我望向矮門，又說：

「剛剛在傳送稿子。」

「哦。是我想太多了。」

羅柏背著很大的旅行背包，腰際也綁著腰包。他大概想到有可能無法回來，因此能帶的東西都帶了。

「你要去大使館嗎？」

「對。我想早點出發比較好。」

「你有稍微睡一下嗎？」

羅柏無力地搖頭。

「沒有。我想說天已經亮了，應該可以出去了。」

「這樣啊。」

我不知道美國大使館能夠幫羅柏多少。不過只要想到有後盾，心情應該會輕鬆許多。羅柏只是離開自己國家、想要稍微放鬆一下的平凡旅客。我並不討厭他。可惜沒有機會慢慢聽他聊加州的事情。

「我猜警察應該還沒有注意到你……」

我邊說邊收起擱在櫃檯上的手臂，朝向背負大件行李的羅柏。

「小心點。」

他以認真的表情點頭。

「謝謝。如果方便的話，幫我告訴旅館的人，我可能會晚點回來。」

「我知道了。」

他的大手推開綠色鐵門，清晨的陽光照射在焦糖色的地面。

我思索著要對這個背影說什麼話，但想不到適合的句子。應該說「一定沒問題」，還是「事情會很順利」呢？

不，如果這是最後的機會，我要對羅柏說的只有這個：

「羅柏。」

羅柏的手仍然放在門上，回頭看我。

「什麼事？」

「『INFORMER』這個單字平常會使用嗎？」

羅柏詫異地皺起眉頭。

「什麼？」

「『INFORMER』。我想要知道以英語為母語的人平常會不會用這個單字。」

「哦……是報導要用的吧？」

羅柏自作聰明地認定之後，把正在推門的手放下來。鐵門發出「啪」的聲音關上。接著他用那隻手摸摸長著鬍碴的下巴。

「嗯，『INFORMER』……我當然知道這個字的意思，可是沒有聽過。」

「沒有聽過？」

「當然我也不敢說一定從來沒有聽過。基本上，就是指『到處宣揚的人』或者『打小報告的人』吧？」

他邊摸下巴邊說：

「那應該會說『BETRAYER』或是『SQUEALER』……如果是小孩也可能會說『TATTLETALE』吧。當然『INFORMER』也不算錯。辭典應該也會有。不過，嗯，對我來說是不太常用的詞。」

果然如此。我早就猜到可能會是這樣。

我點頭說：

「謝謝你，羅柏。你幫了我大忙。」

羅柏苦笑著說：

「別客氣。」

他說完推開鐵門，這次終於走出了東京旅舍。

查梅莉還沒有回來。我看看手錶，已經要六點了。

我再度聽到腳步聲下樓。東京旅舍的地板是裸露的磚塊，腳步聲意外地並不明顯，但是樓梯卻常常嘎嘎作響。這次我沒有看到人就知道是誰。腳步聲不是從三樓傳來的。也就是說，住宿在二樓的只剩下舒庫瑪。

舒庫瑪穿著白色襯衫和奶油色的外套。他的頭髮也梳得很整齊。他看到我，顯得有點訝異。

「早安……查梅莉呢？」

我也對他打招呼，然後指著矮門後方。
「我現在正請她幫我傳真。」
「這樣啊。也許我應該待會兒再來找她。」
舒庫瑪邊說邊靠在櫃檯，用眼角瞥了我一眼。
「雖然遇到天大的災難，不過總算有辦法回國了。」
「這麼說，你要回去了？」
「嗯。退房之後，我就要去開車了。」
這時我突然在意起他的外套。
「你要自己開車嗎？」
「嗯，是的。」
「穿這樣不會累嗎？」
舒庫瑪低頭看自己的衣服，然後哈哈大笑。
「哈哈哈，這樣穿的確不適合開幾個小時的車。妳注意的地方還真特別。」
「真抱歉。」
「我還有最後要打招呼的對象。結束之後我就會換上輕鬆一點的裝扮。」
原來如此。
舒庫瑪沒有要離開櫃檯的樣子。他雖然說待會再來，不過看樣子他是決定要在這裡等查梅莉。我用應酬的口吻問：
「你的生意狀況還好嗎？」
這時舒庫瑪原本開心的神情立刻變得苦澀。

「碰到這種局面，根本沒什麼好談的。能夠平安回去就算幸運了。」

從他的臉色無法判斷這是不是真話。商人賺了錢就會被敲竹槓，所以不論在任何時候都習慣宣稱自己生意不好。我不知道印度人的習慣，但應該不會差太遠吧。

「那真是難為你了。」

我邊說自己也靠向櫃檯，稍微放鬆力氣。

「對了，我在找加德滿都的紀念品。」

「哦。」

「你有什麼東西可以賣給我嗎？」

舒庫瑪的眼睛有一瞬間瞇起來。我又繼續強調：

「對了，只要一點點就可以了。希望是很有加德滿都特色的東西。」

「嗯……」

舒庫瑪沉吟一聲，然後搖頭說：

「很遺憾，我是來談進貨的生意，所以沒有攜帶商品。我總不能在這裡把地毯交給妳。」

「可是，沒有別的東西嗎？」

「這個嘛，如果妳堅持的話……」

舒庫瑪露出笑容。

「我去拿一件東西。請稍等一下，我馬上拿來。」

他快步上樓。不知道接下來是吉是凶。

舒庫瑪不久之後回來，把右手藏在身後。他以得意的表情放在桌上的，是銀色的小高腳杯。杯子表面有相當吸引人的精緻唐草花紋。

「如何？這是銀製品。」

「……這樣啊。」

「哦，妳不喜歡嗎？不不不，很明顯，妳已經看上它了。妳應該也看得出來，這不是普通的工藝。七十盧比如何？」

「我身上沒有印度盧比。」

「我知道。我指的當然是尼泊爾盧比。」

一尼泊爾盧比等於約一日圓。七千日圓的銀器不算便宜，但也不算貴。

不過這上面的花紋真的很漂亮。我原先以為如果我裝做冷漠的態度，他會拿出其他商品。

我又問了一次：

「這是加德滿都特色的商品嗎？」

「呃……」

舒庫瑪揮揮手，好像在說別在意。

「這是我帶來當樣本的印度製商品。這麼說有點不客氣，不過我在加德滿都很少看過這麼精緻的商品。」

他說到這裡仍舊不露蛛絲馬跡，或許他沒有在買賣大麻……至少不會零售給沒有介紹的客人。

這樣的話，剩下的問題就是要不要買這個杯子做為尼泊爾採訪的回憶。

「做為旅行回憶，七千盧布未免太貴了。」

舒庫瑪擺出意外的表情。

「妳該不會以為我是在獅子大開口吧？我是個誠實的商人，和那些專門騙觀光客做生意的人不同。不過妳會懷疑也是沒辦法的。那麼六千五百盧比如何？」

「不……」

「我們不是住宿同一間旅館、同甘共苦的夥伴嗎？我不會想要從妳身上騙取金錢的。這真的是很好的貨。六千兩百盧比，只要有眼光的人一定都會很樂意購買。」

「可是……」

「嗯，的確，這件商品是樣本。抱歉，我應該要考量這一點。它已經派上過用場，我不應該想要拿它來賺錢。六千盧比的話，我會賠錢，可是對妳來說卻會是很好的回憶。」

在我覺得它很漂亮、很想要的瞬間，我就失去了勝算。我們又討價還價一陣子，最後我以五千八百盧比買下唐草花紋的杯子。

我拿起已經成為自己的東西的杯子，再度檢視它的花紋，這時查梅莉拿著紙張回來，對我說：

「傳真結束了。很抱歉，剛剛一直連不上去。通訊時間是兩分鐘十秒。」

接著她看看舒庫瑪，說：

「舒庫瑪先生，你要出發啦？」

查梅莉讓舒庫瑪先辦理退房並結算。我為了支付傳真電話費而留在原地等候。我看著查梅莉和舒庫瑪的對話，視線落在剛剛傳送的原稿。

內容寫得如何呢？昨天我專心一致地寫出稿子，今天早上只來得及檢查用詞和句尾、計算字數。我還沒有客觀地重讀它。

查梅莉和舒庫瑪愉快地在聊天。看來結算應該會花上一些時間。我坐在大廳角落的凳子，開始讀自己的原稿。

……不知道經過了多少時間。

不知何時，大廳已經充滿著從採光窗射入的陽光。我沒有看到舒庫瑪，查梅莉也消失蹤影。桌上剩下剛剛買的高腳杯。

眼前還有八津田。他以正式的穿法穿著黃色袈裟。

八津田緩緩低頭，說：

「辛苦了。」

我也回應他。

「謝謝。」

「完成滿意的工作了嗎？」

「其實我也還不太清楚。」

八津田聽我這麼說，便輕輕點頭。

「事情總是如此……如何，可以讓我請妳喝早上的茶嗎？」

我放下擱在櫃檯的手，微笑著說：

「當然了。我一定要跟你喝杯茶。」

就這樣，我和八津田面對面坐在四樓的餐廳。

餐桌上有兩個馬口鐵的杯子，裡面裝的是玉露茶。大窗戶外面，清爽的早晨逐漸變得明亮，淺藍色的天空只有一兩片雲。我在這個國家終究沒有看到下雨。

八津田把一個盒子放在一旁的餐桌。這個盒子以紫色的風呂敷布包起來。他是從房間帶出這個盒子的，但並沒有提到裡面裝的是什麼。我們默默地喝著茶，就如在異鄉相逢的忘年之交。

首先開口的是八津田。

「聽說妳昨天和警察一起去採訪。」

這是有理由的，不過仍舊是不太像是記者的作風。我的回應很小聲。

「你怎麼知道的？」

八津田不知是否理解我內心的糾葛，把我的小聲另做解釋。

「我很想說因為我有千里眼，不過其實是撒卡爾告訴我的。」

「原來是撒卡爾……」

「他是個觀察入微的小孩子，他很擔心妳會不會被警察欺負。」

就結果來看，撒卡爾說得大概沒錯。

「我會告訴他說我沒事。」

八津田緩緩點頭。

「那就好。」

他分成兩、三次喝了茶，繼續說：

「妳的採訪似乎很有收穫，真是恭喜了。」

「不過……」

我心中湧起苦澀的滋味。

「因為我自己被捲入其中，所以原本想要報導軍人遇害事件而進行採訪，但是最後還是沒辦法寫進報導。」

「哦。」

「關於他……拉傑斯瓦的死，我發現可能和國王與其他王族之死無關的理由。」

八津田濃密的眉毛動了一下。他放下杯子。

「是嗎……我和記者這樣的人種無緣，如果這麼問太過失禮還請包涵。碰到這種情況，妳不會覺得放過難得的題材很可惜嗎？」

他這麼問，我才首度察覺到「可惜」這種感受存在的可能性。我完全沒想到這一點。與其說覺得失禮，我反而感到驚訝。

「不，完全沒有這種感覺。」

「是這樣嗎？」

「能在最後關頭防止錯誤報導，只覺得鬆了一口氣。」

「原來如此。」

八津田喃喃地說，又突然加了一句：

「妳好像越過難關了。」

這次王宮事件相關的採訪難關確實已經通過了。但是八津田應該不是指這件事，而是更全面性的意思。

我抬起頭，八津田也同樣抬起頭。我們視線交接。他的眼珠子是很深的黑色。或許是因為勞苦與年齡，他的眼睛顯得有些疲憊。

八津田說：

「妳的面相變了。」

「我的表情這麼明顯嗎？」

「不。不過，還是變了。」
我曾經從別人口中聽過同樣的話。
「撒卡爾也這麼說。」
「是嗎？他是個敏銳的孩子，所以大概感受到變化了。」
「那麼請問你又感受到什麼？」
「沒什麼，只是直覺而已。可以說是長年的經驗吧？」
我是否真的產生某種變化？有兩個人都這麼說，大概真的有所變化吧。八津田愉快地看著困惑的我，又拿起杯子。
綠茶的咖啡因擴散到我體內，喚醒睡眠不足的意識。今後如果有機會到海外採訪，我一定要帶著綠茶。不過不知道會不會在海關被沒收。
八津田突然嘆了一口氣。
「……準備要回國了嗎？」
我點頭說：
「是的。雖然還要等回覆，不過只要傳真順利送到並且通過，最快今天下午我就想出發了。」
「這麼急？」
我揚起嘴角稍稍露出笑容。
「待得太久，手邊的現金差不多要用完了。雖然有信用卡，不用太擔心……」
「但不是所有東西都能用信用卡買。」
「是的。如果是下午，可能要在過境區住宿一晚，不過檢查文章可以在任何地方進行。」

「真是辛苦的工作。到哪裡都無法逃避。」
「最近因為手機的關係，更是如此。」
我們彼此閒聊。八津田也稍微笑了一下。
「這樣啊。大概是趨勢吧。」
接著他輕輕咳了一聲。
「我也打算離開這個國家。舒庫瑪答應讓我搭他的車。」
我有些驚訝。
「舒庫瑪沒有提到這件事……」
「大概是因為沒必要提吧？」
原來如此。說得也對。
八津田低頭，視線落在自己的手上，但並沒有特別注視。
「失去畢蘭德拉國王之後，尼泊爾今後不知道會變得怎樣，令人擔憂。待在加德滿都或許沒感覺，但國土有幾成已經落在游擊隊手中。今後可以預期到會發生內戰或鎮壓，並且越發激烈。」
我點點頭。我可以感受到人民對新國王的不信任，勢必會導致王室的向心力低落。反政府游擊隊變得活躍也是可以預期的情況。
「身為和尚，這是悲哀的事情，不過我也無能為力。我從以前就想要造訪釋迦摩尼傳法的祇園精舍，就把這次的事情當作是契機吧。」
我不禁反問：
「祇園精舍還在嗎？」

八津田的表情似乎覺得這個問題太過理所當然。

「還在。不過並非以前的模樣。」

我喝了茶，為了掩飾難為情而問：

「聽說你在尼泊爾已經待了九年。」

「是啊……」

八津田稍微抬起視線望著天空。

「感覺好像一轉眼就過去了。」

「離開熟悉的土地，應該不好受吧？」

然而對於這個問題，他很確信地搖頭。

「我反而覺得有些鬆了一口氣。」

我來不及問這句話的含意，八津田突然將手收回餐桌下方，以認真的表情說：

「對了，非常不好意思這麼執拗地拜託妳……如果妳已經決定要回國了，可以再考慮一下先前的請求嗎？」

我的後腦產生了觸電般的反應。

我立刻明白他說的請求是什麼。

「你是指佛像的事情嗎？」

「是的。」

八津田邊說邊伸出手，把放在一旁桌子上、用布包起來的盒子拿過來。

「我想應該不會成為太大的負擔……」

我下定決心，伸出右手問：

「我可以看看嗎？」
「請便。」
聽了八津出的回答，我便拆開紫色的風呂敷布。布料的觸感很好，或許是絲綢。裡面包的物品看起來很粗獷。纏繞好幾圈的緩衝材裡面，微微可以看到佛像的木質色彩。雖然看不清楚，但應該不是細緻的阿修羅或千手觀音，而是很普通的合掌佛像。
我拿在手上……很輕。
我仔細觀察，想要檢視緩衝材裡面的佛像表情，但是卻好像隔著煙霧，看不清佛像的真面目，無法判別是生氣還是微笑的臉。
我喃喃地說：
「動機應該是這個吧？」
「妳剛剛說什麼？」
我把佛像放回風呂敷布上。
然後我把杯子稍稍推到旁邊。
「老實說，我有一件與工作無關的事情想要問你。」
「問我……什麼事？」
「是的。」
八津田詫異地皺起眉頭。我覺得好像看到他的眼中出現警戒的神色。
加德滿都應該已經醒了，但東京旅舍卻非常安靜。天空色牆壁環繞的餐廳裡，只聽得見我的聲音。
「請告訴我——戈賓沒事嗎？」

我注視著八津田的臉。在這個瞬間，不論是多麼微妙的表情變化，我都不可能會錯過。但是刻印著歲月痕跡的臉上沒有出現任何感情。就如第一次在這裡見到時一樣，他半張著眼睛的臉上沒有任何表情。

他緩緩地張開嘴巴。

「戈賓。」

八津田稍微動了一下身體，開口說道。

「妳是指負責打掃客房的孩子吧？妳為什麼認為我會知道他的安危呢？」

看來八津田不打算老實告訴我。我原本期待他或許會以不在意世俗的率直態度回答，但事情沒有那麼順利。

既然如此，就只能繼續追問了。

「……羅柏，也就是二〇三號房的羅柏特・佛斯威爾房間裡的手槍被偷了。幫忙偷竊的是戈賓。羅柏知道了之後想要去質問他，但卻找不到戈賓。」

「哦。」

「從前天開始，警察就來這裡調查，所以我想他是被封口了。」

八津田靠在椅背上，以倦怠的態度說：

「戈賓應該只是想要休息吧？我想沒什麼好大驚小怪的，不過妳似乎不這麼想。果然從日本來的人都會覺得無故請假是很嚴重的事情。」

「戈賓不只是請假。他偷走了收銀機裡的錢。查梅莉說，他應該不會回來了。」

八津田並不知道偷竊的事。他的粗眉毛動了一下。

不過這還沒有構成決定性的一擊。八津田的聲音沒有動搖。

「……那麼大概就像查梅莉所說的吧。和我一點關係都沒有。當然，那孩子失蹤了，我也很擔心。」

「不，這件事與你有關。」

「為什麼？」

「因為偷走羅柏手槍的人就是你。」

八津田有一瞬間瞇起眼睛。

「我可以問妳理由嗎？」

我在丹田用力，免得氣勢被壓過去。

「我得說，你真是不見棺材不掉淚。手槍被發現了。而且已經確定是從羅柏房間被偷走的那支。你不覺得已經無從逃遁了嗎？手槍被偷走的時間是六月二日深夜十一點多。除了羅柏和我之外，旅舍裡的客人只有你。舒庫瑪外出喝酒了。為了等候舒庫瑪歸來，入口有查梅莉在看守。沒有人能夠從旅舍外面進來偷竊。」

八津田宗全沒有動搖的跡象。

「原來如此。這一來會遭到懷疑也無可厚非了。不過我真的有辦法偷竊嗎？比方說……羅柏沒有鎖上房門嗎？」

「他有鎖上。」

「我想也是。他自從王宮事件以來，就變得非常神經質。不可能不會上鎖。妳該不會說，打開一扇門輕而易舉吧？」

我不覺得是輕而易舉，不過也不是無可動搖的障礙。

「這間旅舍的鑰匙是很簡單的圓筒鎖。」

「妳認為我開了鎖?」

二〇三號房的鎖的確沒有偷開的痕跡。雖然說偷開未必會留下痕跡，但也無法證明曾經有人偷偷嘗試開鎖。

但我並不打算談論偷開鎖的可能性。我搖了搖頭。

「不。我的意思是，圓筒鎖很容易打造備份鑰匙。而且我還有一件事情很在意：那時候鑰匙為什麼會響。」

「鑰匙為什麼會響……?」

八津田反問同一句話。他的臉上首度蒙上陰影。我看到他閉上乾燥嘴脣的瞬間。他發覺到自己的失策了。

「四日晚上，我向你報告已經從警察局回來的時候，你就像今天一樣請我喝茶。我真的很感謝……但是現在我要說的是在那之後的事情。你離開餐廳回到房間的時候，我確實聽到類似鈴鐺的聲音。」

那是在八津田站在三〇一號房前方、從懷裡拿出鑰匙的時候。我想起「鈴……」的清脆聲音。那是很悅耳的聲音。

我拿出二〇二號房的鑰匙。客房的圓筒鎖以麻繩連結木製的吊牌。

「揮動這個不會發出金屬的聲音。」

我抓著麻繩部分左右搖晃。鑰匙和吊牌相撞，發出「叩」的聲音。

「發出像鈴聲一樣的聲音，代表不只一支鑰匙。你要回旅舍的三〇一號房，卻拿出了一串鑰匙。」

或者如果他改用金屬鑰匙圈，就有可能發出金屬聲。但如果他要主張自己換過旅舍的鑰匙圈，解釋起來就會非常困難。八津田靜靜地看著我的鑰匙。

「我從查梅莉那裡聽說，你長年住宿在這間旅舍。同樣固定住宿在這裡的舒庫瑪總是住在二〇一號房，但你卻常常更換房間。也就是說，你有機會拿到各間房間的鑰匙。這也意味著，你有可能複製二〇三號房的鑰匙。」

八津田或許發現到我的質問中的弱點，搖搖頭說：

「我為什麼要做這種事？姑且不論過去，我現在住的是三〇一號房。難道妳認為我知道將來會有美國人在二〇三號房藏一支槍嗎？」

「不。」

我從正面看著僧侶打扮的八津田。

「不只是二〇三號房……你大概打了所有房間的複製鑰匙。」

我們的視線彼此交錯。空氣變得緊張。

我感覺到某種凶惡的東西急速膨脹。

但這股緊張氣氛突然鬆弛了。八津田發出苦笑。

「妳還真會胡說。」

他沒有問我推測理由。這也暗示著如果深入討論這個問題，就會對八津田非常不利。

八津田長吁一口氣。

「唉，好吧。我有機會和方法。我知道妳懷疑我的理由了。」

他伸手拿起杯子，津津有味地喝茶。接著他放下杯子，抬起視線說：

「不過妳也有忽略的地方。」

「忽略什麼？」

「妳說二日深夜在旅舍的只有羅柏、妳跟我。我不是要懷疑，但是事實上查梅莉也在，不是嗎？」

他果然指出這點。我早已預期到了。

我已經不再喝茶。

「拉傑斯瓦准尉被殺的時候，查梅莉為了計算舒庫瑪的電話費，一直在他身旁。不會是她做的。」

我先前不知道這件事。剛剛聽說之後，便領悟到所有碎片都拼湊起來了。

八津田笑著說：

「請等等。妳該不會沒有發覺到自己的推論跳得太快了吧？」

「你的意思是？」

「這還用說？偷走手槍和拿它來槍殺拉傑斯瓦是兩回事。」

他非常流暢地說出拉傑斯瓦這個人名，彷彿從以前就認識對方。不過這並不代表什麼。拉傑斯瓦常常造訪戰友妻子經營的這間東京旅舍，而八津田也在這裡住了好幾年。兩人即使認識也沒什麼不自然的。

我必須由別的方向來解決周邊問題。

「不。羅柏的槍是為了射擊拉傑斯瓦准尉而被偷的。至少也是為了和他見面時進行威脅或防身用。」

我猜想，他在偷走手槍的時候，實際上並沒有想到槍殺對方。

利用戈賓引出羅柏的方式未必會成功。我有可能不會從採訪回來，回來時羅柏也可能已經睡了。當羅柏知道戈賓的傳話內容並非事實，有可能會立刻回到二〇三號房。偷走槍的人並不是依據綿密的殺人計畫得到凶器，大概只期盼運氣好可以拿到槍，讓自己感到安心。

「否則的話，就等於是有人剛好想要偷走羅柏的槍，拜託戈賓傳話引出羅柏、達到目的之後，又有另一個人拿走槍並槍殺拉傑斯瓦准尉。這種情況，偷走槍的人所扮演的角色就是調度武器。查梅莉在這座城市經營住宿業，不可能會特地從客人的房間調度武器。」

我停頓一下，又繼續說：

「而且她在一樓等候舒庫瑪回來。」

「那不就更方便嗎？羅柏和妳離開二樓之後，二樓就沒人了。」

「當然了……不過條件是，她在一樓有辦法確實知道我們兩人都到四樓了。」

「嗯。」

「那天晚上我和羅柏在四樓看電視是出自偶然。我有可能去採訪沒有回來，而羅柏知道戈賓的傳話是虛構的之後，也可能立刻回到房間。能夠輕易掌握到奸計得逞、我們已經上四樓的，就是住宿在三樓的你。」

八津田緩緩挺直身體，把一隻手放在桌上。縮短的少許距離讓我內心感到恐懼。不過我的表情應該沒有出現動搖。我從以前就一直被說，不論發生什麼事，臉色都不會變化。

「查梅莉有可能偷槍，但無法槍殺拉傑斯瓦。舒庫瑪無法偷槍，也無法槍殺拉傑斯瓦……至於你，兩者都有辦法做到。」

八津田歪著頭，摸摸還沒刮鬍子的臉。

「我服了妳了。」

他低聲說。

「妳的推論很有道理，就連我都開始懷疑自己可能偷走槍，並且開槍殺人了。但是為了什麼？為什麼在這座城市平靜生活的我，必須槍殺一位尼泊爾軍人？」
「誰知道？」
「妳的回答是，誰知道？」
「我無法得知人的內心。只是……」
我邊說邊仔細觀察八津田手部的動作。他的右手從袈裟伸出來，放在桌上，但左手卻覆蓋在黃色的布之下，無法斷定以什麼姿勢放在哪裡。
「我可以推測。」
我的手若無其事但快速移動，把紫色風呂敷布上的佛像拉到手邊。
小小的佛像被嚴密綑綁，就連表情都不得窺知。
「是這個吧？」
雖然只有一瞬間，但八津田的嘴角痙攣了一下。
果然如此。雖然我並不願相信。
我低頭看佛像。這樣的姿態實在令人痛心。雖然不知道這尊佛的名字，但是被塑膠布綁成這樣，根本就不能呼吸。
「你一開始想要讓天婦羅店的吉田、接著又希望讓我替你把這尊佛像帶到日本。拉傑斯瓦和大麻走私有關。」
我抬起頭。
「八津田，你就是拉傑斯瓦的搭檔吧？」
反應遲了瞬間。
「妳說什麼……」

我繼續說：

「我原本就覺得奇怪。你說你在尼泊爾住了很多年，但卻似乎沒有去托缽。尼泊爾的物價雖然不如日本高，但每天仍舊需要生活費的支出。僧侶也不能吃彩霞過日子。你一定有某種收入來源。」

八津田臉上的表情消失了。

「還有一件事。大麻的急性中毒雖然很嚴重，但是過了高峰之後，並非好幾天都無法動彈。但是你為什麼說，不能把佛像交給吉田？」

一開始他想要把佛像託付給我的時候，我並不了解這一點。但我現在知道了。

「問題在於氣味吧？」

即使我如此斷言，他還是一動也不動。

「他的身上當然會染上大麻的氣味。在那樣的狀態下，如果拿著你託付的佛像回國……你不希望冒著在機場被緝毒犬嗅出問題的危險吧？」

八津田開口像是要說什麼，但又閉上嘴巴。他拿起杯子，格外緩慢地端到嘴邊。

「這只是推測吧？」

然而他的聲音沒有活力。他並不認為自己說的話能夠說服對方，只是姑且說說而已。

「是的，這是推測。」

但是我手中握有證據。

「如果你不願意承認，我就來檢查這尊佛像吧。請放心，我在上一個工作曾有機會接觸美術品。我答應不會損傷佛像本身。」

他沒有回答。

我雙手捧著佛像，說：

「我並不是要指控你，只是想要請你回答我剛剛的問題。我再問一次……戈賓沒事嗎？」

風吹入室內。加德滿都帶著濃郁泥土氣息的風在餐廳形成漩渦。

八津田僵硬的表情變得和緩。

「妳真是佛心。」

在他的口吻中我感受到些許揶揄的意味，或許是因為自己內心的愧疚吧？八津田放下餐桌上的手，再度深深靠在椅背上。他臉上帶著柔和的笑容。

「妳擔心那孩子的心情是尊貴的。請放心，那孩子沒事。我給他五百美金，要他別再接近這裡。我明明給了他充足的金錢，他卻連收銀機的錢都偷了，真是手腳不乾淨的孩子。」

他承認了。他的態度和初次相見時一樣，非常平靜。

八津田瞇起眼睛，傾斜杯子。他的綠茶似乎已經喝完了，他有些眷戀地放回杯子。

「可以請妳放下佛像嗎？那是很重要的東西……如果不把裡面的貨送到日本，我就會遭遇很可怕的命運。」

我照他說的，把佛像放回包巾。

「就如妳所想的，我以這間旅舍為根據地，和拉傑斯瓦合夥運送好幾公斤的大麻到日本。畢竟這間旅舍叫做東京旅舍，有許多好事的日本背包客住進來。我一再入住和退房，複製所有客房的鑰匙之後，接下來就輕鬆了。我可以掌握只憑對話無法得知的對方本性，有時候還能抓到弱點。」

「你也進了我的房間嗎？」

「這個嘛……就請妳自行想像。」

他不可能沒有進來。他甚至還想要讓我幫他運貨。和羅柏為了找槍而侵入的時候不同的是，我完全沒有發覺到。

我還有別的問題想問。

「查梅莉也是同夥嗎？」

八津田帶著淺笑搖頭。

「不。她或許隱約猜到了。不過這是很好的藉口。如果不是因為查梅莉是戰友妻子這個理由，拉傑斯瓦的訪問就會引來懷疑。」

撒卡爾說拉傑斯瓦是為了追求查梅莉才來的，但事實並非如此。他另有目的。他是為了和走私的搭檔取得聯絡。不論是留下紙條、或是使用暗號，總之應該用特定的方法。

看似溫和的視線朝向我。

「我告訴妳一件事吧。妳說拉傑斯瓦的死和國王之死無關，但事實上並非如此。」

「……怎麼說？」

八津田搖了搖空杯子。他的動作在我看來彷彿在暗示這個國家即將產生動搖。

「畢蘭德拉國王過世之後，這個國家今後會陷入很大的動盪。拉傑斯瓦預期到這一點，因此想要收手。他必須在動亂中守住地位，在預期政權更替的情況下採取適當行動。也因此，如果留下走私的弱點，就會對他相當不利。但是他如果收手，會讓我非常困擾。我必須在期限之前寄送約定的量。如果沒有辦到，遇到危險的就是我。」

「你想要警告拉傑斯瓦。」

「沒錯。我在二日中午得到聯絡。我知道他想要談什麼。我也知道如果他真心想要收手，難保不會動粗。他如果停止走私，會讓我很困擾，但如果他要殺我，那就更困擾了。不論如何，這場談話都不會平穩結束，所以我想要防身用的東西。這時我想到那個美國人炫耀的手槍。過去因為沒有必要，我身上並沒有槍，我也沒辦法立即買槍而不讓拉傑斯瓦發現。」

過去沒有必要——這句話在我聽來有別的含意。如果需要弄髒手，大概有其他人會代勞，而這個人可能就是拉傑斯瓦。

「話說回來，拉傑斯瓦原本懷疑妳是來調查走私內情的。」

「什麼……」

「妳沒有發覺嗎？」

他似乎很愉快地說。

聽他這麼說，我便想到許多相關的細節。在這個國家面臨前所未有的狀況時，拉傑斯瓦為什麼答應見我？他特地約了見面時間，為什麼不肯實際接受採訪？為什麼約在茉莉俱樂部？

八津田莞爾一笑。

「如果妳提出走私的話題，他就打算要解決掉妳。真是千鈞一髮。」

我感到毛骨悚然。

「茉莉俱樂部是我們平常見面的場所。拉傑斯瓦透過人頭支付電費，把那個地方當作合適的祕密基地。我們在六點半見面。我試圖用各種方式說服他，但雙方都不肯退讓。在爭論要不要繼續做的當中，氣氛越來越詭異。拉傑斯瓦是身經百戰的軍人，如果正面起衝突，我絕對沒有勝算，因此必須出其不意。」

說到這裡他揮揮袖子。黃色的袈裟形成波浪狀晃動。

「妳曾經注意到我的袈裟穿法變了。」

我默默點頭。八津田現在採用綁法複雜的正式穿法。一開始見面時，他應該是採用更簡單的穿法。八津田說他的理由是為了悼念國王。

「妳不覺得奇怪嗎？如果是為了追悼，應該從二日早晨就要採用正式穿法。但我停止簡式穿法是在三日夜晚。妳是在四日發現的，卻沒有深入思考。」

……原來如此。

答案一直在我眼前，但我卻繞了遠路。

「這種袈裟很方便，一塊布就能解決了，而且可以穿到任何地方。再加上有足夠的空間，想要把東西藏在身邊的時候也很有用。」

八津田把布料重疊的部分拉開。

我應該要能夠看穿的。他的袈裟右邊側腹部附近開了小小的洞。

「你在袈裟裡面藏了槍，想要在談得不順利時隨時開槍射擊？」

他隔著布料開槍。子彈瞬間穿過袈裟，從那裡噴出的氣體在拉傑斯瓦身上留下發射殘渣。

八津田沒有說話，只是點頭，以溫和的視線看著我。

我問了一句：

「你為什麼要告訴我這麼多事情？」

「[illegible]是送給妳的運動精神獎。妳今後如果要憑著筆和相機生活，那麼這段故事或許對妳[illegible]。我要逃亡了。因為我害怕拉傑斯瓦的夥伴、在日本等我送毒品的人、當然還有

「這

會有所幫助

概不會再見面了吧。」

他剛剛提到，他已經安排好要搭舒庫瑪的便車，在上午離開加德滿都。

。如果阻止他，他應該能夠憑臂力制伏我。我雖然也學了些武術，但並沒

殺人的對手正面搏鬥。當他拿走想必暗藏毒品的佛像時，我也只能袖手旁

說一句。

話……曾經給了我很大的幫助。我很遺憾。」

之際忽然停下腳步。他的聲音從我的背後傳來。

「對了，我再告訴妳一件事吧。」

「……」

「昨天妳聽了羅柏的話之後，應該就已經察覺到封住戈賓嘴巴的是我。」

我沒有回答，也沒有點頭。但他說得沒錯，我當時已經察覺到了。

「可是妳昨晚卻優先進行自己的工作。工作結束之後，妳因為疲勞而睡了一覺，今天早上事情做完之後才終於來問我戈賓的安危。」

「不……」

「妳並沒有錯。如果我已經對戈賓下手，昨晚不論如何鬧都無濟於事。妳能夠委身於正確的判斷。但是妳不認為這樣的判斷很可怕嗎？

妳在冷淡的態度底下懷著純粹的情感。這是很尊貴的。但是在更深的底部，妳卻有一顆連我這個殺人犯都會顫抖的冰冷的心。」

他手中綑綁了好幾層的佛像似乎在微笑。

「拉傑斯瓦是自尊心很高的軍人，同時也是貪錢而膽小的走私者。我在東京旅舍對許多來訪的同胞宣揚佛法，暗地裡卻設法讓他們幫我把大麻運到日本。」

有人說過同樣的話……這不是理所當然的事情嗎？妳難道不知道嗎？

黑暗的聲音好似從遠處傳來一般。

「請妳記得。尊貴是脆弱的，地獄則在近處。」

「八津田先生！」

我忍不住回頭。

但我看到的只有通往樓下、空虛而黑暗的階梯。

第二十一章

敵人的真面目

加德滿都的街上已經開始活動。

象頭神的神祠有人奉獻香料與紅花，好幾萬土磚砌成的古老街道上，飄揚著白色、綠色與鮮橘色的洗滌衣物。乾燥的風夾帶著塵土，走在路上的人都用口罩或袖子遮著臉。不知何方傳來某人祈禱的音樂。當我站在東京旅舍前方、瞇起眼睛仰望天空，一名菜籃裡裝滿蔬菜的老女人以詫異的眼光看著我。

剛剛從日本打來回覆電話。稿子通過了。自由記者太刀洗萬智第一篇報導即將問世。

電話中，《深層月刊》的牧野說：

「雖然變成比較平淡的報導，可是我認為這樣比較好。報導如果想要寫得浮誇，就會開始爛掉了。這種事妳應該也知道吧？辛苦了。好好休息吧。」

我最想做的不是休息，而是安排離開尼泊爾的行程。環繞加德滿都的喜瑪拉雅山脈美到令人屏息，而這座趣味盎然的城市或許也還有許多值得看的地方，但現在的我需要的是自己的房間和自己的床。不過城市雖然已經開始活動，旅行社卻還沒開門。在這空檔時間當中，我佇立在巷子裡。

小小的人影接近我。是撒卡爾。由於我抬頭望著天空，因此不知道他是從哪裡出現的。

他問我：

「結束了嗎？」

我看著下方點點頭。

「嗯，結束了。」

「那就好。」

晒黑的臉綻放天真的笑容，露出潔白的牙齒。看著他的笑臉，讓我覺得在這座城市多待一會兒或許也不錯。

撒卡爾受僱於羅柏，開了我房間的門鎖。對這件事我並不怨恨，也不想問他為什麼要這麼做。羅柏付了報酬，而撒卡爾接受了。我沒有損失東西，也學到了教訓：圓筒鎖是不可靠的。

「要不要陪我走走？」

我邀請他。他並不感到驚訝，只是把雙手交叉在腦後問道。

「陪妳走有什麼好處嗎？」

我原本想說可以請他吃早餐，但八津田告訴過我，尼泊爾人的用餐時間通常是早上十點和晚上七點的兩次。不過我待了一個禮拜之後或多或少開始了解，尼泊爾人的正餐雖然一天只有兩次，但他們中間常常吃點心。

「我可以請你吃 **momo** 或 **sel roti**（尼泊爾式甜甜圈）。」

撒卡爾露出笑容說：

「我想吃 **sel roti**。我帶妳去加德滿都最棒的店。跟我來吧。」

於是我們就一起走在古老的街道上。

東京旅舍所在的巷弄並沒有太多路人。不過今天早上，有許多人提著行李來往。把甕扛在頭上的女人、背負沉重麻袋的男人和我擦身而過。我沒有看到王室悲劇剛揭露時湊在一起看報紙的男人。街上開始恢復平靜。

高大建築聚集的街上，突然出現一座涼亭。告訴我那塊開放空間叫做「帕蒂」的，正是八津田。石造階梯上鋪著紫色與桃色毛毯，看起來雖然像是直接放在地上，但那其實是在晒乾洗過的衣物。加德滿都昨天一整個下午都發布外出禁令，因此大家都得補回停滯半天的生活。

我們越來越接近熱鬧的地方。我知道我們是朝著因陀羅廣場在走。道路越來越寬，也有越來越多的房屋門前陳列壺、帽子等商品。在人潮擁擠到無法交談之前，我先詢問他。

「對了，你看到戈賓了嗎？」

「我沒看到。不過……」

我在先前緊張的對談中好不容易確認戈賓安危，但撒卡爾卻若無其事地回答。

「我聽到傳言，他不知道怎麼搞的賺了一筆。」

接著他又擠出笑聲，說：

「那麼他就不會回來了。」

戈賓沒有向撒卡爾道別。不知是因為覺得還能見面，還是因為他們的關係本來就是如此。

「你知道他去哪裡嗎？」

「不清楚。不過我知道接下來他要去哪。」

撒卡爾說完抬頭看著我。成熟的臉上顯露出的是寂寞嗎？或許不是。至少撒卡爾不會為了戈賓賺了大錢消失而感到寂寞。

「哪裡？」

撒卡爾似乎覺得我問了廢話，臉上露骨地表現出不滿。

「學校。他一直想要上學。」

「……這樣啊。」

撒卡爾用力把腳往前踢。

「我也是。真希望老哥還活著。」

不久之後，我們來到六條路交叉的因陀羅廣場。人力車橫過眼前。我的視線游移在堆成四層的素燒陶壺、陳列在泥土地面的刺繡布、裝滿穀類而編織很密的籠子。拉著空推車的小孩子佇立在人潮中不知所措。他會跑到這種地方，大概是還不太熟悉這裡的道路吧？

廣場中心設有獻花台。這是為了憑弔死於非命的畢蘭德拉前國王、即位兩天後就過世的狄潘德拉，以及其他眾多王室成員而設置的。憑弔花朵的顏色似乎沒有規定，因此台上擺了色彩繽紛的花朵。某處焚燒的香料和仍舊新鮮花朵的香氣摻雜在一起，即使在雜亂的人群中，也將獻花台變化為祈禱的場所。

撒卡爾推薦的甜甜圈店似乎還沒到。他看也不看獻花台，穿過忙著購物的人群，越過因陀羅廣場。

當我們來到較不熱鬧、不用太注意也不會撞到人的地方，撒卡爾以有些迫不及待的口吻問：

「妳寫了什麼樣的報導？我看不懂日文，所以妳告訴我吧！」

「很普通。」

我這樣回答。

「我寫了一日晚上國王等人被槍殺，王儲被報導為犯人；後來又宣布是因為步槍爆炸，然後在王宮前方發生暴動……對了，還有賈南德拉和帕拉斯的評價、事件夜晚哪些人沒事……這些事情或許是因為人在當地才有辦法寫出來的。」

「只有這些？」

「另外也寫了很多……我也寫了你帶我去看的送葬之夜。」

「只有這些？」

「還有停水的事情。沒辦法淋浴讓我很困擾。」

「還有呢？」

我看著走在旁邊的年幼嚮導。

撒卡爾也抬頭看著我。眼白很漂亮的眼珠子盯著我。這是吵著要聽接下來的故事發展、充滿期待的眼神。然後呢？發生什麼事了？他知道我的故事還有後續發展。他以為最關鍵的情節還沒有說出來。

唉，果然如此。

我放慢腳步，對他說：

「我沒有寫拉傑斯瓦准尉的事情。因為和王宮事件無關。」

故事說完了，快去睡吧——撒卡爾彷彿聽到我這麼說，臉上的喜悅迅速消失了。他問：

「真的？」

「真的。」

腳邊的地上有一顆小小的石頭。

撒卡爾踢了那顆石頭。石頭滾過人們的腳邊，一直滾向遠方。我發覺到自己站在古老的寺廟前方。這是一間小小的古老寺廟，或者是較大的神祠，大概也沒有出現在旅行書上。寺廟中有讓我聯想到奈良五重塔的尖塔，並有源源不絕的獻花與焚香。

寺廟牆壁畫著巨大的眼睛，據說是表現佛陀看透森羅萬象之眼。巨大的兩隻眼睛俯瞰著我們。

撒卡爾狠狠地用尼泊爾語說了些話，然後用流暢的英語說：

「妳竟然沒寫。」

他鼓起臉頰，怨恨地看著我，好像在質問我：我那麼辛苦地幫忙，妳卻沒寫。

「讓拉傑斯瓦屍體曝光的，是你吧？」

撒卡爾攤開雙手，好似要說當然了。

「沒錯。那個呈現方式很棒吧？」

用手槍殺死拉傑斯瓦的是八津田。

但是把屍體從茉莉俱樂部搬出來、在背上刻上文字丟棄在空地的，不是八津田。他特地把手槍留在現場，想要讓警察懷疑羅柏，自己則打算逃亡到國外。屍體發現得越晚，對他來說越有利。他不可能會把屍體移到會被人看到的地方。那麼是誰做的？

……搬運屍體的人丟棄了拉傑斯瓦穿的襯衫。如果讓他穿著，那麼在茉莉俱樂部拖曳屍體時沾到的汙垢就會暗示真正的殺人現場。另一方面，褲子則是拉傑斯瓦自己的舊褲子。雖然也有些髒，但是沒有髒到像是在閒置多年的地下室被拖曳過。這是因為褲子已經洗過並晒乾了。

加德滿都雖然正值雨季，空氣卻很乾燥。三日夜晚洗過之後晾在通風的場所，四日黎明時大概就已經乾了。

這一點在和兩名警察交談時就已經猜到了。但是要具體執行，就會有些困難。因為必須要有洗衣及晒衣的地方與工具。對撒卡爾來說，這些都是小事。他只要帶回家洗，然後晒在平時的晒衣繩就行了。我想起不知什麼時候，他曾經從自己家的二樓跳下來。當時他正在晒衣服。

「你去過茉莉俱樂部了。」

我原本以為，知道我和拉傑斯瓦見面的人除了當事人之外，就只有查梅莉。我以為能夠到達連警察都不知道的茉莉俱樂部的人，只有查梅莉以及和拉傑斯瓦結夥的八津田。

不過撒卡爾當然也有機會。那天早上，我去買收音機的時候，查梅莉留下灰色的信封。把漿糊黏起來的信封轉交給我的，就是撒卡爾。

撒卡爾彷彿為了高明的惡作劇而得意，笑著說：

「沒錯。查梅莉也真大意。不過連我都不知道有那種地方。真的很有趣！」

我想起那時的信封軟趴趴的。當時我還訝異地想，紙張怎麼這麼柔軟。當時我應該更深入探究的。撒卡爾大概是用了古典手法……也就是用蒸汽讓漿糊變得容易剝落，然後拆開信封看了內容。

然後……

「拉傑斯瓦被槍殺的時候，你也看到了嗎？」

「嗯，對呀。」

他眼中閃爍著光芒說道。

「不愧是八津田，一槍就殺死印度間諜。」

他看到了一切。

茉莉俱樂部對他來說是很棒的冒險舞台。不知道他只是單純在廢棄建築中探險，或是跟蹤他相信是印度間諜的拉傑斯瓦。他在黑暗的地下室中也目睹了殺人景象。

我並沒有懷疑過是撒卡爾殺死拉傑斯瓦的。他沒辦法偷槍。當天晚上因為舒庫瑪出外喝酒，查梅莉一直在大廳監視出入的人。就如戈賓，撒卡爾也無法偷槍。

但仔細想想，他有辦法移動屍體。他有這麼做的工具。

撒卡爾平常以觀光客為對象兜售紀念品，沒有客人的時候就在撿破爛……用的是他哥哥留下的推車。

「八津田離開之後，你就搬出屍體，運上推車，對不對？」

撒卡爾似乎完全不打算否定。

「沒錯。因為可以使用電梯，所以從地下室搬出來很簡單，不過要放到推車上很費工夫。我好幾次都想要放棄。」

「你是怎麼辦到的？」

「我動了腦筋。」

撒卡爾得意地挺起胸膛。他大概是使用槓桿之類的吧。

撒卡爾有辦法找到屍體，也能搬運屍體，不過有一點我不明白。

「為什麼？」

「嗯？」

「你為什麼要這麼做？」

撒卡爾聽到這個問題愣了一下，接著哈哈大笑，就好像聽到很有趣的玩笑話。

「那還用問？因為我們約好了啊……我會讓妳大賺一筆。」

我感到全身冰涼。

撒卡爾變得很饒舌。

「國王被槍殺之後，馬上有軍人被刻上『告密者』死掉，一定會成為大新聞。只是我不曉得很酷的單字，所以還查了字典，刻上『INFORMER』。」

羅柏說「INFORMER」這個單字平常不會使用。他也提到，辭典或許會出現這個詞。

「說真的，妳原本有機會大賺一筆。我那麼努力地想要讓妳拍那張照片，妳為什麼不寫？我真的、真的很失望。」

他是為了我。

為了讓我拍照、寫出報導。

我用打結的舌頭勉強擠出問題。

「你打算怎麼讓我拍？」

「不是很順利嗎？」

撒卡爾滿面笑容、滔滔不絕地說：

「我早就預料到妳會在王宮前面拍照。所以我把屍體放在回旅舍的路上。不過死在那裡衣服卻變髒成那種顏色很奇怪，所以我還特地洗過衣服。」

屍體被放在坎蒂街到喬珍區的捷徑邊緣。而告訴我那條通道的是撒卡爾。

「如果被其他記者先發現就不好玩了，所以我才藏起來。我看到妳在現場待太久，害我很擔心妳會被警察追上。等妳逃出來之後，我就先跑到空地，讓妳能發現那個間諜。」

「藏起來……？」

那塊空地並沒有可以藏屍體的地方。

撒卡爾或許從我的表情讀到我的心思，像是嘲諷般哼了一下。

「妳真遲鈍。猜不到嗎？要不要我給妳提示？」

「撒卡爾……」

「唉，好吧。就是那台車。我推動那台鈴木藏起屍體，然後等時間到了又把它推開。」

那塊空地上的確棄置著輕型汽車。

而且那台車停在從屍體放置場所直線前進的位置。我自己也確認過，車子沒有拉起手煞車，地面也因為乾燥而變硬。即使是小孩子的力量，應該也有辦法推動。

不過……

「那台車沒有輪胎。」

撒卡爾若無其事地回答。

「嗯，因為感覺可以賣，所以我拆下來了。賺到不少錢。」

「什麼時候！」

「別那麼大聲。」

撒卡爾發出苦笑。

「昨天早上，天還沒亮的時候。因為沒有警察，所以很輕鬆。」

對了。昨天早上，當兩個警察為了保護我而來到東京旅舍時，撒卡爾曾經這麼說。

——我剛剛完成一項工作。收穫挺豐富的。

我應該察覺到他幾乎不可能是販賣紀念品賺錢的。因為王宮事件的影響，觀光客急遽減少。不過即使如此，我也無從得知他是從那台輕型汽車偷走輪胎。

「四日……這麼說，屍體發現的時候，輪胎還在。」

「沒錯。」

我第一次看到那台車的時候，覺得只要引擎能發動好像就可以開走。也就是說，輪胎還在車上。

我的確感到哪裡不對勁，所以才會執拗地調查那台車。可是我沒有想起前一天車上還有輪胎。

「反正最糟的狀況，就是讓別人先拍到照片。不過妳拍了照，一切都很順利，沒想到關鍵時刻妳卻臨陣脫逃。」

接著撒卡爾抬起眼珠子看我。這是符合他年紀的可愛動作。

我的腦中閃過撒卡爾別的表情：成熟、帶著嘲諷、世故的表情。

符合他的年紀。可愛。

……撒卡爾說他是為了我而提供拍照畫面。他為了我而移動自己找到的屍體。姑且不論這件事本身的道德是非，他的動機是對我的善意。

真的嗎？

我差點陷入危機。要是我沒有因為和加德滿都警察利害一致，而深入採訪調查……要是我操之過急，沒有求證就寫出報導……

首先，我會被批判為了自己的採訪而害死一個人。

第二，我會被批判將兩件無關的事件任意連結在一起，寫出譁眾取寵的錯誤報導。

我的記者生命會因此而斷絕。我可能會在新聞史上留下一大汙點。

撒卡爾難道完全沒有發覺到這件事？他真的只是為了要讓我拍到聳動的照片而搬運屍體？他剝下拉傑斯瓦的衣服、在背上刻上文字，也都是因為希望我獲得成功？

我在古老的尖塔前突然噤聲，回看撒卡爾天真的表情。
或許我沒有看穿真相的力量。或許我的內心深處是非常冷酷的。
但此刻是我來到這座城市之後，最希望能夠看穿真相的時刻。
撒卡爾漂亮的眼睛看著我。
他的苦笑似乎在說：自己辛辛苦苦的安排都泡湯了，真拿妳沒辦法。
他在笑。
他的笑容消失了。我仍舊試圖要看穿他的眼睛深處。
……撒卡爾的嘴唇變得扭曲。
他臉上現出輕蔑般的冷漠，然後迅速消失了。
「你在說謊。」
我這麼說。撒卡爾回答：
「沒錯，這是謊言。」

出現在我面前、令人震撼的屍體，其實是陷阱。
當時我情不自禁地拿起相機按下多次快門。那張照片不是我拍的，而是被安排拍攝的。
設下這個陷阱的人站在我面前，臉上抹去了笑容。
如果我使用那張照片，在報導中寫到國王遇害當晚擔任王宮警衛的軍人遭到殺害，我就會面臨毀滅。他希望發生這種事。
可是為什麼！
「為什麼？」

我想要大喊，但聲音卻是沙啞的。

「你為什麼恨我？」

「為什麼？」

他用揶揄的口吻反問，然後緩緩地張大手臂。

「看看這四周。」

我環顧四周。

土磚砌成的屋子承受不住時間與本身重量而傾斜。晒衣繩上飄揚的衣服破舊不堪。還有那些看著我們的臉孔：幼童、應該上小學的孩童、即將步入青年的孩童看著我。無所事事而用指尖在地面塗鴉的孩童、背著籠子撿破爛的孩童、背負嬰兒緩緩左右晃動的孩童、正在晒衣服的孩童，他們也都看著我。

寺廟牆壁上畫的兩隻眼睛彷彿看透一切。

「這樣還不明白？」

撒卡爾問。

我在視線中尋找台詞。

乾燥的風吹散焚香的氣味。

「我跟妳說過很多次。」

他恨我的理由？

撒卡爾還沒有變聲的嗓子聽起來格外低沉。

「我說過，外國人來了，報導尼泊爾嬰兒死去的現況，於是就有很多錢進來，嬰兒不再死亡。」

沒錯。我聽他提過這座城市小孩子特別多的理由。

撒卡爾低下頭，以平靜的聲音說著。

「沒有工作，可是人口卻增加了。」

……啊！

「增加的小孩子到地毯工廠工作，然後又有拿著相機的人來了，嚷嚷說在這種地方工作實在是太悲慘了。那環境的確是很悲慘。所以工廠收掉了，於是哥哥就失去工作，因為改做不熟悉的工作而死掉了。」

這件事我也聽過。聽過好幾次。

「我倒想要問妳，妳為什麼覺得自己不會被怨恨？妳拿著相機到這座城市的那一刻，妳就是我、就是我們的敵人。我說過好幾次，像妳這樣的外地人裝做很懂的樣子寫說我們很悲慘，所以我們才會在這座城市裡到處爬。妳只會抬著頭探聽國王的事情，所以沒有發覺到嗎？」

好似從喉嚨底部擠出來的聲音刺傷我。

「妳應該乖乖刊登那男人的照片。這一來……」

他抬起低著的頭，用充滿憎恨的表情看著我。

「這一來，我就更相信記者這種生物就是不好好調查、隨便擾亂別人生活的垃圾。可是妳卻停住了。」

「撒卡爾。」

「這麼說，那些傢伙也一樣嗎？那些把我們丟在沒什麼像樣工作的城市、然後連僅有的爛工作都奪走的傢伙，也像妳一樣用自己的腦袋思考、仔細調查而寫出報導？結果就造成我們現在的樣子？」

他大聲咆哮。

「去寫那男人的報導吧！把照片傳布到全世界！證明你們是窩囊的垃圾！」

這時我突然想起警察的話。

拉傑斯瓦離開傭兵生活回到尼泊爾之後，有一陣子從事外國電視台的嚮導，負責幫他們安排採訪工作。

安排記者到撒卡爾哥哥工作的工廠採訪的，會不會就是拉傑斯瓦？所以撒卡爾才會稱呼他為間諜，充滿憎恨地在他的屍體刻上文字。

拉傑斯瓦曾經說過，他不會再讓這個國家成為馬戲團。他是否曾經一度這麼做過呢？

撒卡爾的眼睛變得溼潤。

他用拳頭搥了自己的臉頰。

「……哼，真無聊！」

淚水沒有滴落在乾燥的地面，取而代之的是他吐的口水。他的臉頰泛紅，眼中恢復嘲諷的光芒。

「妳贏了。傻瓜是我。就只是這樣而已。」

他在笑。他的嘴角扭曲，眼神暗沉。

「喂，告訴我吧，聰明的太刀洗，洗刀的人。他們來這個國家想要做什麼？妳想要做什麼？」

我感覺到自己的心在悸動。

我先前無法回答同樣的問題。我在拉傑斯瓦面前退縮，只能說出敷衍的話。

但現在不一樣。我在這個國家見到了許多人，聽到許多話。現在我能夠回答一句話。

「我想要……」

佛陀的眼睛俯瞰著我。

「了解這裡，了解我所在的是什麼樣的地方。」

ＢＢＣ、ＣＮＮ、ＮＨＫ都報導過、但我仍然要報導的意義在這裡。

數十人、數百人寫出各自的觀點，才能逐漸闡明這個世界。我們要完成的，是對於自己生活的世界的認知。

國王與王后有可能在晚餐宴會上被槍擊，自尊心很高的軍人有可能染指走私，溫和的僧侶有可能為了錢而殺人，膽小的學生有可能因為一把槍而得到勇氣，記者也可能會迷失方向而不知所措。我要知道這世界是這樣的地方。

「為了這個目的……妳不在乎我們的苦難？」

撒卡爾問。我只有一個充滿悔意的回答。

「我會努力小心，不要製造苦難。」

「妳要小心……嗎？」

我聽到竊笑聲。

「也就是說，妳不會停止去看、去寫。」

「沒錯，我不會停止。」

「可惡的傢伙！」

臉頰通紅的撒卡爾狠狠地說。冷冰冰的眼睛盯著我。

他的心情與其說是憎恨，大概更像是覺得受夠了吧？

「我知道了。我不要吃甜甜圈。我不想從妳得到食物。如果要離開尼泊爾，最好快一點……下次見到妳，我搞不好會拿刀刺死妳。」

撒卡爾轉身背對我。他用鞋尖敲了兩三下地面，接著就拔腿奔跑。

我看著轉眼間消失在加德滿都街頭的背影，心中很想說謝謝。謝謝美麗的庫克力彎刀。還有其他的事情。

但他大概不會想要聽這些話。

我就是生活在這樣的世界。

第二十二章

偉大的場所

我在某人的歌聲中醒來。

我聽著低沉的聲音，想起自己身在何處。我的身體感受到些微的震動，也聽到低聲的交談。帶著哀愁的弦樂器音色不知是否因為音響的關係，音質並不好。不久之後，音樂被蓋過去，開始英語的廣播。我張開眼睛。我此刻在準備離開加德滿都機場的飛機上。

『機長要通知各位乘客。我們現在正在等候塔台的起飛許可。請各位稍候……』

我一坐到位子上，似乎就睡著了。我看看手錶，距離起飛時間已經過了三十分鐘。飛機遲飛三十分鐘或一小時的情況在日本也不罕見。我再度靠在椅背上。

悠揚的音樂似乎是要安撫乘客的無聊。我豎耳傾聽其他乘客不安的低語，好像有英文、中文、法文、日文。羅柏渴求許久的出國機票，我在旅行社窗口輕易就入手了。尼泊爾的旅客大概幾乎都回國了吧？

我也要回到自己的國家，回到簡樸的自宅。

我選了窗邊的座位。飛機外面是平坦的跑道。更遠處土磚色的加德滿都就像玩具般看起來很小。我即將起飛，離開以自由工作者身分首度寫出報導的城市，在吉隆坡停留一晚，明天晚上抵達成田。

我胸前的口袋沉甸甸的。我輕輕插入手指，取出以小小的琉璃珠串聯的髮飾，放在手掌上。在厚厚的窗玻璃透入的光線中，髮飾閃爍著藍紫、暗紅與淺綠色。

——這是退房的時候，查梅莉送給我的。

「這是送給住很多天的客人的禮物。」

她邊說邊微笑著遞出髮飾。

我無法接受。

我覺得自己不值得接受她的好意。我告訴撒卡爾自己在這個國家總算下定的決心：即使他排斥或輕蔑，我還是會繼續觀察這個世界。但是不論我在內心下定如何重大的決定、編出一百萬句台詞，我把尼泊爾的悲劇換成自己的生活費也是事實。這一來就算下定決心，心中的罪惡感也沒有消失。

拉傑斯瓦的事情也讓我掛心。他的死和我沒有直接關係，但是否有間接關係呢？拉傑斯瓦或許是因為知道有日本記者想要採訪，所以決定提早從走私活動收手。而這點很難保證不是和八津田產生爭執的原因。

這些想法掃過腦中，讓我無法伸出手。查梅莉見狀便以指尖把髮飾推向我。

「歡迎妳再來。」

她用唱歌般的聲音，對不知該如何反應的我說：

「妳來的季節很好。六月是尼泊爾很美的季節，不會太熱也不會太冷。只要躲過雨，也很適合爬山。我可以介紹很好的嚮導。大家都稱讚說風景很漂亮。」

加德滿都有山巒環繞，遠處聳立著雪白的喜瑪拉雅山。來自世界各地的旅客都來追求世界第一的登山路徑。但我在這一個禮拜當中，卻沒有時間欣賞風景。對了，我還沒有看到這個國家最棒的地方。

查梅莉的眼中出現憂愁的神色。
「雖然有一陣子可能會有些騷動……」
「……也許吧。」
我邊說邊接過髮飾。
受到愛戴的國王過世了，王室也失去信用。人民表面上似乎已經放棄抵抗，但不信任感一定會持續下去。這個國家想必會產生動搖。
但那也不會是永遠的事。我如此盼望。
琉璃珠很冰，只有一點點沉重的感覺。我輕輕握住，以總是被批評看不出笑容的表情說：
「總有一天，我一定會再來。謝謝妳，查梅莉。這是一趟很棒的旅程。」
查梅莉輕輕合掌，說：
「再見，太刀洗小姐。希望妳回程平安無事。」

——引擎聲的音調變高了。
感傷的音樂停止，一開始以尼泊爾語、接下來以英語廣播。
『機長通知各位乘客。我們得到起飛許可。請確認安全帶與椅背的位置。』
我把髮飾放回胸前的口袋。波士頓包塞滿了換洗衣服、日用品、獸角工藝品的庫克力刀，以及銀色高角杯。如果要慎重帶回去，放在胸前口袋最安全。
雙翼的引擎釋放出能量。飛機緩緩開始移動，然後突然加速。瞬間全身被壓在座位上。舊型的機身搖晃不穩，甚至可以聽到金屬摩擦的聲音。我的身體感覺到下沉。

……當我回過神，已經在加德滿都盆地的上空。

看得到幾條道路，但我無法辨識哪一條是王宮街、哪裡是喬珍區。有一瞬間，我找到眾人死後被焚燒的帕舒帕蒂納特廟，但那裡很快也同化為整座城市的一角。

很想再去一次塔美區的「吉田」。那味道普通到絕妙程度的天婦羅總有些令人懷念。我也無法忘記查梅莉替我泡的奇亞。那味道真的甜到可怕。還有撒卡爾想要帶我去的那家 sel roti，不知道是什麼味道。

機艙內某處有人吹出讚嘆的口哨。

抬起頭，可以看到喜瑪拉雅山的群峰沐浴在陽光中，在與視線齊高之處閃耀。連綿到遠方的山巒太過雄偉，美到神祕的境界。壓倒性的存在感讓我忘記引擎聲與機身的晃動。我的視線與心靈都被偉大的景象奪走。

但是我仍舊相信。

此刻在下方顯得渺小的加德滿都，以及地球上任何地點展開的人類活動，都同樣孕育著偉大的元素。

飛機進入雲層，窗外變得白濁。

身體感受到的加速度變得和緩。飛機突然來到雲海上方。沒有遮蔽的太陽在近處綻放燦爛的光芒，對於疲憊的眼睛來說稍嫌刺眼。

『飛機進入平穩飛行狀態。安全帶燈號雖然已經熄滅……』

稍稍把椅背往後傾斜，拉下百葉窗。我在胸前交握雙手，就好像在祈禱一般。然後閉上眼睛。

——我的意識畫著螺旋逐漸溶解。

第二十三章　與其祈禱

我的報導刊登在《深層月刊》之後，雖然只是在很有限的範圍內，但也得到迴響。畢蘭德拉國王等尼泊爾王室成員被殺害的事件被命名為納拉揚希蒂王宮事件等幾種稱呼。

在那之後，我幾乎沒有到國外採訪的機會。沒有聽說八津田的消息，也不知道東京旅舍是否仍順利經營。我依照約定寄了雜誌給羅柏，但沒有收到回音。

我在尼泊爾陷入了記者生命的危機。現在回想起來，撒卡爾大概並不打算讓我得到徹底的毀滅。那孩子連記者和攝影師都無法區別，他不可能知道記者會因為錯誤報導而得到多麼嚴重的汙名。他大概只想要嘲笑我就滿足了吧？

——那孩子現在怎麼了呢？

王室失去向心力的尼泊爾內戰激化，在王宮事件的七年後，廢除君主制。我雖然也想採訪尼泊爾轉變為共和制的過程，但是在忙於手邊的工作當中錯過了機會。

從WHO與聯合國統計來看，尼泊爾的嬰幼兒死亡率確實改善，而和人口增加相較，經濟規模的擴大較為緩慢。但這並不能代表就如當天撒卡爾說的，是國際媒體報導帶來的結果。也因此，我無法將撒卡爾的話寫成報導。

我身為自由記者，仍舊繼續在檢視自己所在的場所。被認為悲傷的真的是悲傷嗎？被認為喜悅的真的是喜悅嗎？我持續懷疑、調查，並寫作。

有時當我差點以為自己是正確的，我就會從書桌取出印出來的照片。

「INFORMER」

如果我身為記者有任何值得驕傲的事情，不是因為報導了什麼，而是因為沒有報導這張照片。想起這件事，至少能夠勉強避免把他人的悲傷當成馬戲團。

我這麼相信著。

後記

或許小孩子都是如此，不過我小時候很喜歡在日常生活中找到小小的不協調之處。我常問大人，這感覺怪怪的，是怎麼回事。大人一定很受不了這個常問蠢問題的小孩子吧？

到了可以自己收集資料的年紀，知的樂趣就擴張了。或許是因為自己的個性太容易三心二意，或者是開始沉浸於寫故事的樂趣，我所學到的知識無法深化為學問，頂多只能成為點到為止的雜學，不過還是讓我很快樂。單單只是一項知識，就能夠從根本改變我對事物的看法，而別的知識又會加以修正。就這樣，累積的知識會逐漸收斂為彼此不矛盾、雖然妥當但又令人意想不到的觀點。我很喜歡這樣的活力。

我在天真享受知識的過程中成為大人。有一陣子我在書店工作。被永遠不可能讀完的書本環繞，雖然也讓我有些後知後覺地懾服於人類活動領域之廣泛與深奧，但仍舊屬於相當幸福的時光。然而有一天，有一位忘了是誰的名人以不幸的方式過世，由於他（她？）出過自傳，那本書理所當然地被移到賣場中顯著的區域。

求知的快樂開始產生小小的疙瘩、或者至少讓我開始產生自覺，大概就是在這個時候。如果是這樣的話，那麼在寫出《王與馬戲團》這個故事之前，似乎拖了很長的一段時間。

本書曾出現拙作《再見，妖精》的角色，不過兩本書的內容並不連續。這本書不是所謂的「續集」，因此即使沒有看過《再見，妖精》也沒問題。

又，本書寫到二〇〇一年六月尼泊爾王室槍擊事件（納拉揚希蒂王宮事件），雖然以當時的報導等為題材，不過必須聲明，其中部分不明之處是為了小說而補充的（主要是城市地理環境、情報散布過程等）。

關於報導工作，我請教了幾位相關人士，了解採訪的實際狀況。雖然我問了很多完全外行的問題，不過他們仍舊非常認真地教導我。在此我要向他們表達感謝之意。

二〇一五年六月　米澤穗信

主要參考文獻

《ネパール（尼泊爾）》石井溥編　河出書房新社

《ブッダの生涯（佛陀的生涯）》石上善應等譯　講談社

《フォト・リテラシー（攝影閱讀能力）》今橋映子著　中央公論新社

《ネパール王政解体（尼泊爾王政解體）》小倉清子著　日本放送出版協會

《フォト・ジャーナリズム（新聞攝影）》德山喜雄著　平凡社

《ネパールを知るための60章（了解尼泊爾的60章）》日本尼泊爾協會編著　明石書店

《神々と出会う中世の都カトマンドゥ（遇見諸神的中世紀城市加德滿都）》宮脇檀・中山繁信編　X-Knowledge

《ネパールに生きる（生活在尼泊爾）》八木澤高明著　新泉社

《ジャーナリズムの原則（The Elements of Journalism）》Bill Kovach、Tom Rosenstiel 著 加藤岳文・齋藤邦泰譯　日本經濟評論社

《メディアの戦場（Without Fear or Favor: An Uncompromising Look at the New York Times）》Harrison Salisbury 著 小川水路譯　集英社

《他者の苦痛へのまなざし（旁觀他人之痛苦）》蘇珊・桑塔格著　北條文緒譯　MISUZU 書房

《世界子供白書（世界兒童白皮書）　１９９７》聯合國兒童基金會　日本 UNICEF 協會

《国際連合世界統計年鑑（聯合國世界統計年鑑）　vol.47 2000》聯合國統計司編　原書房編輯部譯　原書房

除此之外，也取材自二〇〇一年事件發生時的報章雜誌。

國家圖書館出版品預行編目資料

王與馬戲團 / 米澤穗信作 ; 黃涓芳譯. -- 初版.
-- 臺北市 : 尖端, 2016.08
面 ; 公分
譯自 : 王とサーカス
ISBN 978-957-10-6842-8(平裝)

861.57 105011379

逆思流

王與馬戲團

（原名：王とサーカス）

作者／米澤穗信　譯者／黃涓芳
發行人／黃鎮隆　協理／陳君平
總編輯／洪琇菁　國際版權／黃令歡
執行編輯／呂尚燁　美術編輯／方品舒
企劃宣傳／邱小祐
發行／英屬蓋曼群島商家庭傳媒股份有限公司城邦分公司　尖端出版
台北市中山區民生東路二段一四一號十樓
電話：（〇二）二五〇〇－七六〇〇（代表號）
傳真：（〇二）二五〇〇－一九七九
中彰投以北經銷（含宜花東）／高見文化行銷股份有限公司
電話：〇八〇〇－〇五五－三六五
傳真：（〇二）二六六八－六二二〇
雲嘉經銷／威信圖書有限公司　嘉義公司
電話：（〇五）二三三－三八五二
傳真：（〇五）二三三－三八六三
客服專線：〇八〇〇－〇二八－〇二八
南部經銷／威信圖書有限公司　高雄公司
電話：（〇七）三七三－〇〇七九
傳真：（〇七）三七三－〇〇八七
香港總經銷／城邦（香港）出版集團有限公司
香港灣仔駱克道193號東超商業中心1樓
電話：（八五二）二五〇八－六二三一
傳真：（八五二）二五七八－九三三七
E-mail：hkcite@biznetvigator.com
馬新總經銷／城邦（馬新）出版集團　Cite(M)Sdn.Bhd.
E-mail：Cite@cite.com.my
大眾書局（新加坡）　POPULAR(Singapore)
E-mail：feedback@popularworld.com
大眾書局（馬來西亞）　POPULAR(Malaysia)
E-mail：popularmalaysia@popularworld.com
法律顧問／王子文律師　元禾法律事務所
台北市羅斯福路三段三十七號十五樓
二〇一七年三月一版一刷

■中文版■

郵購注意事項：
1. 填妥劃撥單資料：帳號：50003021戶名：英屬蓋曼群島商家庭傳媒(股)公司城邦分公司。2. 通信欄內註明訂購書名與冊數。3. 劃撥金額低於500元，請加附掛號郵資50元。如劃撥日起 10～14日，仍未收到書時，請洽劃撥組。劃撥專線TEL：(03) 312-4212 ・ FAX：(03) 322-4621。E-mail：marketing@spp.com.tw